ヘンリー・ジェイムズ 著

Henry James

アメリカ人（下）

The American

マテーシス 古典翻訳シリーズ Ⅸ-Ⅱ

高橋昌久　訳

風詠社

目次

凡　例

一．本書はヘンリー・ジェイムズ（1843-1916）による *The American* を Henry James, *The American*, Penguin Classics, Kindle Edition, 1981. を底本として高橋昌久氏が翻訳したものである。

二．表紙の装丁は川端美幸氏による。

三．読書の助けとするため、本書末尾に編集部が脚注を施した。

四．小社の刊行物では、外国語からカタカナに置換する際、原則として現地の現代語の発音に沿って記載している。例外的に、古代ギリシアの文物に関しては訳者の意向により古典語の読みで記載している。

五．本書は京緑社の kindle 版第三版に基づいている。

第十四章

ニューマンが次にユニヴェルシテ通りへと足を運んだ時は、マダム・ド・サントレが一人だけ在宅だったという運に恵まれた状態にあった。彼は決然たる意図を持って来たのであり、そしてそれをすぐに実行に移した。また、彼女は彼女でニューマンを待ち構えていたような表情をしていた。

「あなたと会うために通い続けて、すでに半年が経過しました。そして、あなたの約束通り結婚について何一つ言及しませんでした。これほど忠実にできないくらいその約束を守ったと思いますが？」

「これ以上にないくらいの気配りで守ってくださいました」

「はい。しかしこれからは異なった態度を取ろうと思います。無遠慮になるという意味ではなく、最初に戻ろうということです。というよりもう戻っています。周囲をぐるぐるずっと回り続けました、いや、むしろ元いた場所にずっといた方が正しいと言ったほうが正しいでしょう。あの時に欲していたことを決して諦めたことは一度もありません。ただ今はあえて言えば、その確信がより強くなっているのです。自分に関してもより確信しているし、あなたに関しても同様です。三ヶ月前に私が信じなかったことは今も知りませんが、それでもあなたについてはより確実に知ることになりました。あなたが全てです。私が想像したり望んだりすることのあらゆるものを超越しています。あなたも私のことをすでに良く分かっていらっしゃるでしょう。そうでなければなりません。私の最良の部分についてはまだ知っているとは断言しませんが、私の最悪の部分についてはすでに見たはずです。このことについてあれからずっと考えていてくれたことでしょう。私はひたすらに待っていたことに、あなたは気づいていないはずがありません。まさか私の決心がぐらつくとは思ってもいますまい。そして今、あなたは私の望みに対してどう応えるつもりですか?全てが明確で合理的であり、私が非常に忍耐強くて思慮深くて、その私が報いを受けることは正当だと仰ってください。そしてあなたの手を私に差し出してください。マダム・ド・サントレ、そうしてください。そうするんだ」

「あなたがひたすらに待っていたことは存じております。そしてこの日がいつかやってくることはわかっていました。このことについてはもう何回も繰り返し頭で検討しました。最初は半分ほど怖かったのです。しかし今は怖さは全くありません」。そして彼女は一瞬言葉をやめ、続けた。「ようやく安心できるようになりました」

彼女は低い椅子に座っていて、ニューマンは彼女のそばで長椅子に座っていた。彼は少し後ろにもたれて彼女の手をとって、それを彼女はしばらくそのままにした。

「つまり私の忍耐は決して無駄ではなかったということですね」。彼をしばし見て、ニューマンは彼女の目に涙がいっぱいになるのを見とった。

「私と一緒なら、あなたは安全です、安全ですよ」。そして彼のこの瞬間の熱意においても、比較するのを一瞬ためらったが、ついに簡素な厳粛さのような口調で続けた。「あなたの父上の腕の中にいるのと同じくらい安全なのです」

涙を一層浮かべながらまだ彼を見ていた。そして突然自分の顔を、座っていた椅子のそばにあったソファのクッションに置いていた腕に埋めて、音を立てずに啜り泣きを始めた。

ニューマンは「私は弱い、弱いのよ」と言うのを聞いた。

「ならそれこそあなたは自分を私に委ねなければなりませんね。一体どうしてそんなに困った様子でいるのですか?困ることなんて何もありませんよ。私があなたに授けるのは幸せだけなのですから。そんなにこれが信じがたいことなのですか?」

「あなたにとっては全てが単純なことなのでしょうね」と彼女は腕を上げた。「でも実際はそうではないのです。私はあなたのことをすごく好きですし、六ヶ月前から好きでした。そして今私はそのことを確信しております。あなたが確信していると仰るようにね。しかしあなたと結婚するのを決心するのはそれだけでは難しいのよ。考えなければいけないことが多数あるのですよ」

「考えるべきことといったら一つですよ、私たちがお互いに愛し合っていることですよ」

彼女が無言のままでいると彼はすぐに続けた。「よろしい。そう認められないならば、仰らないでください」

「何も考えなくてもいいのならすごくいいのに。全く考えたくないのよ。ただ私の両眼を閉じて、全てを委ねることができたのなら。でもそんなことできないわ。私は冷たくて、老いていて、臆病者なのよ。もう一度結婚しようなんて夢にも思ってなかったし、それなのにあなたの言葉に耳を傾けていたことがとても奇妙に思われるのです。私が子供の時に自分が自由に結婚していいならどうするのかを考えていた時は、お相手はあなたとは全く異なるタイプの方でした」

「そんなの私はかまいませんよ」とニューマンは大きな笑みを浮かべた。「あなたの好みはまだ完成されていなかったのですよ」

彼の笑みはマダム・ド・サントレにも笑みを浮かばせた。

「あなたのおかげで完成されたのかしら？」と尋ね、やがて声色を変えていった。「どこに住もうと望んでいるのですか」

「あなたが望むならこの広い世界のどこでも。そんなことすぐにどうにでもなりますよ」

「どうしてこんなこと聞いたか分からないわ。私にとってほとんどどうでもいいのに。あなたと結婚できるならほとんどどの場所で住んでも構わないと思うの。あなたはどうやら私について間違って考えていらっしゃるようです。私にはたくさんのことが必要なのだと思っていらっしゃるでしょう、つまり私が輝かしい世間的な生活を送りたいと思っていると捉えているのでしょう。そしてそういった私の望みを叶えようとするために多大な労力を骨折るつもりでいるのでしょう。でもそれは独断的というものですわ。それを証拠づけるだけのことなんて私はしたことは一度もないのですから」

彼女は言葉をやめて彼を見て、彼女の声音と沈黙の混合がニューマンにとってあまりに甘美で、黄金の日の出を急かそうとは思わなかったのと同じ具合に、彼女を急かそうとは全く思わなかった。

「子供の頃に抱いていた相手方の人物像と大きくかけ離れていて、当初は困ったことで迷惑だとも思いましたが、ある日私にとって喜び、大きな喜びとなりました。あなたが違った方でいらっしゃったのが、うれしかったのです。とはいえ、私のこの想いを正直に述べても誰も理解してくれなかったでしょう。それは別に私の家族だけに限定しているわけではありません」

「彼は私が奇妙な怪物だと言ったということですな?」

「彼らはあなたと一緒だと絶対に幸福になれないといったことでしょう。あなたはあまりに変わり過ぎているのです。そして彼らのその言葉に対して、私は彼があまりに変わり過ぎているからこそ、私は幸福になれるのですと答えたことでしょう。でも彼らはそれよりもさらに適切な理由を述べたことでしょう。私の唯一の理由は……」。そして彼女はまた言葉を止めた。

しかし今回は、その黄金の日の出の真っ只中で、ニューマンは薔薇色の雲をつかみたいという衝動を感じたのであった。

「あなたの唯一の理由は、あなたが私を愛しているということですよ！」と彼は雄弁な身振りをしながら呟いた。

「あなたはあまりにも変わっていて、最初私にとっては困難で迷惑だと思いましたが、ある日私にとって喜び、大きな喜びになりました。あなたが変わった存在であることを嬉しいと思うようになりました。それでも私がこのことをいっても、誰も理解はしてくれなかったでしょう。別に私の家族だけに限ったことではありません」

マダム・ド・サントレはよりよい理由を見出そうとしたが、結局この理由で自分落ち着けることにした。

ニューマンは翌日も訪ねてきて、家に入って玄関のところで、自分の友人のミセス・ブレッドと出会った。彼女はゆったりしたくつろいだ状態でそこをぶらついていて、ニューマンの眼が彼女に向かうと彼女は会釈を返した。そして彼を招き入れた召使いの方を向いて、母国の優越感とイギリス訛りが混ざりあった威厳を放ちつつ言った。「行っていいわよ。わたくしがこの方を案内するからね」

二つのこの要素が混ざりあっているにも拘らず、ニューマンは彼女の声にはどこか震えているような感じがして、あたかもその命令口調が慣れないものであることを示唆しているかのようだった。召使いは厚顔な目線で相手を見つめたが、彼はゆっくりとそこから歩き去っていって、彼女はニューマンを上の階へと案内した。階段を登る途中で段は曲がるようになっていて、それが小さな踊り場を形成していた。そしてそこの木製の壁の隅っこには、何やらニタニタ笑った、黄ばんだ、ヒビが入った十八世紀のニンフの像が無関心気味に設置されていた。ここでミス・ブレッドは立ち止まりニューマンを内気ながら好意的な目線で見た。

「あなた様の良き知らせは伺っております」と彼女はつぶやいた。

「一番にそれを知る権利があなたに正当にありますね。というのもあなたはこの件について友好的な態度に興味を示してくださりましたからね」

ミス・ブレッドはからかわれたと思ったのか振り向いて、像の埃を払い落とし始めた。

「おそらく私を祝福しようと思っていらっしゃるのでしょう。あなたに多大に感謝しております。この前は、とても嬉しく思いました」

彼女は振り向いて、どうやら安心したようであった。

「私が何か聞かされたとは考えなさならぬように失礼ながらお願い致します。私はただ勘を働かせただけに過ぎません。でもあなた様が入ってきた時の様子を伺うと、私の勘は正しかったと確信致しました」

「とても察しがいいですね。目立たない仕草でありながらも、あなたはあらゆるものを見透かしているのでしょうね」

「私は愚かではありません、幸運なことに。他の件に関しましても勘を働かせていました。」とミス・ブレッドは言った。

「それは？」

「申し上げない方がよろしいですかと。信じられないでしょうから。それにあなたを不愉快にさせてしまうことでしょう」

「そうですね、愉快になることしか聞きたくないものです」とニューマンは笑った。「あなたと出会ったときもそうでしたから」

「ともかく、何事も早く片付けてしまうのがよろしいと私が申しても、決してあなた様は不愉快には受け取られないことでしょう」

「つまりできるだけ早く私が結婚したら、ということですか？　もちろん早ければ早いほど私にとってはいいですよ」

「皆様方にとっていいことなのです」

「あなたにとってもね。何せ私たちと一緒に暮らすことになるのですからね」

「はい、感謝の言葉をどれだけ述べてもとても足りないものです。とはいえ、私が意味していたのは決して私自身のことではありません。ただ時間を決して一分たりとも無駄にしてはならないことを、失礼ながらお願いしていました」

「何をそんなに怖がっていらっしゃって？」

ミス・ブレッドは階段を見上げては下ろして、今度はまだ埃が払われていないニンフ像を見て、それが聞き耳を立てていないかを恐れているようだった。「誰も彼もが怖いのです」

「そいつは随分とまた厳しい状態だな！一体、『誰も彼もが全員』私の結婚を成就させせないつもりでいるとでもいうのですか」

「どうも喋りすぎてしまったようです。今の私めの言葉を撤回は致しませんが、これ以上申し上げることも致しません」。そして彼女は階段へと再度登っていって、ニューマンをマダム・ド・サロンの客間へと連れていった。ニューマンは、客間がマダム・ド・サントレだけではないということを見出すと、短い無言の忌々しさを感じた。彼女と一緒に彼女の母が座っていて、部屋の真ん中には若いマダム・ド・ベルガルドがボンネットと外套を被って立っていた。老侯爵夫人は椅子の左右の取手を握りながらもたれかかっていて、ニューマンを微動だにしないままじっと見つめていた。彼女は彼が挨拶をしてもほとんど気づかず、どうも深く考え込んでいる様子だった。彼女の娘が彼女に婚約の件について述べたのであり、この老夫人はその内容を飲み込むのに苦労しているのだとニューマンは自分に言い聞かせた。しかしマダム・ド・サントレは彼に手を差し出しつつ、彼がもっと理解すべきものがあると訴えるような身振りをしていた。それは警告なのか、それとも頼みごとなのか？彼女は話すように促しているのか、それとも黙るよう促しているのだろうか？彼は当惑していて、若いマダム・ド・ベルガルドの可愛らしい笑みからも何も読み取ることができなかった。

「私はまだ母に申し上げておりませんの」とマダム・ド・サントレは彼を見ながら突然言った。

「私にも何も言わないの？」と侯爵夫人は聞いた。「お前は私にほとんど何も話してくれないじゃないか。何もかも話すべきよ」

「私はいつもそうしていますよ」とマダム・ユルバンは少し笑った。

「私からお母さんにお伝えしますよ」とニューマンが言った。

老婦人は再度彼を見つめ、そして娘の方へと顔を向けた。「お前は彼と結婚するつもりでいるの？」と優しい口調で叫んだ。

「*Oui, ma mère*[1]」とマダム・ド・サントレは言った。

「私にとってこの上なく嬉しいように、あなたの娘さんは結婚に同意なさりました」

「それで、これはいつ決まったんだい？」とマダム・ド・ベルガルドは訊いた。「まるでたまたまこの重大なことを耳にしているようだけど」

「私の緊張は昨日終わったのです」

「それで私の緊張はいつまで続けばよかったというの？」と侯爵夫人は娘に言った。彼女は苛立つことなく話した。だが冷淡で貴族的な不快さが有った。マダム・ド・サントレは無言のままそこに佇み、眼は床に向けていた。

「もう終わりました」と彼女は言った。

「私の息子は、ユルバンはどこ？兄の方にもこの件を伝えさせなさい」

若いマダム・ド・ベルガルドは自分の手をベルの紐にかけた。「彼は私と一緒にいくつか訪問する予定で、ちょうど彼の書斎に行ってドアを、そっと、そっと、叩くつもりでした。でも彼が私のところへと来てくれてもいいのに！」

彼女はベルの紐をひき、やがてミセス・ブレッドが現れて、平静ながらも事の次第を訪ねたいような様子をしていた。

「彼女を兄のところへと行かせて伝えなさい」と老婦人が言った。

しかしニューマンはここでどうしても声を上げて、ある特定のやり方で話したいという衝動に駆られた。

「侯爵に話があると伝えてください」と彼は静かに立ち退いていったミセス・ブレッドに言った。

若いマダム・ド・ベルガルドは義理の妹のそばに行って彼女を抱擁した。そして彼女はニューマンの方を向いて、激しい笑みを浮かべた。

「彼女は魅力的よ。おめでとう」

「私の方からもおめでとうと言いましょう」とマダム・ド・ベルガルドは極度に粛々と言った。「私の娘は非常に気立ての良い女性です。彼女にも欠点はあるでしょうが、私は知りません」

「私の母は滅多に冗談は言いません」とマダム・ド・サントレは言った。「しかしするとしてもそれはひどいものですわ」

「妹はとても愛くるしい存在ですよ」とユルバン侯爵が再び言って、首を傾げた。「ええ、おめでとうございます」

マダム・ド・サントレは振り向いて、綴織を一枚取り上げると針で仕事を再開し始めた。数分間沈黙が辺りを支配したが、それもベルガルド氏が現れたことによって破られた。手に帽子を抱えて手袋をしていて、その彼の後には弟のヴァランタンがついてきた。彼はどうも帰宅したばかりのようであった。ベルガルド氏はその場にいた人たちを見回して、いつもの取り繕ったような礼儀正しさでニューマンに会釈した。ヴァランタンは母と姉妹たちに挨拶し、ニューマンと握手をすると鋭く尋ねるような目線を投げかけた。

「*Arrivez donc, messieurs!*[2]」と若きマダム・ド・ベルガルドは叫んだ。「すごい知らせがあるの」

「お兄さんにお前が聞かせなさい」と老婦人は言った。

マダム・ド・サントレは彼女の綴織を見ていた。彼女は眼を兄の方へと向けた。「私はニューマン氏の婚約を受け入れたの」

「あなたの妹さんが同意なさってくれたのです」とニューマンが言った。「どうです、私が考えていたことが荒唐無稽なことではなかったことがわかったでしょう?」

「本当に素晴らしいことですね!」とベルガルド氏は優越的な丁寧さで言った。

「私もだ」とヴァランタンも言った。「侯爵と私は驚いているよ。私自身は結婚できないけど、それでも理解はできる。逆立ちはできないけど、巧みな曲芸師を褒めることはできますよ。親愛なる妹よ、あなたの婚約を祝福しますよ」

侯爵は自分の帽子の山をしばらくの間見ていた。やがて彼は言った。「この件に関してあらかじ心構えはしていましたが、実際にその出来事に直面すると人はある種の感情に駆られることは避け難いことです」。とても陰鬱な調子で微笑んだ。

「私は心構えを十分にしていなかったなんて思ってもいませんよ」

「私自身に関してはそうは言えませんね」とニューマンは侯爵とは全く異なった調子の笑みを浮かべた。「自分は思っていた以上に幸福な状態にあります。おそらくあなたが幸福そうな様子をしているのを見ているからでしょうね」

「大袈裟に言わないで」とマダム・ド・ベルガルドは立ち上がって彼女の娘の腕に自分の手を載せた。「誠実な年寄りの女性のただ一人の美しい娘を奪い去っていく人間をに感謝するなんて無理があるわ」

「私のことを忘れていますよ、お母様」と若い侯爵夫人は謹んで言った。

「ええ、彼女はとても美しい女性です」とニューマンは言った。「結婚式はいつごろ行われる予定なの？」と若いマダム・ド・ベルガルドは訊いた。「出席するための衣装について考えるために一ヶ月は必要よ」

「それについても話し合わないとね」と侯爵夫人は言った。

「ええ、私と娘さんとで話し合いますとも、そして決まりましたらお知らせしますよ！」とニューマンは叫んだ。

「心配せずとも意見は一致するのは確実ですよ」とユルバンは言った。「もしマダム・ド・サントレの意見に同意しないなら、君はとても事が分からない人物ということになりますな」

「ちょっと、来なさいよ、ユルバン」と若いマダム・ド・ベルガルドは言った。「仕立て屋にすぐに行かないといけないわ」

老婦人は娘の腕に手を乗せながら、彼女の方をじっと見ていた。そして少しため息をついて口ごもった。「ええ、とてもこんなこと予想していなかったわ。あなたは幸運な人よ」と彼女はニューマンの方を向いて、意味ありげに頷いた。

「ええそれはよく分かっていますよ！私はとても誇り高い気分でいます。世間の人々に大声で聞かせてやりたいくらいです、通りを歩いている人を止めたりしてね」

マダム・ド・ベルガルドは口を狭めた。「そんなことしないで頂戴」

「多くの人が知っていればいるほど、良いことですよ」とニューマンははっきり言った。「ここでは発表していませんでしたけど、今朝アメリカにこの件に関して電報を打ちました」

「アメリカに電報？」と老夫人はつぶやいた。

「ニューヨークとセントルイスとサンフランシスコに。どれもアメリカの主要な都市ですね。明日は、ここにいる友人たちに知らせるつもりです」

「友人はたくさんいるの？」とマダム・ド・ベルガルドは不躾に訊いたが、どうもニューマンはその態度にあまり気づかなかったようだった。

「無数の握手や祝福の言葉を差し入れてくれるほどにはいます。あなたがたの友人からいただく分は別として」

「彼らは電報なんて使わないわ」と侯爵夫人は言って、そこから去っていった。

ベルガルド氏の妻は、すでに自分の思いを仕立て屋へと持っていったようで、妹への対抗心から絹の翼を羽ばたかせていて、ニューマンと握手をしつつ彼に対して今まで使ったこともない、説き伏せるような口調で言った。「私に任せてくれてもいいわよ」そして彼女は自分の夫を連れて出ていった。

ヴァランタンは妹とニューマンを見比べていた。「二人とも真剣に考えてくれたことでしょうね」と言って、それを聞いたマダム・ド・サントレは笑みを浮かべた。

「私たちはあなたのような考え込んだり深く真剣になるだけの力を持ってはおりません。それでも最善を尽くしました」

「いえ、それでもあなたがたに二人を高く評価しているのですよ」とヴァランタンは続けた。「あなたがたは若くて魅力的な人たちだ。しかし全体としては、あなた方は未婚のままでいるだけの価値を有するあの狭くて優れた集団に属し続けていることは私にとっては不満ですね。そういった人たちは稀有な精神の持ち主なのです。大地の塩とでも言いますか。とはいえ別にあなたがたを不快にさせるつもりはありませんよ。結婚している人たちはみんなとても親切ですからね」

「ヴァランタンは女は結婚するべきもので、男は結婚すべきではないと考えているのですよ」とマダム・ド・サントレは言った。「そうはいっても、じゃあどうやって人々はうまくやっていけばいいというのかしら」

「君を賛美することによってうまく行くようにするんだよ、妹さん」とヴァランタンは情熱的に言った。「それじゃあね」

「賛美するというのなら結婚できる人を賛美するんだな」とニューマンは言った。「いつの日かそうできるように取り決めておくよ。使徒になっていく自分の姿が見えるよ」

ヴァランタンはちょうど出入り口のところにいて、しばし後ろを振り向いたが、その顔は重々しいものに変わっていた。

「自分は結婚できない人を賛美するタチなのだがね！」と彼は言った。そして*portière*[3]を下ろして去っていった。「彼らは気に入らないようですね、この結婚が」とニューマンはマダム・ド・サントレの前で一人で立って言った。

「そうですね」と彼女は言い、しばらくしたら「彼らは気に入っていませんわ」

「それであなたはそのことが気にかかりますか？」

「ええ！」と少し間を置いてから彼女は言った。

「それは間違いですよ」

「どうにもなりませんわ。お母さんには喜んでくれたらいいと思います」

「一体全体、どうして君のお母さんは喜んでいないのだい？彼女は私に結婚してくれてもいいという許可を出したじゃないか」

「ええ、その通りよ。私にも理解できないけど、それでもあなたの言うように『気に掛かる』ことは否定できませんの。迷信だとあなたは仰るでしょうけどね」

「それはあなたに対してどのくらい差し障るかの程度次第ですね。あまりにもそうだったら、私はとてもうざったいものであるといいますね」

「私の心の中だけに秘めておきます。あなたの邪魔をしたくはないのですからね」

そして二人は結婚式を挙げる日付について話し合った。そしてマダム・ド・サントレはニューマンのなるべき早い日にちに行いたいという欲求に無条件に承諾した。ニューマンの電報は利子がついて返信されてきた。公文書はたったの三つ送ったばかりであったが、祝賀の電報は八つも受け取ったのであった。それを自分の手帳に挟み、次に老マダム・ド・ベルガルドと出会った時はその手帳を引っ張り出し、彼女に見せた。この振る舞い関してはわずかだが意地悪な一撃だと告白しなければならないだろう。読者にはこの行いの罪がどの程度まで許されるか、想像にまかせることとする。ニューマンは侯爵夫人が自分の伝報を気に入っていないということは承知していたが、どうしてなのかを納得するだけの理由は理解できなかった。一方でマダム・ド・サントレは、それらの電報を気に入っていた。そしてほとんどのものが滑稽なものと思っては慎みなく笑い、それらを書いたのがどういう人たちなのか尋ねたであった。ニューマンは自分の賞品を今や手に入れ、その勝ち取ったものを公表すべきという奇妙な欲求に駆られた。彼は、ベルガルド一家はこの件に関してほとんど沈黙していて、その内密な仲間内だけで限られた反響しか起こさないようにしているのではないかと訝った。そして以前表現したように、自分が労力を払えば、窓を全部ぶち壊せるのではないかと考えると何処か悦に入るものがあった。拒絶されて嬉しい人間はいないだろうが、ニューマンはいい気分ではないにしても厳密には害されていたわけでもなかった。自分の幸福を広めたいという幾分か攻撃的な衝動を行使するための良い口実を持っていなかった。彼の気持ちは別の性質のものであった。今度こそはベルガルド一家の主に自分というものを感じさせたいと望んだ。だがその機会が次いつ来るのか彼はわからなかった。彼はここ半年ほどに、老いた婦人とその息子が自分を高みから見下ろしているような感じがしいたのだが、これからは自分が満足気に設定する水準で彼らを従わせてやろうと決心したのであった。

「それはあたかもワインをあまりにゆっくりと注いでいって、ようやくボトルが空になるのを見ているようなものですね」とトリストラム夫人に言った。「彼らといると、どうも彼らの腕を揺さぶって彼らのワインをこぼしてやろうと思ってしまいます」

これを聞くと、トリストラム夫人は彼らをそのままにさせてやっておいて、彼らのやり方でやらせるべきだと答えた。

「彼らのこともちゃんと考慮する必要がありますよ。彼らが少々グズグズしたとしても当然と言えます。というのも彼らはあなたが求婚された時からそれを受け付けたものと考えていたのですけれど、彼らは想像力豊かというわけではないので、自分たちを未来の自分へと投影することができず、そしてまたそれを初めからやり直さないといけないということなの。とはいえ彼らは名誉を重んずる人たちなので、必要なやるべきことはちゃんとやるでしょう」

ニューマンはしばらく目を狭めて考え込んだ。そしてやがて言った。「別に彼らを非難するとかいう訳ではないですよ。実際にその証として私は彼ら一家全員を祝宴に招待するつもりでいるので」

「祝宴に?」

「あなたはこの冬の間ずっと私が金色に塗りたくった部屋について笑っていましたよね。その部屋がどう役立つのかを示してあげますよ。パーティをそこで開催します。ここで行える一番贅沢なことは何ですか?私はオペラ座から優れた歌手を全員雇い、テアトル・フランセからも第一級の人たちを全員呼び、彼らと共に素敵な催しを行いますよ」

「それでその祝宴には誰を招待するのかしら?」

「まずはあなたです。そしてあの老婦人と彼の息子です。そして彼女の家や他のところで知り合った彼女の友人たち全員に、さらに私にわずかでも丁重に振る舞ってくれた人全員に、さらに公爵とその妻も全員です。そして私の友人たちに、ミス・キティ・アップジョン、ミス・ドーラ・フィンチ、バッカード将軍、C・P・ハッチ、その他の人を例外を設けずに呼びたいと思います。そしてなんのための宴なのかを彼らに知らせます。つまり、私とサントレ伯爵夫人が婚約したことを祝うためである、ということです。この考えをどう思います？」

「とても嫌悪するべきものだわ！」とトリストラム夫人が言った。しかし少し開けて「とても素敵だと思うわ」と言った。

すぐにその翌日の夕方に、ニューマンはマダム・ド・ベルガルドの客間へと通い、彼女が自分の子供たちに囲まれているのを見つけ、その彼女に二週間後の特定の日に自分のみすぼらしい住まいへと来ていただきたい旨を伝えた。侯爵夫人は少しの間、彼をじっと見つめた。

「まああなた、いったい私に何をなさるつもりでいるの？」と彼女は叫んだ。「数人はどこにあなたとお知り合いになっていただき、その後はとても快適な椅子に座りながら、マダム・フレッツォリーニが歌うのを聞いていただきたいのです」

「つまりコンサートを開くってこと？」

「まあそんな感じです」

「それでそこは人でごった返すというわけ？」

「私の友人たち全員がそこにいますし、あなたやあなたの娘さんたちの友人もきっとそこにおられるでしょう。私は自分の婚約を祝いたいのです」

ニューマンはマダム・ド・ベルガルドの顔が青白くなっていくかのように感じた。彼女は手に持っていた前世紀の美しく描かれた扇を開いて、一人の夫人がギターを演奏しながら歌っていて、さらに花飾りを被ったヘルメスの周りに踊っている一団が描かれた *fête champêtre*[4] を見た。

「かわいそうな父が亡くなってからは、外に出ることは滅多にありません」と侯爵は言った。

「でも私の愛するお父様はまだ生きてらっしゃるじゃないの」と彼の妻は言った。「招待していただけるというのなら喜んで受けますよ」と彼女はニューマンに愛想の良い自信ありげな態度で見た。「それは素晴らしいものとなるでしょうね、間違いないですよ」

しかしながら遺憾なことであるが、この女性のこの訴えはニューマンの礼儀作法が欠けていることとゆえにその場では受けいれられなかった。というのも彼はあまりにも老婦人に注意を払いすぎていたのだ。そして彼女は顔を上げて微笑んだ。

「まだあなたに宴を開催差し上げていないのに、あなたに私たちに開催してもらおうなんてことはとてもできませんよ。まず物事は順序立てて行わなければなりません。二十五日に来てください。その日にすぐに挙式を行う日を教えます。マダム・フレッツォリーニのような素晴らしい方はいないでしょうが、とても優れた価値ある方々は何人かはいらっしゃいます。その後に、あなたの宴について話せばよろしいのですよ」

老婦人はある種の熱意を込めて早口で語り、話していくにつれ愛想よく笑うようになった。

これはニューマンにとっては申し分のない提案だと思ったのであり、このような提案を受けると彼の好意的な性分も根底部分においていつも動かされるのであった。マダム・ド・ベルガルドに対して、二十五日でも他の日でもいつでも喜んでお伺いすると述べ、彼女の家や自分の家に友人たちが居合わせるかどうかはほとんどどうでも良いものと感じた。ニューマンは観察眼が鋭いと私は以前述べたが、このような状況においてマダム・ド・ベルガルドと侯爵との間に何らかの微かな眼差しが交わされ、さらにそれが彼の発言の後半部分にあった無垢さに対する批判めいたものであったということには気づかなかったことは認めざるを得ない。

ヴァランタン・ド・ベルガルドはその日の晩にニューマンと一緒に外出したのだが、彼らがユニヴェルシテ通りを多少離れたところでヴァランタンは意味ありげに言った。「自分の母はとても強い、とても強いんだよ」

ニューマンのものといたげ動作に対して彼は答えるようにして続けた。「彼女は壁に直面したんだ。でも君には想像も付かないことだろうね。彼女が二十五日と言った宴はその場での思いつきなんだ。彼女は宴会を開こうという気は全くなかったのだけれど、それが君の提案から逃れるための唯一の方法だったんだろうね。彼女は苦々しい薬をまっすぐに見て、君が見たように瞬きすることすらなく一気に飲んだんだ。こういう表現を許してくだされば。彼女はとても強いんだよ」

「いやいや、私は別に彼女の宴会については何ら問題にはしていませんよ」と喜びと憐憫を同時に感じながら言った。「ただその申し出それ自体を感謝して応じたいと思っているのですよ」

「いやいや。もはや開催は避けられないだろうね、そして上等なやつでないといけない」とヴァランタンは微かながら一家の誇りを混ぜつつ言った。

第十五章

ヴァランタン・ド・ベルガルドのニオシュ嬢が父の家から出て行ってしまったという知らせと、これほどに悲惨な状況にあぐねている父親についての厚かましい考えが、最新の生徒と再び会おうとなかなかしなかったことを実践的に裏付けていた。老人の哲学に対するヴァランタンの幾分か皮肉的な解釈について同意せざるを得ないところにニューマンはどこか嫌悪感を覚えたが、周囲の状況を鑑みればこの老人は自分の高潔な絶望に身を委ねているわけではないにせよ、実際に見られる様子よりはもっと深く苦しんでいるのではないだろうかとニューマンは考えたのであった。ニオシュ氏は彼に対しては敬意を払いつつちょっとした訪問を二、三週ごとに訪ねる習慣をとっていたが、その彼と会えない状態が続くのは老人が自分の悲しみを胸に秘めていることを誰にも察知されないようにしたいという欲求と同じくらいの極度の落ち込み状態にあるという証なのかも知れなかった。ニューマンはヴァランタンからノエミ嬢の経歴の新たな段階についての詳しい話をいくつか聞いた。

「彼女は注目すべき女だと言ったでしょう？　今回のその振る舞いこそがそれを裏付けるものですよ」とこの動じない観察者ははっきり言った。「他にもやれることはあったけれど、それでも彼女は一番いい選択を選んだというわけさ。しばらくの間、光栄にもあなたと接することが一番いいと考えていたみたいだけれど、実際は違ったと彼女は判断したわけですな。そして忍耐心を集中させて機会を伺い、ついにその時が来たのを見てとって、事を十分に理解した上で行動に打って出たというわけです。彼女には失うべき無垢さというものがなかったことは間違いないでしょうが、世間体は大いに気にしていたのですよ。小癪な小娘って感じでしょうがね、ともかく外面上の振る舞いは十分に注意を払ったのです。彼女の評価を汚すようなものは何もなく、相応のもので補えるようになるまで自分のその評判を絶対に傷をつけないように決心していたのです。そしてその相応のものというのは、彼女にとってご立派な考えを持っていたのです。そしてその考えが満たされ多様でした。五十歳の、ハゲで耳が聞こえないけれど、金銭に関してはとても寛大な人物を見つけたということです」

「一体全体、どこでそんな貴重な情報を手に入れたんだい？」

「会話しながらですよ。私の不道徳的な習慣を思い出してくださいな。聖ロッシュ通りにある小さな店の手袋クリーニングのつまらない仕事をしている若い女性との会話で知ったのですよ。ニオシュ氏がそれと同じ家の中庭を横切った六階に住んでいて、そこでここ五年間ノエミ嬢がろくに掃除されていない出入り口を頻繁に行ったり来たりしていたのです。その手袋クリーニングの人とは古くから知り合いでしてね。彼女は私の友人の友人であったというわけでしたが、結婚して自分の友人たちとの交際を止めるようになりました。私は彼女と社交界でよく会います。透明で小さなガラスの前に立っている彼女の姿が目に入った時、彼女について思い出したのです。私はその時には、新品同然の両手袋をつけていて、彼女のところに行って自分の腕を上げて、こう言いました。

『お嬢さん、これらの手袋をクリーニングしていただきたいのですがいくらになりますか？』。

『伯爵さま、無料でクリーニングいたします』と彼女はすぐに答えたのですよ。

彼女はすぐに私のことを思い出して、彼女の今までの六年間についての身の上話を聞かせることになったのですよ。しかしそれを聴き終わった後、今度は彼女の近所の人たちについての話をするように言って、彼女はどうやらノエミ嬢を知っていて尊敬すらしていたようで、今自分が話したとことを教えてくれたのですよ」

ニオシュ氏が姿を現さないまま一月が経過したが、毎日『フィガロ』紙で自殺に関する記事を二、三読んでいたのだが、恥辱が忍耐を打ち負かし、ニオシュ氏が自分の傷ついたプライドを癒すためにセーヌ川へと身を投げたのではないのだろうかということを疑い始めた。彼の手紙にはニオシュ氏の住所がメモされていて、その *quartier*[5] にたまたま自分はいたので、自分の疑念を確かめるためにできる限りのことをしようと決心した。彼は聖ロッシュ通りのメモされた番号の家に行って、小綺麗に膨らんだ手袋がぶら下がって並んでいる隣接した地下室で背を向けた状態で、ヴァランタンが述べていた例の女性、血色が悪くて化粧着を着ていた、その女性がまるでもう一度愛想の良い貴族が前を通りかかるのを待ち望んでいるかのように通りの方を覗き込んでいた。しかしニューマンは実際に彼女に接したわけではなかった。彼はただ門番の女性に対してニオシュ氏は在宅かどうか尋ねただけであった。門番らしく彼女は機械的に、かの住人はたった三分前に出かけたと伝えた。しかし門衛所にある小さな四角い穴からニューマンの資産状態を測り、中庭の六階の奴隷状態にあるともいって良い居住者たちがいる枯れた場所を具体的な方法はわからぬが豊かなものにしてくれるかもしれないと考えると、彼女は、ニオシュ氏は今頃ちょうど二つの角を左に曲がったところにあるカフェ・ド・ラ・パトリへと行っていて、というのもいつも午後はそこで過ごしているからということも付け加えた。彼女の情報に感謝し、二番目の角を左に曲がり、カフェ・ド・ラ・パトリにたどり着いた。

彼はそこに入るのに若干躊躇した。この哀れな老人ニオシュを「追跡」するというやり方はかなり汚いやり方ではないだろうか？しかしそう躊躇いながらも、痩せこけた小柄な七十の老人が砂糖水をいっぱいいちびちび飲んでいながら自分の心の侘しさを一向に和らげることができないでいるその姿が彼の心の中に浮かび上がった。ドアを開けて入店して、最初はタバコの煙がもうもうと密に立ち込めていること以外は何も感じなかった。しかしそこを通っていって、店の隅っこにニオシュ氏が女性と向かい合いながら座っていて、大きなコップの中身をかき回している姿をぼんやりながら見出した。その女性の背中がニューマンに向けられていたが、ニオシュ氏は自分の訪問者にすぐに気づいてその人のことを思い出した。ニューマンが彼に近づき、老人はゆっくりと立ち上がり、今までにないほどに乾いたような表情で彼を見つめた。

「もし熱いポンチを飲んでいるというのなら、それはまだあなたは死んでいないとこういうことを意味するわけですね。結構ですよ、動かなくても大丈夫です」とニューマンは言った。

ニオシュ氏は口を開けて彼をじっと見つめたまま佇み、手を差し出そうともしなかった。彼の方を見ながら一緒に座っていた女性は、振り向いて勢いよく頭を上げてニューマンの方を見たが、それは感じの良いニオシュ氏の娘の姿であった。鋭い目線でニューマンを見て、彼が自分のことをどう見ているのかを洞察し、その上で、彼女は、何を察知したのかは私には分からぬが、愛想よく声をかけたのであった。

「調子はどうかしら、ムシュー？こっちの小さな隅っこに来たらどう？」

「追ってきて、私を追ってきたのですか？」とニオシュ氏はとても穏やかな調子で言った。

「さっきあなたの家に赴いて、あなたがどうなったのかを伺おうとしたのです。病気かなと思いまして」

「いつものように、とても善良な方ですな。その通りですよ、見ての通り病気ですよ」

「この方に座るようにお願いして」とノエミ嬢は言った。「*Garçon*[6]、椅子を持ってきてくださいな」

「ご一緒に座っていただけませんかな」と怯えるように二つの言語の訛りが混じった形でニオシュ氏は訊いた。

ニューマンは一体何がどうなっているのかを確かめる必要があると自分に言い聞かせ、机の端にある椅子に、左にノエミ嬢、右に彼女の父と挟まれる形で座った。

「もちろん何か注文なさるわよね」とマデイラグラスを啜っていたミス・ノエミは言った。

ニューマンが飲むつもりはないと言うと、彼女は父の方へと微笑みながら振り向いた。「光栄なことではないかしら？彼は私たちに会うためだけにここにいらしたのよ」

ニオシュ氏は刺激の強い飲み物を一気に飲み干して、その結果より涙脆くなったその目で彼を見た。

「でも私のために来たのではないのですよね？まさか私がここにいるなんて思わなかったでしょう」とノエミ嬢は続けた。ニューマンは彼女の外見が以前に比べて変わっていることに気づいた。彼女はとても気品があり、以前よりもさらに美しかった。一歳か二歳分の歳をとったように見えて、ニューマンの観察力ある眼からは彼女は確かに外面上は変わっているが中身は変化していないことを察知した。彼女は「淑女のよう」であった。落ち着いた色調の衣装に身を包んでいて、贅沢ながらも落ち着いた感じの化粧に加え何年もの経験蓄積から身につけるようになった品の良さを備えていた。彼女の落ち着きと平然としている様子はニューマンにとっては実に威圧されるという感じを受け、ヴァランタン・ド・ベルガルドがこの若い女性がとても注目に値する存在であることについ同意しそうになった。

「ええ、本当のことを言ってしまえば、あなたに会いに来たわけではありません。そもそもここにいようとは思いもしませんでした。あなたはお父さんの所から去っていったと聴きましたが？」

「*Quelle horreur!*」[7]とノエミ嬢は笑みを浮かべながら叫んだ。「人が自分の父親から去っていくことなんてあるの？そんなことあり得ないっていう証拠があなたの目の前にあるじゃないですか」

「ええ、間違いようのない証拠ですね」とニューマンはニオシュ氏の方を一瞥した。

老人は彼の一瞥を直接的ではないにしろその色褪せた非難するような眼で見て、そして空になったグラスを掲げながらもう一度飲もうというフリを見せた。

「一体誰がそんなことを言ったの？」とノエミは聞いた。「ちゃんとわかっていますよ。ベルガルド氏でしょ？なんでそうと言わないの。礼儀がなってないわね」

「困惑しているのですよ」とニューマンは言った。

「じゃあもっといい例をあげるわ。私はベルガルド氏があなたに伝えたことはわかっているわ。あの人は私についてたくさん知っているからね。少なくともあの人はそう考えているわ。彼は知るためにいろいろとたくさんの労力を払ったわけだけど、そのうちの半分は間違っているのよ。まず、私はお父さんの所を去ってなんかいないわ。お父さんがすごく好きなんだから。そうよね、お父さん？ベルガルド氏は若くて魅力的な男性で、これ以上にないくらい賢い方だわ。私もあの人のことについてはよく知っているの。このことを次に会う時に伝えて頂戴な」

「いえ、あなたのメッセンジャーなんてごめんですよ」とニューマンはニヤッと逞しげに笑った。「ええ、それで構いませんよ」とニオシュ嬢は言った。「あなたに期待はしていないわよ、ベルガルド氏もだけど。彼は私にすごく興味を持っているのよ。ご自分の好きなようになさればいいのだわ。あなたとはまるで正反対ね」

「ええ、彼は実に私と正反対ですね。完全に同意です。でも厳密にどういう意味でそう言っているのかはわかりませんね」

「こういうことよ。まず、あの人は私が*dot*[8]や夫を手に入れるために助けを申し出てくれたことはないわ」。そしてノエミ嬢は言葉をしばらく笑みを浮かべながら止めた。「こう言うと彼のことをよく言うことにはならないわね。でもそれはあなたのいい部分についてはちゃんと正しく評価したいからなのよ。それはともかくとして、どうしてあなたは私にあんな奇妙な助けを申し出たのかしら？私のことなんてあなたはどうでもいいのに」

「どうでもよくなんてないですよ」

「どんな感じで？」

「あなたが尊敬すべき若い方と結婚するのを見るのは私にとって大きな喜びとなったからですよ」

「たったの六万フランで！」とノエミ嬢は叫んだ。「そんなので私のことを気にかけているなんて言うの？あなたはどうも女性についてほとんどご存知ないようね。あなたは*galant*[9]な方ではありませんでしたね。私の勘違いでしたわ」

ニューマンは顔をかなり激しく赤らめた。「何だとそれは。そんなことを言われる筋合いはない」とニューマンは叫んだ。「自分がみすぼらしい男だなんてそんなこと思ったこともない」

ニオシュ嬢はマフを取り上げて微笑んだ。「いずれにせよ、あなたを怒らせたというのは結構大したことですね」

彼女の父は両腕を机にもたらせ、両手で支えていた頭を前にかがめ、細いその白い指が両耳に押しつけられていた。そのような姿勢で彼は空のグラスの底をじっと見つめていて、ニューマンは彼が聞いていないのだと思っていた。ノエミ嬢は毛皮の上着のボタンを閉じて椅子を後ろに押して、自分の豪華な身なりについて十分に意識した眼差しを最初にひだ飾りに、そしてニューマンに向けたのであった。「誠実な娘のままでいた方がいいかと思いますよ」とニューマンは静かに言った。

ニオシュ氏は相変わらずグラスの底を見つめていて、彼の娘はまだ勇敢に笑みを浮かべながら立ち上がった。

「それはつまり私はそういう誠実な女に見えるということ?近頃の女で誠実に見えることなんてほとんどないわ。そう簡単に私のことを判断しないで頂戴。私は成功するの、私がやりたいのはそれよ。もう行くわ。そもそもカフェにいるのを見られたくないし、あなたがかわいそうなお父さんから何を望んでいるのかもわからないわ。彼は今はとても落ち着いた状態にあるのよ。それに彼のせいというわけでもないわ。じゃあ *au revoir*[10]、パパ」

そして彼女は自分のマフで老人の頭を叩いた。そして彼女はそれをやめて、ニューマンの方を見た。

「ベルガルドさんに、私について何か知りたいというのなら、私のところに来て聞いて頂戴って言って！」

そして彼女は向こうを向いて、白いエプロンをつけた給侍がお辞儀をしながら彼女のためにドアを広く開けていて、彼女は出ていった。

彼女の父は無言のままそこにいて、ニューマンは彼になんて言えばいいのかわからなかった。老人は陰鬱なくらいに愚かに見える。

「それで、結局彼女を射殺するようなことはしなかったというわけですね」。やがてニューマンは言った。

ニオシュ氏は動かぬまま、両眼を上げて、奇妙な眼差しを彼に向けた。その態度にはあたかも全てを白状しているかのようなところがあって、それでいて憐れんでくれることを要求しているわけでもなければ、それなしでもやってけるだけの気丈さを持っているふりをしているわけでもなかった。それはちょうど無害で平な形状の昆虫の、今にも靴底によって押しつぶされそうになっているが自分のその形状ゆえに無事にすむだろうと思っている精神状態を表していたのかもしれない。ニオシュ氏の眼差しは道徳的な面での平さを白状していたのだ。「あなたは私をとても軽蔑されておられる」と彼はこれ以上にないくらい弱々しい声で言った。

「いえ、そんなことは」とニューマンは言った。「私には関係のないことですから。物事は気楽に捉えるのがいいのですよ」

「どうも大層なことをあなたに言いすぎた。あの時は本気で言っていたつもりなんだが」

「彼女を撃ち殺したりしなくて、私としては本当に嬉しいですよ。どうもあなたは自分自身を撃たないといけないようでしたのでね。だからあなたに会いにこうして来たのですよ」。そして彼は自分の上着のボタンを締め始めた。

「どちらも撃ち殺しませんよ。あなたは私を軽蔑しておられ、その弁明もとてもできません。もう一度あなたとお会いしなければよかったのに」

「それだと随分と卑劣なことをするみたいじゃないですか。そんな具合に友達を無碍に取り払うような者ではないですよ、友人というのはね。それに、前回あなたとお会いしたときは、あなたは随分とまた陽気でいると思ったのですが」

「ええ、覚えていますよ」とニオシュ氏は考え込むように言った。「その時には熱があったのですよ。私が何を言ったのかは覚えがないし、行ったことも覚えがありません。精神錯乱なほどに興奮していたのです」

「そうですか、でも今は随分と落ち着いていますね」

ニオシュ氏は黙り込んだ。

「墓地にいるかのように静かなのですが、それほどまでに不幸なのですか？」

ニオシュ氏は自分の額をゆっくりと擦り、自分の鬢を少し押し戻しもし、自分の空のグラスを横目で見た。

「ええ、ええ。それを説明するには随分と昔に遡りますな。私はいつも不幸でした。私の娘は私に対してやってほしいことは全部やってあげています。彼女が私に与えてくれるものは全部受け取ります、それがいいものだろうと悪いものだろうと。私には魂というものがなく、もし魂がないというのなら静かにしてなければいけません。これ以上は面倒はお掛けしませんよ」

「まあ、そういうのならお好きなように」とニューマンは老人の哲学が饒舌に語られるのにどちらかというと嫌気をさしながら言った。

ニオシュ氏は軽蔑されることを覚悟していたようではあるが、それでもニューマンの僅かな賛辞に弱々しい動作で訴えた。

「結局は、あの子は私の娘なのですよ。そして今でも彼女の世話ができるのです。もし間違ったことをするというのなら、妨げる理由もありません。しかしやり方というのはたくさんあるものですし、程度というものもあります。私は彼女に恩恵を施す、恩恵を施すことができるのです」。そしてニオシュ氏は言葉をやめ、漠然とニューマンの方を見たが、ニューマンはこの老人の脳の状態は児童へと逆行しているのではないかと疑い始めていた。

「私の経験上の恩恵」とニオシュ氏は付け加えた。

「あなたの経験？」とニューマンは面白がると同時に驚きながら訊いた。

「私のビジネスにおける経験で」とニオシュ氏は重々しく言った。

「あぁ、はい。それは彼女にとって大きな助けとなりますね！」とニューマンは笑った。そしてさようなら、とあいさつしてその哀れで愚かな老人に自分の手を差し出した。

ニオシュ氏はそれに応じながら壁にもたれかかり、その手をしばし握りつつ彼の方を見上げた。

「どうやらあなたは私の知性がおかしくなっていると思っているのでしょうな。実際、私の頭にはいつも痛みがあるのです。ですので、あなたに弁明することも、説明することもできないのです。それに彼女はとても強い女性で、彼女はどこにでも私を連れて行こうとするのですよ！でもこんなことになってしまっては、こんなことに」。そこで言葉を止めたが、まだニューマンの方を見つめていた。彼の小さな白い両眼は、暗闇にいる猫の目のようにカッと見開いて輝いていた。「見かけとは違うのです。私は彼女のことを許していません、ああ、もう！」

「そうですね、許すべきではありません。彼女は悪い例です」

「悍ましいです、恐ろしいです。でも本当のことを言いましょうか？私は彼女が大嫌いです！私は彼女が与えるものは受け取りますが、それだけもっと嫌いになります。今ではほとんど残酷なまでに彼女のことが嫌いです。いえ、彼女のことなんて許してはいませんよ」

「じゃあ、どうしてお金を受け取ったのですか？」

「もし受け取っていなかったら、彼女のことをさらに嫌っていたからですよ。悲惨というのはそういうやつですよ。いえ、彼女のことなんて許していませんよ」

「娘さんを傷つけないように気をつけたらよろしいでしょう」とニューマンはまた笑った。

そして彼と別れたのであった。カフェを出て行くと彼は窓側に沿って歩いて行ったのだが、通りに行くと老人が給侍に対して物憂げな仕草でガラスを満たしていた。

ある日、カフェ・ド・ラ・パトリを訪れた翌週にヴァランタン・ド・ベルガルドを訪ねたが、幸いなことに彼は在宅していた。ニューマンはニオシュ氏とその娘と面会したことに彼に聞かせたが、残念ではあるがヴァランタンは老人のことを正しく評価したと伝えた。あの二人が互いに親しいようであり、老いた紳士の厳格さは純粋に理論上のものであったとした。ニューマンは自分が落胆したと白状した。ニオシュはもっと優越感を持っているものと期待していたとした。

「優越感ね」とヴァランタンは笑った。「あいつに優越感に浸れるようなものなんてありませんよ。ニオシュ氏の持っている視野で優越に浸かれるほどに高みにいられるのはモンマルトル地区、それもまたそんなろくな場所でもないさ。平らな地域でマウントを取ったりなんてできるもんか」

「彼は実際言ったんだ、彼は娘を許してなんかいないとね。でもそのことに彼女は決して気づかないだろうね」

「彼がその状況を好んではいないことは公平に評価してやらないとね。ニオシュ嬢は自分たちが読む伝記に出てくるような偉大な芸術家で、自分のキャリアをスタートするときに身内の仲間たちからの大きな反対を食らっていたというわけさ。そういった芸術家の才分は身内によって認識されることはないけれど、世間はしっかりと正しく評価するんだ。ニオシュ嬢にはその才能があるのですよ」

「あの小さな重荷と言うべき小癪な小娘に、あなたはあまりに重大にとらえすぎですよ」

「うん、そりゃあわかっているさ。でも人というのは考えることが何もないと、その小さな重荷について考えるしかないのさ。心の底から完全に真剣になるくらいなら、大したことがないことについて真剣になる方がいいのですよ。あの小さなお荷物は私を楽しませますね」

「そんなこと、彼女は気づいていますよ。あなたが彼女を追跡していて、身辺事情について尋ねたことに気づいていますよ。そしてそれを彼女はとても面白がっていますよ。それはまた随分と迷惑なものですな」

「迷惑だって、そんなことあるもんか！」とヴァランタンは笑った。

「自分が彼女のような小柄なのに貪欲な野心家に関して、これほどの労力を注いでいるのを知られるなんて冗談じゃない！」

「可愛い女性というのは労力を払うだけの価値はいつもあるものさ」とヴァランタンは反対した。

「ニオシュ嬢は私の好奇心によって心がくすぐられて、その彼女の心がくすぐられたことによって私の心もくすぐられることは喜ぶことでしょうね。まあ彼女はそんなくすぐられていないですがね」

「じゃあ彼女のところに行ってそれを伝えた方がいいな。そんな感じのことを私からあなたに伝えるように言っていましたよ」

「随分と穏やかな想像力ですな。祝福しますよ。私は彼女に会いに行ったんですよ、ここ五日で三回ね。彼女は魅力的な女性だ。シェイクスピアのグラス・ハープについて話したんですよ。彼女はとても聡明で、非常に面白いタイプの女性だ。そして粗野なところはまるでなく、なろうともしていない。そうしないための心構えをしているのですね。彼女は自分自身をとても大切にしている。完全無欠なのですよ。沈み彫りをした、小さくて形がくっきりとした古代の小さな海のニンフ像のようで、大きな紫色の宝石アメジストから作り出されたもののように、全然感情とか慈しみとかいうものとは無縁だということを保証するよ。ダイヤモンドを使ってすら彼女に引っ掻き傷を作ることなんてできないさ。極めてかわいくて、本当だよ。彼女について わかってきたらすごく可愛いのさ、知性的で、断固たるところがあって、野心的で、良心の痼癪なんてものとは無縁で、顔色変えずに人が絞め殺されるのを見ることができて、名誉にかけていうけれどとても愉快な女さ」

「随分とまた長所を挙げたな。まるで指名手配犯を追っかける刑事のための説明書みたいだな。今挙げた説明を『愉快な』とは別の言葉で締めくくりたいと思うがね」

「どうしてどうして、これほど適した言葉はないと思うな。彼女は褒め称えたり、愛されたりするような人物とは言わないさ。彼女を私の妻や妹としては欲しくない。でも、彼女が独創的な興味深い機械として作動するところを見るに値するというわけ」

「まあ、私も今までとても興味深く動く機械を見てきましたね。そして一度は針の製造工場で都会からやってきた一人の紳士が機械にあまりに近づきすぎたため、まるでフォーク刺されたようになって、そのまま摘み上げられて一気に粉々に砕かれたのを見ましたよ」

マダム・ド・ベルガルドが彼を社交界の人々へと紹介するという催しを取り決めた、これは十分に適切な表現である、三日後の夕方遅くに、このマダム・ド・ベルガルドが今月の二十七日の夜十時に在宅するという知らせが書いている、大きな案内状が机にあるのを見つけた。それを鏡の縁へとつっこめて、どこか得意げに見ていた。それは勝利として愉快な紋章であり、獲物が獲得された書類上の証拠とでもいうべきものであった。そして椅子にのびのびと足を伸ばしながら、ヴァランタン・ド・ベルガルドが部屋に現れた。ヴァランタンの眼差しはやがてニューマンの向いている眼差しを追うようになり、母の招待状に気づいたのであった。

「それでどうしてそれらをこんな隅っこに置いてあるんだ？ まさかいつもの『音楽』、『踊り』、『*tableaux vivants*』[11]のための招待状ではないだろう。少なくとも『一人のアメリカ人』という文言が書いてある必要がある」

「いや、アメリカ人は私の他に数人来ますよ。トリストラム夫人が今日招待状を受け取って、その招待に応じる旨を教えてくれたんだ」

「それじゃあ、トリストラム夫人とその旦那が来るならば、君の味方として助けてくれるということだな。母は彼女の招待状に『三人のアメリカ人』って記載しとけばよかったな。まあそれでもあなたが楽しまないなんてことはないでしょうよ。きっとフランスからの最上等の人々がたくさんくるのを見るでしょう。つまり長い長い家系を持っていたり、やけに高い鼻を持っていたりそんな具合に。そのうちの何割かは酷いくらいばかだよ。彼らと接する際は慎重にならないといけませんよ」

「まあ、きっと私はそういった人たちを気にいるでしょうよ。ここ最近は会う人全員と遭遇する出来事全部を好きになってしまいそうな感じです。何せとてもいい気分にいるんですからね」

ヴァランタンは彼を無言のまま見たが、椅子に腰を下ろしていつになく疲れた様子にあった。

「幸せな男だな!」とかれはため息をついた。「人を怒らせたりしないようにな」

「もし誰か怒りたい人がいるのなら、そうすればいいさ。別に何か私自身に咎めることがあるわけでもないのだからね」

「それじゃあ、あなたは本当に妹のことを愛しているんですね」

「その通りですよ」とニューマンは少し黙った後に言った。

「彼女もあなたのことを?」

「そのようですね」

「一体どんな魔法を使ったというのです? どうやって恋に陥らせたりできたのですか?」

「いいえ、別に何か決まったやり方があるというわけではありません。効き目のあると思われるやり方ならなんでも使っただけです」

「どうやら、あなたという人物はいざわかってみると恐ろしい人のようですね。まるでイギリスのお伽噺で出てくる七リーグの靴で歩いているみたいだ」

「どうも今晩は様子が変ですね」とニューマンは相手の言葉にこのように答えた。「どうも悪意が感じられる。私が結婚するまで不協和音を鳴らすようなことはやめてくれたまえ。そして、私が身を落ち着けたら、物事を適切に受け入れられるようになるだろう」

「それでいつ結婚式は挙式されるので?」

「今から六週間後くらいですね」

ヴァランタンはしばらく無言でいて、話し始めた。「それで将来についてなんら不安がないということですね?」

「ええ、ないですよ。私が欲していたものは十二分に正確にわかっていましたし、手に入れたものも同様にしてわかっております」

「幸福になれると本当に確信しているのですか?」

「確信？　そんな馬鹿げた質問には馬鹿げた答えで返すのが適切でしょう。そうとも！」

「怖いものは何もないと？」

「一体何を怖がるというのですかね？　暴力で殺されるのならともかく、私を傷つけるものなんて何もないのですよ。そういう場合は、とんでもない詐欺というものですな。私は生きたいと願っている、生きるつもりでいます。病気にかかって死ぬなんてのもないです。滑稽なくらいに私は丈夫なのですから。そして老齢で死ぬなんて当分はないことでしょう。妻を失うこともない、私がとても大事にしますから。私は自分のお金は失うかもしれませんし、場合によっては失うのが莫大な量となることもあるかもしれません。しかしそんなの些細なことです、というのも私がその倍の量をもう一度築き上げるのですから。だから一体何に私が恐れるというのです？」

「アメリカのビジネスマンがフランスの侯爵夫人と結婚するのはもしかすると間違いではないかと恐れることもないのですか？」

「侯爵夫人にとってはそうかもしれないけれど、ビジネスマンとしては違うでしょうよ。そのビジネスマンが私のことを指しているのならば！しかし私の侯爵夫人は決して失望することはないです。私は彼女の幸せの願望に心まで応じるのですからね！」そしてニューマンは大篝火によって自分の幸福な確信を祝いたいとでも思ったのか、立ち上がって既に燃え上がっている暖炉の方へと薪を何本か投げ入れた。ヴァランタンはさらに燃え盛った炎をしばらく見ていて、頭を手にもたらせた状態で物憂げなため息をついた。

「頭でも痛いのですか？」

「*Je suis triste*」[12]とヴァランタンはガリア人らしい素直さでいった。

「悲しいというのですね？ それはあなたが別の日の夜にある女性を賛美しているけれど結婚ができないというその人に関してのことですか？」

「そんなこと私言いましたっけ？ 後になって考えてみると、そういったことをうっかり滑らせてしまったようですね。クレールの前で、なんて悪趣味なことを言ったんだろう。でもそんなことを言いつつ自分の気持ちはどんどん陰鬱になっていって、今でも陰鬱ですよ。どうして私にあんな女の子を紹介してくれたんだね？」

「ああ、じゃあノエミのことというわけですね。これは随分と驚くものだ。まさか恋煩いでもしたというのではないでしょうね？」

「ああ恋煩いだなんて、そんなのはとても立派とは言えない感情ですよ。しかしあの冷血な小さな悪魔が私の考えに干渉してくるのですよ。彼女は私をその均整な小さな歯で噛んだのですよ。それで自分の気がおかしくなって、狂ったことをやってしまうのではないかという気がしてならないんだ。下品だ、気分が悪くなるくらいに下品だ。彼女はヨーロッパで最も貪欲な、小柄なクソ女だ。それでも彼女の存在が私の心の平穏を本当に掻き乱すんだ。いつも彼女が私の頭の中で駆け巡っている。あなたの高尚で道徳的な愛情とは実に対照的なものだ。卑しむべきほどに対照的だ。年齢をかなり重ねた今の自分ができる最上のことと言ったらこんなことしかないなんて、実に憐れむべきものだよ。私は親切な若者ですよね、*en somme?*[13] でもあなたとは違って、私は自分の将来についての保証がないのですよ」

「あんな娘はさっさと捨ててしまうがいいさ。二度とつかないようにすれば、あなたの将来に心配することなんてなくなりますよ。アメリカに来てくれたまえ、銀行に職を見つけてあげますから」

「簡単に捨ててしまえと言いますな」とヴァランタンは少し笑った。「あんな綺麗な女性を簡単に棄てるべきではありませんよ。ノエミに対してでも、人は親切に応じなければなりませんよ。それに、彼女に怖がっているなんて悟られたくないのさ」

「じゃあ親切心と虚栄心から、沼にどんどん引き摺り込まれていくというのですかな?そういったものはもっと良いもののために取っておくといい。覚えておいてほしいのだが、私もあなたに彼女を紹介したくはなかったのですよ。要求したのはあなたです。私はどこか不安な気分があったのですよ」

「いや、別にそちらを非難しているわけではないのですよ。とんでもない!私は彼女と出会わないままいられるなんてそれこそあり得ないことだ。彼女は本当に尋常じゃない。彼女がすでにその翼を広げたやり方は、実に驚くべきものだ。女性が私をこんなに面白がらせるなんて思いもしなかった」。こう言ったが、すぐに続けた。「しかし申し訳ないが、彼女についてはどうやらあなたは面白いと思わないようですね。この話題は不純でもありますしね。何か他のことを話そう」

ヴァランタンはまた別の話題を振ったが、五分もするとニューマンはヴァランタンが強引に話題をまた変えて、結局ニオシュ嬢に関しての話に戻り、彼女の振る舞いや発言した***mots***[14]から引用したりするのに気づいた。その引用された言葉はとても機智に富んでいて、つい半年前まで下手な聖母マリアを描いていたその若い女性にしては、驚くくらいに皮肉に富んでいた。しかしやがて突然彼は喋るのをやめて考え込むようになって、それからしばらく何も言わなかった。彼が帰ろうとした立ち上がった時、彼の考えがまだニオシュ嬢に関して駆け巡っていたのは明らかだった。

「そうさ、彼女は忌々しい小さな怪物だ！」と言った。

第十六章

それからの十日間はニューマンにとって今までの人生で最も幸福な時間であった。マダム・ド・サントレに毎日会って、老マダム・ド・ベルガルドも将来自分の義理の兄になるユルバンとも合わなかった。マダム・ド・サントレはやがて彼らが顔を出さないことに申しわけないと思うようになった様子であった。

「彼らはディープミア卿にパリを案内することに忙しいのよ」と彼女は言った。

彼女がこうはっきりといっているうちに微笑むようになったが、その笑みは続いていくにつれ、さらに強くなっていった。

「ディープミア卿というのは私たちの六人経由した親戚ともいうべき方だけれど、血は水よりも濃密と言いますからね。それに彼はとても面白い方なのよ！」そして彼女は笑った。

ニューマンは若いマダム・ド・ベルガルドと二、三回会って、まるで達成不可能な理想の娯楽を探求しているかのように、優美な曖昧さというような面持ちで歩きまわっていた。彼女のその姿はいつもヒビの入った塗られた香水瓶をニューマンに思い起こさせた。しかし次第に彼女は義理の兄となるユルバン・ド・ベルガルドと正式的に婚姻関係にあることに基づき、彼女に対して好意的な感情を育んでいくようになった。彼はベルガルド氏の妻を憐れんでいた。というのも彼女は滑稽だったたし、小柄で浅黒くていつも何かに渇望しているかのように微笑んでいて、その心がどこか不規則めいたものを感じさせるものがあったからであった。この小柄な老侯爵夫人はとても無垢な媚びとは言えぬような激しい調子で彼を見ることがあった。というのも媚びであった場合、それにはもっと上品さがある影が添えられているはずだからである。

どうやら、彼に尋ねたいことあるいは伝えたいことが何かあるようであった。ニューマンはそれは何かと首を傾げた。しかし彼女にそのための機会を作ってやろうと思うのをためらった。というのも彼女の話が彼女の結婚生活の無味乾燥さに関してのことだったら、そんな彼女をどう手助けしていいのか皆目わからなかったからである。しかし彼女がいつの日か自分のところにやって来て、(自分の周りを見た後に)少し情熱を込めて「あなたが私の夫を嫌っているのは知っているわよ。それは実に正しい感情であるということをはっきり言います。*papier-mâché*[15]のぜんまい時計と結婚した私という可哀想な女を憐れんでくださいな!」と囁いてくるような気がした。

礼儀作法の原則については完全には熟知していなかったにせよ、特定の行動の「卑しさ」についてははっきりした感覚で把握していたので、今の自分の境遇としては警戒をそのまま続けることが適切だと彼は判断した。この一家の人々に対して、自分がその家庭で何か愉快ならぬことをしでかしたと言われることはしないと決めていた。彼女らしくマダム・ド・ベルガルドは自分の結婚式の際に自分が着る衣装についての話をいつもしていたものだが、その衣装はすでに何度も仕立て屋と面談していたにも拘らず、創造的な想像力ではまだ完成した姿を思い浮かべるには至らなかった。

「肘のところの袖に青白い蝶リボンをつけたいってこの前言いましたよね？でも今日考えてみると、その蝶リボンが青色ではなくなるのよ。一体それはどうなってしまったのかしら。今日はピンク色が見えるの。淡いピンク。すると今度は青もピンクも私に何も訴えないような、退屈で変な感じの状態が続くようになりますの。でも蝶リボンは絶対外せないの」

「じゃあ、緑か黄色だといいんじゃないですかね」とニューマンは言った。

「*Malheureux!*[16]」と小柄な侯爵夫人は言った。「緑色のリボンなんて娼婦がつけるものじゃない！結婚生活が破綻して、子供が私生児になってしまいますよ！」

マダム・ド・サントレは世間に対しては静かな幸福な様子を見せているが、その世間が不在の時はほとんど興奮気味なくらい幸福であるのを自分に見せている姿を想像して、ニューマンも幸せな状態にあった。非常に優しい調子で接してくれているのだ。

「あなたといても全然面白くないです。というのもあなたを叱ったり、正したりすることが全然ないのですもの。期待していたのに。楽しみにしていたのに。でも実際はあなたは怖いこと何一つしないんですもの。陰気なくらい無害じゃない。とても馬鹿げているわ。私にとって楽しくなるようなことが何一つないもの。誰か他の方と結婚した方がいいのかしらね」

「それほど私にとってできないことはないですね」。彼女の言葉に対してニューマンはいつもこんな具合に答えたのであった。「どうか私が不足している点については寛大に見てやってください」

少なくとも自分が彼女を決して叱るようなことはないと断言した。すると完全に満足な様子になった。

「あなたが、私が熱烈に欲していた正にそのものであることを知ってさえくれたら！そしてどうして私はそれほど熱心に欲したのかわかりはじめました。実際に手に入れると、予期していた通り大きな違いをもたらしてくれたからです。これほど自分の幸運に喜んだ人は未だかつていなかったでしょうね。ここ一週間は、あなたは毅然とした態度をとっておられましたが、それがちょうど私が妻に望んでいた態度なのです。私が妻に話して欲しいと思っている内容をあなたはちょうど話しますし、歩いてほしいと思うその時にあなたは部屋の中を歩き回りますし、私が望んでいるのと同じ衣装の趣向を持っておられます。端的に言えば、私の望む水準を満たしているというわけです。そしてこの際に言いますが、私の水準は相応に高いものでしたよ」

こういった言葉を聞いて、マダム・ド・サントレは真面目になってしまったようである。やがて言った。「本当に、そんな水準にはとても達していませんよ。あなたの設定した水準はあまりに高すぎます。私はあなたが思っているような人間では全然ありません。もっと取るに足らない存在です。あなたの理想としている女性は、あまりに素晴らしすぎます。聞きたいのですが、彼女はどうすればそれほど完璧な存在になったのですか？」

「初めからそういう存在だったのですよ」

マダム・ド・サントレは続けた。「その人は私自身の抱いている理想よりもさらに優れた女性であると本当に思っております。これでもどのくらいお世辞を言っているか分かります。とにかく、あなたの理想をこれからは私の理想とします！」

トリストラム夫人がニューマンの婚約の報告の後に自分の愛するクレールに会いにいったのだが、彼女はニューマンに対してその翌日に彼の幸福はただただ馬鹿げているとした。

「何が滑稽かといって、あなたはまるでどこにでもいるようなスミスさんやトンプソンさんとかと結婚するかのように幸せでいることだわ。実際にあなたのこの結婚は輝かしいものとは思いますが、その輝かしいお相手を何ら税金を払わずに手に入れようとしているわけなの。結婚なんてものはたいていの場合妥協によって行われるものだけれど、今回あなたは何もかも揃っていて、何かを手に入れるにあたって何かを手放さなければならないこともない。それなのにあなたは輝かしいほどの幸福を手に入れるというのですから」

ニューマンは彼女の喜ばしい励まし方について感謝を示した。これほどたくみに励ましたりあるいは落胆させたりできるような女性はいない。だが夫のトリストラムの言い方は違っている。彼は妻に連れられてマダム・ド・サントレを訪ねたのだが、その遠征について彼は次のように説明するのである。

「伯爵夫人に関して今回俺が意見を述べることはないよ。一回ドジを踏んでしまったからな。それはそうとお前が結婚しようとしている女に関して、お前の友人の意見を聞きにこようなんて随分と忌々しいことをするじゃないか。お前が手に入れるものは全部お前にとってふさわしいものだ、とか聞いてお前は彼女のところに飛んでいってそのことを伝えて、彼女は意地の悪い哀れなそいつが始めてやってきた際に喜ばせるのに気を使うわけだ。でもお前はマダム・ド・サントレにまだ伝えていないようだと、お前に対して公平であるために言っておくよ。仮に伝えたというのなら、彼女は随分と心が寛大なもんだ。彼女はとても気立てが良くて、すごく礼儀正しかった。彼女と俺の妻リジーがソファの上に座って互いの手を握り合って『*chère belle*』[17]と言い合っていて、マダム・ド・サントレは言葉を三つ喋るごとに極上の笑みを浮かべてくれて、まるで俺もその親愛なる人物であると示してくれていると言わんばかりであった。実を言うと、彼女は以前は俺のことを相手にしなかったんだったけど、その埋め合わせをそれで十分してくれたのさ。間違いないよ。とても面白くて社交的なんだ。ただあるとき、それをぶち壊すような嫌な時間がきて、彼女は俺たちを自分の母に紹介しないといけないとか考え出したんだ。彼女の母が娘の友人たちを知りたいと思ったからね。俺は彼女の母と会いたくなかったら、妻リジーに一人で家の中を訪ねて、自分は外で待っていると言ったんだ。でもリジーのやつは、いつもの忌々しいくらいの才分を発揮して、俺のその意図を見抜いて、一目俺の方を見ただけで俺は服従してしまったんだ。そして彼女たちは腕を組んで入っていって、俺はついていくしかなかったんだ。老婦人が肘掛け椅子に座っていて、自分の貴族的な親指を適当に弄り回していたんだが、彼女はリジーの方を頭から足まで見下ろした。しかしこういった決戦においては、リジーもまた相応にやるんだな、公平にするためにね。俺の妻は彼女に自分たちはニューマンさんの大の友達だって言ったんだ。侯爵夫人はしばらくじっと見て、こう言ったんだ。『ああ、ニューマンさんね！私の妹はニューマンさんという人と結婚すると決めましたね』。そしてマダム・ド・サントレはまたまた妻リジーを優しく撫で始めてね、この人が彼と縁結びの企てをしてくれて、一緒になったのと言った。すると老婦人はトリストラムさんに言ったんだ。『ああ、私の義理のアメリカ人の妹さんのために感謝しなければならないわね。実に賢い考えでした。心から感謝いたします』とね。そして彼女は俺の方を見つめ始めてさ、こう言ったんだ。『えーと、あなたは何かの製造業に携わっていらっしゃいますの』。それに対して彼女に老いた魔女が乗っかるような箒の製造に携わっていたことがあるとでも言ってやりたかたんだが、リジーが俺の先を越してしまったんだ。『侯爵夫人さま、私の夫は職業も仕事もないような不幸な階級に属しているのでして、世間に対して貢献することはほとんどありません』。あの老婆をやっつけてやるためには、妻は俺をどう扱おうと一向に構わなかったんだよ。『あらあら、人にはみんな義務があるはずなのですがね』と侯爵夫人が言った。『残念ですが、そろそろお暇せねばなりません』と妻は言った。そしてまたみんな一緒になって出ていったんだ。それにしても君は全く姑というものを構成するあらゆる要素を備えた姑を持っているんだな」

「いや、俺の姑は俺を一人にさせておくこと以外は何も望んでいないぜ」

そして二十七日の晩がやってきて、ニューマンはマダム・ド・ベルガルドの舞踏会へと出かけた。ユニヴェルシテ通りある古い家は、その日は奇妙なほどに輝いた様相を呈していた。外側の門から投射される光の輪の中で、街の群衆が馬車がその中へと次々に入っていく姿を見たのであった。玄関は灯火された松明で輝いていて、門番がそこに真紅色の絨毯を敷いていた。ニューマンが到着した時はまだ数人しかそこにいなかった。侯爵夫人と二人の娘は階段の最上段にいて、そこの隅に置いてある黄ばんだ古いニンフ像は植物の隙間からその目を覗かせていた。マダム・ド・ベルガルドは上等な紫色のレースを身につけていて、ヴァン・ダイクによって描かれた老夫人のようであった。マダム・ド・サントレは白色の衣装で身を包んでいた。老婦人はニューマンを威容を備えた形式的な作法の挨拶で迎え、自分の周りを見て自分の近くにいた数人を呼び寄せた。彼らは老紳士であり、ヴァランタン・ド・ベルガルドによれば高い鼻に分類される人たちであった。彼らの二人か三人が綬章や勲章を身につけていた。警戒心を作りつつ近づいてきて、侯爵夫人はあなたたちを私の娘と結婚することになるニューマン氏に紹介したいと言った。その後も続いて、三人の公爵、三人の伯爵、一人の男爵を紹介した。これらの紳士たちはお辞儀をして最も愛想よく微笑み、「お近づきになれて嬉しいです」という言葉を添えられて公平な握手を連続してニューマンはすることになった。彼はマダム・ド・サントレの方を見たが、彼女の方は彼を見ていなかった。彼個人としての自己意識が彼女が批評家であるかのように目線を気にしながら自分の役割を演じなければいけないことに注力していたなら、彼女の目線が自分に一度たりとも注がれなかったことは信頼の表れとして喜ばしいものと看做しただろう。こう言った考えを実際ニューマンがしたわけではないが、それでもこのような状況にも関わらず、彼女は彼の小指一本の動きすらも決して見逃さなかっただろうとあえて言っておくとしよう。若いマダム・ド・ベルガルドは細い三日月や丸い満月の銀色の巨大な月が刺繍されている真紅色のクレープという大胆な身なりをしていた。

「私の衣装については何も言ってくれないわね」と彼女はニューマンに言った。

「どうも望遠鏡を覗いてあなたをみているような感じがするのですよ。実に奇妙なものです」

「奇妙だというのならこの場の雰囲気にピッタリじゃない。でも私の体は天体ではなくてよ」

「深夜の空がそのような特別な真紅の色をしているのなんて見たことないですよ」

「それこそが私の独創性なのよ。誰もが青色を選ぶでしょうし、私の義理の妹も小さなお上品なたくさんの月とともに美しい青色を少しばかり添えるでしょう。でも真紅色の方がよっぽど興味深いでしょうね。それがくだらないこと【moonshine】であるという私の考えを表しているの」

「月光と流血というわけですね、あなたが表しているのは」

「月夜の殺人」とマダム・ド・ベルガルドは笑った。「そんなことを表す衣装なんて、とても素晴らしいじゃない。そしてそれを完璧にするために、私の髪の毛にダイヤ製品の短刀があるのよ。あら、ディープミア卿が来られたわ」。しばらく話を止めて、また続けた。「一体あの人が何を考えているのか、確かめないと」

ディープミア卿が顔をすごく赤らめた状態で笑いながら近づいてきた。

「ディープミア卿は義理の妹と私、どちらか好みなのか決められないの。クレールは自分の従姉妹だから好きですし、私は従兄弟ではないから好きだというわけ。でもあの人は私をdisponible[18]わけですから、クレールを愛する資格なんてありはしないわ。婚約している女性と恋に落ちるのは大きな誤りですけれど、結婚している女性と恋に落ちないのも大きな誤りね」

「結婚している女性と恋に落ちるというのはとても愉快なことですね。というのも結婚してくれと言われることがないわけですから」とディープミア卿が言った。

「そうでない女性、つまり独身の女性はそういったことをするということですか」

「そうですよ。英国では結婚していない女性は全員相手の男に結婚してくれと言い寄りますね」

「そして相手の男性は残酷にそれを拒絶するというわけなの」とマダム・ド・ベルガルドは言った。

「まあそれは仕方ないといえばそうですね。相手の男性は結婚してくれと言われたからといって誰でもそれに応じるというわけにはいきませんからね」と卿が言った。「あなたの従姉妹さんはそんなことはしませんがね。彼女はニューマンさんと結婚するつもりでいるので」

「それだと話は全く違いますね！」とディープミア卿は言った。

「彼女が結婚してくれと言い寄ったら、あなたはそれに応じたでしょうね、きっと。そのことから、結局はあなたが私を好んでくれると期待してもいいことになるのよ」

「いや、相手が相応に良ければ、別に選り好みをするというわけではありませんよ。全員もらっちゃいますよ」と若い英国人は言った。

「ああ、なんて恐ろしい！そんな感じで連れ去られてたまりますか、離れていないといけませんね」とマダム・ド・ベルガルドは言った。「ニューマンさんの方が遥かにましよ、彼は相手の選び方というものを心得ているのですからね。彼はまるで針に糸を通すかのように選びますわ。彼は他のどんな人よりも、どんなものよりも、マダム・ド・ベルガルドの方を好むのですよ」

「それにしても私が彼女の従姉妹なんて事実はどうにもならないじゃないですか」とディープミア卿はニューマンに素直な楽しい様子で言った。

「ええ、どうにもなりませんね」とニューマンは笑い返した。「そして彼女も！」

「そして私が彼女と踊ることになっても、それもやはりどうにもなりませんね」とディープミア卿は断固とした飾り気のなさで言った。

「それは私自身が踊ることによってのみ妨げることができますね。最も残念なことに私は踊ることができませんがね」とニューマンは言った。

「踊りなんてやり方がわからなくてもできるものですよ、そうですねディープミア殿？」とマダム・ド・ベルガルドは言った。

しかしディープミア卿はこの言葉に対して、人が馬鹿な真似をして笑いものになりたくなければ、踊り方は学んでおく必要があると答えた。そしてこれと同時にユルバン・ド・ベルガルドが手を後ろに回しながらゆっくりと一同に加わった。

「これは素晴らしい催しだ。古い家がとても輝いていますよ」とニューマンは陽気に言った。

「喜んでいただければ、こちらとしても満足です」と侯爵は肩を上げて前へとかがめながら言った。

「いえ、きっと皆喜んでおられると思いますがね。何せ最初彼らが見るのは、天使のように美しく佇んでいるあなたの妹さんが入ってくる姿なわけでして、それで喜ばないなんてありえないですよ」とニューマンは言った。

「ええ、彼女はとても美しいです」と侯爵は粛々と言った。「しかしそれはあなたが大きく感じているのと同じ程度の満足感を彼らも感じるのではないでしょう」

「ええ、私は満足していますよ、ええ伯爵さん満足していますとも」とニューマンは間延びしつつ言った。

「それで、あなたの友達を何人か紹介してください」と侯爵は辺りを見回した。そしてニューマンを無言のままで頭を傾げ手を下部の唇に当ててゆっくりと擦りながら見た。ニューマンが自分の主人と立っていたところの広間はすでに多数の人々が流れ込んできていて部屋は混雑していて、そこの光景は華やかなものになっていた。その華やかさは主に女性の輝く肩と豊潤の宝石の輝き、そして彼女たちの衣装のゆったりした優雅さに起因するものであった。軍服を着ている人はいなかったが、それはマダム・ド・ベルガルドがボナパルト家による当時のフランスの運命を支配していた無数の成り上がり者たちの権勢に対して徹底的にドアを閉ざしていたからであり、この場に居合わせていた多数の人々の微笑んだりお喋りをしていた顔には、調和的な美を思わせるような優美さを有しているものはほとんどいなかった。それでもニューマンが骨相学者ではなかったのは残念なことで、居合わせていた顔の大多数は不規則的に愛想が良く、表情に富んでいて、何かを示唆するようなものであったからだ。もし状況が違っていたら、それらの顔をみてニューマンが愉快になることはほとんどなかっただろう。彼は女性はそんなに綺麗ではないし、男性はやけにニヤニヤ笑っているなと感じただろう。しかし今のニューマンの気分としてはどんな印象を受けてもそれが愉快だと思うように解釈するような状態になっていて、居合わせていた全員が煌びやかであるとし、彼らのその華やかさというのは自分が信頼されているからというのもあると考えた。

「何人かの方たちにご紹介しましょう。というより紹介せねばなりません。よろしいですね？」とベルガルド氏は言った。

「ええ、お望みとあらば誰とでも握手をしますよ。あなたのお母さんがたった今、私に五、六人ほどの老紳士を紹介していただいたのでね。同じ人物をまた紹介しないように気をつけてくださいね」

「母が君に紹介したその紳士というのは一体誰です？」

「これはしまった、忘れてしまいましたよ」とニューマンは笑った。「ここにいる人はみんな似たように見えてしまうので」

「彼らとしてはあなたを忘れたとは思えませんがね」と侯爵は部屋の中を歩き始めた。ニューマンはこの人混みの中で彼とは離れ離れにならないように、彼の腕を掴んだ。それからしばらくの間、侯爵はまっすぐに無言のまま歩いた。やがて応接間をいくつか通り抜けてその一番端にまで行ったら、ニューマンは異様に大柄な女性がとても広い肘掛け椅子に座っているのが目に入って、その彼女の周りに半円になって数人が立っていた。この小さな集団は侯爵がやってくると二つに分かれ、ベルガルド氏が前へと進み少し沈黙して帽子を口元にあてた。ニューマンは教会で各人が自分の席に行くとそのように立っている紳士を数人見たことがあった。実際、その婦人は偶像崇拝的な神殿において祀られている偶像のように実によく似ていた。彼女は極めて体が大きく、何事にも動じないほどに平穏である。彼女のその姿はニューマンにとってほとんど恐ろしいものですらあった。彼女の三重の顎、小さいながらも射抜くような目、露出して途方もなく広がっている大きな胸、羽毛と宝石によって飾られた、頷いたり煌めいたりしているティアラ、繻子のペチコートの大きな円形をみて、ニューマンは当惑したのであった。小さな円を成している取り巻きたちがいることも踏まえ彼女は見本市での「太った女」を思い出させた。彼女は小さく、瞬くことのない両目を新たにやってきた者たちへと注いだ。

「公爵夫人さま、以前お話ししていた我が善良な友のニューマン氏を紹介します。私たちの大切な方々にニューマン氏に紹介したいと思っているのですが、そのためにはまずあなたさまから始めないといけません」

「とても嬉しいですわ。嬉しいわよ、ムシュー」と公爵夫人は小さく甲高いながらも、決して不愉快ではない声でニューマンが会釈している間にいった。「私はこのムシューに会うためにやってきたのよ。私の祝言も理解してくれたらいいのだけれど。私を見てさえくれれば理解できますよ」と彼女は自分を多くを一度で見渡すような一瞥をしつつ、続けた。ニューマンはなんと言えばいいのやらほとんど分からなかったが、自分の太り具合について自分で冗談を言うくらいだから、何を言っても大丈夫なのではないかとも思えた。公爵夫人がニューマンに会いにやってきたと聞いて、彼女を取り巻いていた人たちは少し振り向いて同情的な好奇心で彼を見た。侯爵はみたこともないような重々しさニューマンに対して彼らの名前を一人一人紹介していって、紹介された男性はお辞儀をした。彼らはフランスにおいての *beaux noms*[19] の出身であった。

「ぜひぜひお会いしたかったのよ」と公爵婦人は続けた。「*C'est positif*[20]。まず、私はあなたがこれから結婚なさろうとしている人のことがとても好きなので、何といってても彼女はフランスで最も魅力的な人間なのですから。その方をぜひ大事になさってください、でないと私の方から何か申し上げるようなことになりますわよ。でもあなたは善良な方にお見受けするわ。あなたはとてもご立派な方だと聞きました。あなたについて、尋常ではないようなたくさんのことを耳に挟みました。*Voyons*[21]、それは本当なの?」

「そちらがどのようなことを耳にはさんだのかは存じません」

「あら、*légende*[22]を行ったじゃない。あなたが波乱万丈で最も*bizarre*[23]な人生を送ってきたと聞いているわ。大きな西部で今から十年くらい前に、今では五十万人くらいの人が住んでいる街をつくったんじゃないのからしら?五十万人だったよね、お前たち?あなたはその発展した未開地を独占的に所有していて、その結果途方もないだけの金を持っていて、新しくやって来た人たちにタバコを吸わないと約束さえすればある土地や家をどんどんその人たちにただで貸し出してしまうようなことがなければ、今よりもさらに裕福になったということで、そうすれば三年でアメリカ合衆国の大統領にまで上り詰めることができたのよね」。公爵夫人はこの面白い「偉業」に関して平然と雄弁にこのようにして語っていたが、それはニューマンにとって経験豊富な喜劇女優が劇中で面白い対話の一節を行っているような気がした。彼女が話し終える前にニューマンはどっと大きく吹き出して、笑いが抑えられなかった。

「公爵夫人さま、公爵夫人さま」。侯爵は宥めるように呟きだした。二、三人が部屋のドアへと近づいて一体誰が公爵夫人を笑っているのか確かめた。しかしその婦人は侯爵夫人らしく自分の話にさらに耳を傾けてくれると確信しながら柔らかで落ち着いた自信を崩さずに、そしてお喋り好きな女性らしく周りの聴衆たちの意向など気にもかけなかった。

「しかしあなたが大変素晴らしい方であることは分かっているわ。そうでなかったならこのよき侯爵や彼の尊敬すべきお母様から愛されるはずがないはずですもの。彼らは誰も彼も敬意の念を払うというわけではありませんの。彼らの人を判断する眼はとても厳密なのよ。私自身としても今この瞬間本当に尊敬されているのかはっきりとは分からないもの。そうよね、ベルガルド?あなたのお気に入りになるには、億万長者のアメリカ人でないとだめなようね。しかしながらあなたが本当に勝ち取ったというべきなのは、侯爵夫人に気に入られたことですわよ。彼女に気に入られるのはお伽噺に出てくるお姫様と同じくらい難しいのよ。あなたの成功は奇跡だわ。一体その秘訣は何なの?ここにいるたくさんの紳士たちの前でそれを言えとは言わないわ、いつか私のところに来て、あなたの才能の見本を見せて頂戴」

「マダム・ド・サントレとの交際の秘訣なのでしたら、それは彼女に聞かねばなりません。彼女が多大に持ってらっしゃる慈しみの心にこそあるのですから」

「素敵ね!秘訣を説明するにあたってそれは確かにとても素晴らしい見本だわ。ベルガルド、もうこのムシューを連れて行くの？」

「果たさなければならぬ義務がありますので」と侯爵は他のグループを指した。

「そうでしたわね。それがあなたにとってどういう意味を持つのか、私にはわかるわ。まあすでにこのムシューとは話せましたので。それが望みだったのですからね。彼はそんなに賢くない男だといっても私は信じませんよ。それじゃあ」

ニューマンが主人役のユルバンと歩きながら、一体あの公爵夫人は誰なのかと訊いた。

「フランスで最も偉い女性ですよ」と侯爵は言った。ベルガルド氏は男女問わず他二十人くらい各々が典型的な威厳を備えた人物性だということを基準に選んだと思われる人物たちに、自分の将来の義理の弟を紹介した。その典型的な威厳というのは、人によっては当人の顔にありありとわかる形で放っていることもあれば、連れのベルガルドがとても簡潔に知らせてくれたことによって、ようやくニューマンが察することができたというものもあった。大きくて今にも威容を放つ人もいれば、小柄で表情に富んでいた人もいた。黄色いレースとか風変わりな宝石を身につけている醜い女性もいれば、白い肩を顕にして、宝石や他の装飾具を何も身につけていない綺麗な女性もいた。全員がニューマンに大きな注意を払っていて、みんながみんな彼に微笑んでいてお近づきになれて嬉しいと言ってきて、手は差し出すが指はコインを握りしめるために閉じたままであるという上流社会の柔らかい固さで彼を全員が見るのであった。もしも侯爵が野生動物の調教師で、『美女と野獣』と対になる物語がこの場面だというのなら、それに登場する熊は人間の真似が随分とうまいと思ってしまうだろう。ニューマンは侯爵の友人たちが自分に応対してくれる態度がこれ以上にないくらいにとても「心地よい」ものと捉えた。これほど明示された丁寧さを持って自分が扱われることにニューマンはとても愉快な気分だった。巧みに言い繕われた挨拶とそれに備えられた機智のある言葉が慎重に整えられた口髭から出てくるのを聞くのはいい気分だったし、聡明なフランス人女性、彼女たちはみんな聡明に見えた、彼女たちが自分の相手から振り向いてクレール・ド・サントレが結婚する予定の奇妙なアメリカ人をよく見ようとして、ニューマンの姿を見せてくれるお返しとばかりに魅力的な微笑みをしてくれるのもまた気分がよかった。

やがてニューマンは多数の微笑みや他の礼儀作法や好意から顔をそむけて、侯爵が自分を強い目線で見ていることに気づいた。そこで彼は少しの間自分を抑制した。

「俺はどうしようもない馬鹿のように振る舞っているとでもいうのか？」と自問した。「テリア犬が後ろ足で立って歩き回っているような状態だとでもいうのか？」

その瞬間、彼はトリストラム夫人が部屋の反対側にいるのを目にして、ベルガルド氏にさようならの意味を込めて手を振って、彼女の方へと進んでいった。

「あまりに偉そうな態度をとりすぎていますかね、私は。滑車の下側の端に自分の顎をくっついているように見えるのですかね」と彼は訊いた。

「あなたは幸福な男が全員そうであるように、滑稽に見えるわ。それは普通のことですね。

いいわけでも悪いわけでもない。今までの十分間、私はあなたとベルガルド氏を見ていたわ。あなたの態度を気に入っていないわね」

「それなのに耐えて最後まで表さなかったのというのはすごいですね。しかし寛大でありたいと思います。これ以上彼に迷惑をかけることなんてしません。私はすごく幸せです。ここでじっとなんてしていられません。私の腕をとって散歩に行きましょう」

トリストラム夫人を案内して全ての部屋を通過していった。とてもたくさんの人が居合わせていて、この時のために着飾っていてお偉方もたくさんいて、いつもだとだいぶ色褪せていた貴族的な風格もここではその艶を取り戻しているかのようだった。トリストラム夫人は周囲を見回しながら、居合わせていた客たちに関する穏やかだが痛烈な批評を与えた。しかしニューマンはそれに対して曖昧な返事しかしなかった。というのも彼女の言っていることをほとんど聞いていなかったからだ。彼の思考は別のところにあった。成功と獲得と勝利という輝きで頭がいっぱいだったのだ。今の彼が馬鹿者に見えるかどうかという留意は儚く頭から去っていき、ただ十二分な満足感だけが彼にあった。欲していたものを手に入れたのだ。成功という味は彼にとっていつもとても美味なものであり、幸運なことに彼はそれを幾度となく今まで味わってきたのであった。しかし今回ほどその味が甘美であったことはなく、これほど輝かしくて示唆に富んでいて楽しさが添えられることもなかった。輝かしい照明、色とりどりの花、音楽、多数の人々、豪奢な女性たち、宝石、至る所に聞こえる巧みな外国語による呟きの奇妙さですら、ニューマンが自分の目標を勝ち取り勢いに乗っているという、生き生きとした象徴でありその保証であったのだ。もしニューマンの浮かべている笑みが通常よりも激しいものであったなら、一同全体を操っているのは自分だという虚栄心のくすぐりからくるものではない。指さされたり、個人的な成功を達成しようという望みがあったわけではなかった。もし彼が誰にも悟られることなく屋根の穴からこの場面を見下ろすことができたとしても、やはり同じくらいそれを楽しんだであろう。それは彼自身の繁栄について物語っており、遅かれ早かれ人生についての気楽な受け取り方という経験すること全てに貢献するような捉え方をより深めただろう。どうやら幸福という盃はいっぱいになっているようであった。

「とても素敵なパーティね」としばらく歩いてからトリストラム夫人は言った。「私が気に入らないものなんて何もないですわ。例外としては夫が壁にもたれたまま誰かと話していることだけれど、きっと夫は相手が公爵だと思って見るみたいだけれど、実はランプの管理係じゃないのかしら。彼ら二人を引き離すことはできそう？ランプをひっくり返してよ！」

ニューマンとしてはトリストラムが器用な機械工と話していても特に差し障りがなかったが、そのため彼女の要請に応じたのかはわからない。しかしこの時にヴァランタン・ド・ベルガルドが近づいてきた。ニューマンは今から数週間前、マダム・ド・サントレのこの最も若い弟をトリストラム夫人に紹介したのだが、ヴァランタンは彼女を大いに好ましく思っていてすでに数回の訪問をしていた。

「『*Belle Dame sans Merci*』[24]を読まれたことはありますか?」とトリストラム夫人は訊いた。「あなたと話しているとあの物語詩の主人公を思い出しますわ」

武器をもつ騎士よ、何に悩んでおられるのか、
独りで蒼然と彷徨いながら?

「もし私が独りであるというのなら、それはあなたの仲間内から仲間はずれにされたからですよ。それにニューマン以外がこの場で幸福な様子をするのは礼儀としてふさわしくありませんよ。この場は全て彼のためにあるのです。カーテンの前に立つのは私でもあなたでもありませんからね」とヴァランタンは言った。

ニューマンはトリストラム夫人に言った。「あなたはこの春、私に約束してくれましたよね。その時から六カ月経過すると私は大きな怒りに駆られることになるって。その期限ももう過ぎてしまい、何か粗野なことができるといえばせいぜいあなたに *café glacé*[25]を提供することくらいですかね」

「物事は派手にやろうと言ったじゃないか」とヴァランタンが言った。「別にこれは *cafés*

glacés 云々のことじゃなくて、今は全員が揃っているのだから、妹の方もユルバンが感嘆していたといっていたんだ」

「彼はいいやつですよ、いいやつ。私は彼のことを兄弟として愛しています。そしてそう思うと、私はあなたの母のところに行って、何か丁寧なことを言わないといけないという気になります」とニューマンは言った。

「言うのなら、非常に礼儀正しく言わないとな、もちろん。そんな風な気分になれるのはもしかするとこれが最後かもな！」とヴァランタンは言った。

ニューマンは老マダム・ド・ベルガルドの腰に手を回してもいいような勢いで歩き去っていった。彼は部屋をいくつか通過していって、やがて最初の広間に老侯爵夫人が若い親戚のディープミア卿のそばでソファに座っているのを見つけた。その若い男は、どうやらどこか退屈している様子であった。彼の手はポケットの中に突っ込まれていて、両眼は自分の靴の先にむけていた。そして彼の両足は前に突き出していた。マダム・ド・ベルガルドは幾分か激しい調子で彼と今まで話していたようで、自分が言ったことの答えまたはその効果の印が現れるのを待っていたようであった。彼女の両手は膝の上に置かれていて、ディープミア卿の素朴なその姿形を苛立ちを丁寧ながらに抑えているかのような雰囲気で見ていた。ディープミア卿はニューマンが近づいてくると顔を上げて、ニューマンとの目線が交わると顔色が変わった。

「楽しく話していらっしゃるのを邪魔して申し訳ありません」

マダム・ド・ベルガルドは立ち上がって、彼女の同伴者も同時に立ち上がった。彼女は手を彼の腕に押し当てた。しばらく何も言わなかったが、ニューマンが沈黙したままでいたので、彼女は笑みを浮かべながら言った。

「ディープミア卿がとても楽しい話でしたと言ってくれれば、それは礼儀正しいものと言えるでしょうね」

「いやいや、僕は礼儀正しくなんてないですよ」とディープミア卿は叫んだ。「でも楽しかったですよ」

「マダム・ド・ベルガルドが何か助言を与えたりしていたのでしょうか？少し元気を挫くような感じで」とニューマンは言った。

「私は彼にとてもためになる助言をいくつかしていたのよ」と侯爵夫人がニューマンにそのみずみずしくて冷たい目線を注いだ。「彼がそれを聞き入れてくれるかどうかは知らないけどね」

「聞き入れろ、聞き入れるんだ！」とニューマンは叫んだ。「今夜侯爵夫人があなたにあげる助言は全ていいものに決まっている。というのも、侯爵夫人、今日はあなたは陽気にとても快適な精神状態で話しているに違いなく、それゆえに助言の質も立派なものとなっているのだからです。あなたは何もかもがあなたの周りで輝かしく、首尾よく進んでいるのを見ているはずです。あなたの開いてくれた宴は素晴らしいものですよ。とても幸せな考えでした。私が開催しようとしていたものよりも、はるかに素晴らしいものですよ」

「嬉しいと思っているのなら私も満足だよ」とマダム・ド・ベルガルドは言った。「私の望みはあんたを嬉しがらせることにあったんだからね」

「じゃあ私をもう少し嬉しがらせたいと思いません？この高貴な友人とは離れましょう。その方は別の場所で少し足を動かしたいでしょうから。そうしている間に、私の腕をとって部屋を色々回っていきましょう」

「私のしたかったことは、あなたを喜ばせることなのよ」と老婦人が繰り返して、ディープミア卿を自由にしたが、ニューマンは容易く言うことを聞いてくれたことにむしろ不思議に思った。

「もしここにいる若い人が賢いのなら、私から離れて私の娘を探し出して、彼女を踊りに誘うでしょうね」

「私はあなたの助言に従っていたのですよ」とニューマンは彼女の方に身を曲げて笑った。

「だとすると今仰られた助言にも従う必要がありますね！」

ディープミア卿は額を拭いてそこを立ち去った。そしてマダム・ド・ベルガルドはニューマンの腕をとった。「ええ、実に楽しくて、皆さん愛想のいい宴ね」とニューマンは部屋を回りながらはっきり言った。

「誰も彼もがお互いを知っているようで、そしてお互いに会えるのを喜んでいるみたいですね。侯爵が未だかつてないほどたくさんの人を私に紹介してくれて、まるで自分が彼らの家族の一員のような気持ちになります」とニューマンは言い、さらに何かとことん親切で心地よいことを言いたげに続けた。「今回のことは私は決して忘れることはありませんし、思い返すときはとても懐かしい気持ちになるでしょうね」

「私としては、私たちの誰一人として今回のことを忘れないでしょうね」と侯爵夫人は澄んで上品な発音をして言った。

人々は彼女が通るたびに道を譲り、そうではない人たちは振り向いては彼女の方を見て、彼女は多大な数の挨拶と握手を交わし、それらを全て彼女は最高級の上品さを備えた威厳を持って受け入れた。しかし彼の女は誰も彼にも微笑みはしたが、最後の部屋に到達して長男のユルバンと出会うまでは一言も喋らずにいた。そして「もう十分よ」とニューマンに向かって控え目な穏やかさではっきりと言い、侯爵の方を振り向いた。彼は両手を差し出してそれで彼女の両手を掴み、極めて優しく敬意を払うように彼女を椅子へと引っ張った。それは調和に満ちた家族の集まりであったので、ニューマンは分別を働かせてそこを立ち退いた。ニューマンはもうしばらくの間、多数の部屋を自由に歩き回り、その身長の高さからほとんどの人を見下ろす形で見て、ユルバン・ド・ベルガルドが彼に紹介した人々の集団にもう一度会合し、余っている自分の平静さを残りの人々に普遍的に広げていった。ニューマンはその人たちと接して、どこまでも心地よいものだと感じた。しかしながら最も心地よいものというのは終わりがあるとしていくものであり、今回の楽しみもいよいよ終わりを迎えるようになり始めた。音楽は最後の響きを奏でており、人々はお暇の挨拶をするために侯爵夫人を探していた。どうも彼女を見つけるにあたって幾分か問題が生じているようで、ニューマンは彼女は目眩がしたので踊り場から出たのだという知らせを聞いた。

「彼女は今晩の興奮めいた雰囲気に耐えられなかったのよ」とある女性が言うのを聞いた。「かわいそうな侯爵夫人、今回のことがどれだけ彼女に大変だったか私にもよく分かるわ」

しかし彼は後になってすぐに、彼女はもう回復していて戸口の近くにある肘掛け椅子に腰を下ろしていて、そして彼女がどうか立ち上がらないようにと訴えていた身分の高い女性たちから賛辞を兼ねた別れの挨拶を受け取っていた。ニューマン自身はマダム・ド・サントレを見つけるために歩き出した。彼女がワルツの早いテンポに沿って自分の前を通っていくのを何回も見たが、しかし彼女の明確な指示に従う形で今晩の宴が開催した時からニューマンは彼女と何一つ言葉を交わさなかった。ベルガルド家の全体が開放されていて、*rez-de-chaussée*[26] にある部屋にも入ることができるようになっていた。とはいえ、そこに集まったのは少数だけであったが。ニューマンは彼らの間を通り、この比較的人気の少ない場所に集まっていて喜んでいる数人の男女が散在しているのを見て、そして庭へと続いている小さな温室のところへとやってきた。温室の端は透明なガラス一枚によって形成されていて、植物で覆われることはなく、冬の星空の光を直接的にその場所を照らすのでそこにいる人は外に出たという錯覚を抱いてしまうほどであった。

その場所には今は婦人と紳士の二人が立っていた。そしてその婦人は、彼女が後ろを振り向いているのに拘らず、部屋の中からマダム・ド・サントレだとすぐにニューマンは分かった。彼は彼女に近づくべきかどうか判断に迷ったが、実際に近づくと彼女はどうも彼の気配に気づいてかのように後ろを向いた。彼女は彼の方に目を向けてはしばらく離さず、そしてまた自分と一緒にいる人物の方へと振り向いた。

「ニューマンさんにこのことをお伝えしないなんてとても残念ですわね」と彼女は穏やかに、だがニューマンが聞き取れるような声色で言った。

「伝えたいならどうぞ！」と紳士は答えたが、その声はディープミア卿であった。

「ぜひ聞かせてくださいよ」とニューマンは近づいた。

ディープミア卿の顔色はニューマンが観察したところとても赤面していて、手袋を絞って乾かすためなのか、それらを捻って固い細縄と形作っていた。これらはおそらく、彼の暴力的な感情の印だったのであろうが、それに応じた興奮気味な感情がマダム・ド・サントレにおいても見られるようにニューマンは感じた。二人はとても熱心に語り合っていたようだった。

「私は伝えるべきとしたら、それはディープミア卿の名誉のためなんですけどね」とマダム・ド・サントレはとても素直に笑いながら言った。

「でもニューマンさんはそんなのとても気に入りませんよ」と卿はぎこちなく笑った。

「教えてくださいよ。一体何を隠しているんですか?」とニューマンは訪ねた。「言っちゃってください。隠し事をされるなんて好きじゃないんで」

「人付き合いにおいては互いに気に入らないことはいくつかあるのが常で、逆に気に入っていることもなしで済ませないといけませんな」と顔を赤らめた若い貴族がまだ笑いながら言った。

「ディープミア卿の名誉のためよ、そして他の誰のためにもなりませんわ」とマダム・ド・サントレが言った。そして「なので、私は何も言わないことにします、これに関しては誓いましょう」と付け加え、彼女の手を英国人に対して差し出して、それを半分おずおずしながら、半分なせっかちにそれを握った。

「さあ向こうへ行って踊りなさいよ!」とマダム・ド・サントレは言った。

「ええ、とても踊りたい気分です。行って踊って、ヘトヘトになりたい気分です」。そして彼は陰気にゲラゲラ笑いながら歩き去っていった。

「一体二人して何があったというのですか?」とニューマンは訊いた。

「教えられませんわ、今は」とマダム・ド・サントレは言った。「あなたにとって気にするようなことは何もありませんでしたよ」

「あの小柄なイギリス人はあなたを口説いていたとでも?」

彼女はためらったが、真面目に口を開いた。「そんなことないですよ!あの人はとても正直な人ですよ」

「しかしあなたは興奮気味にあります。何かがあったはずです」

「もう一回言うわ、何もなかったのよ、あなたが不幸になることなんて。私の興奮も終わったわ。いつの日かあなたにも一体何だったのかお教えますよ。でも今は無理、無理なのよ！」

「じゃあ、正直にいえば、私としても不愉快になることは何であれ聞きたくはないですね。私は全てのことに満足しています、特にあなたにはね。私は今回パーティに来ている女性を全員見たし、その大多数と話しました。しかしあなたと一緒にいるのに満足しています」

マダム・ド・サントレは彼女の大きくて優しめで彼に一瞥をくれたが、星空へと目を向けた。そして彼らは互いに一緒に沈黙したままそこに佇んでいた。

「自分も私と一緒にいて満足していると仰ってください」とニューマンは言った。彼はその答えを聞くのにしばらく待たなければならなかった。やがてその答えがきたが、その声色は低いながらはっきりとしたものであった。

「私はとても幸福よ」マダム・ド・サントレがそう言うと、他の場所から言葉がいくつか聞こえてきて、それに応じるように彼らは振り向いた。

「申し訳ありませんがマダム・ド・サントレが身を冷やしてしまう恐れがございます。被るためのショールをあえて持って参りました」。ミセス・ブレッドが若干気兼ねするような様子でそこに立っていて、その手には白いショールを持っていた。

「ありがとう。その冷たい星空を見ていると凍えてしまうような気分になるわ。ショールはいらないけど、家の中へと戻りましょう」とマダム・ド・サントレは言った。彼女は戻りそれにニューマンがついていったが、ミセス・ブレッドは彼らを通すために恭しく道を開けた。ニューマンはこの老婦人の前にしばらく足を止め、彼女は無言の挨拶として彼を一瞥した。

「そうですな、やはりあなたは私たちと一緒に来て暮らさないといけませんね」とニューマンは言った。

「もしそれを許していただけるなら、これで見納めというのではないわけですね！」と彼女は答えた。

第十七章

ニューマンは音楽が好きで、オペラへはよく足を運んだ。マダム・ド・ベルガルドの催しのあとの数日後の晩に彼は座って『ドン・ジョヴァンニ』のオペラに耳を澄ませていて、この作品への未だ嘗て下したことのなかった多大な評価ゆえに、幕が上がる前から最前列の一等席を占めていた。頻繁に大きなボックス席を専有して、同じアメリカ人の一団をそこに招待した。このようなやり方で気晴らしをすることに大いにはまっていた。友人たちと一緒になり劇場へと彼らを連れていくことを好み、大きな四輪馬車に乗せて遠い場所にあるレストランで食事をとったりした。自分のお金を他者に払うように巻き込むことをやるのが好きだった。それはつまり他人を「もてなす」のを楽しんでいたというのが卑俗的な真実であった。別に成金だとかそういう意味ではなかった。金を他の人と公で使うのはむしろ彼にとってとても嫌悪すべきものであった。彼がちょうど観衆の前で身だしなみを整えるような、個人的なはにかみがあった。しかし自分が器量良く身を飾るのに満足感を覚える訳であったから、それと同じように金銭的な面において面白いことを企むことにも個人的な満足感を（とても内密に）覚えたのであった。人がたくさんいる集団を作り、その彼らを遠くへと連れて行ったり、列車や蒸気船を貸切にするような具合にそれを特別なやり方で行っていくことが、楽しみを覚えるような大胆なやり方と調和し、一同へのニューマンの応対がより活発なものでより目的に適うものとなっていった。私がこれから話そうとする出来事が起きる数日前の晩に、ニューマンは数人の婦人たちと紳士たちを著名なイタリアのオペラ歌手であるマダム・アルボーニの歌声を聴かせるために招待したのだが、その一同の中にはミス・ドーラ・フィンチが含まれていた。しかしながら、ミス・ドーラ・フィンチがたまたまニューマンの同じボックス席の近くに座っていて、幕間だけでなく当のオペラの多数の最も優れた聞きどころにおいても華やかに喋り続けるので、ニューマンはマダム・アルボーニが細くて甲高い声をしていて、彼女の歌う音楽的なフレーズもくすくす笑う声によって飾られていると思い、苛立ったまま彼はオペラ座を後にするのであった。この件があって以来、彼はオペラをしばらく一人で鑑賞するようになった。『ドン・ジョヴァンニ』の第一幕の幕が下りると、彼はその場で後ろを振り向いて、劇場全体を観察した。やがてボックスのうちの一つに、ユルバン・ド・ベルガルドと彼の妻がいるのを見つけた。小柄な侯爵夫人は劇場をとても忙しそうに大雑把に見回して、ニューマンは彼女が自分を見つけたことを前提にして、彼女のところに行ってこんばんはと挨拶をしようと思った。ベルガルド氏は柱に寄りかかっていて不動のまま自分の前を真っ直ぐに見つめていて、片手を着ている白いチョッキの胸の中に入れて、もう片手で被っていた帽子を太ももの上に置いていた。ニューマンはボックスを離れようとして、「浴槽」とフランス語で必ずしも不適切ではない名称がついている狭いボックスばかりある暗い部分において、微かな光しかない相応に離れた場所でも見分けが全くつかない訳ではない顔を見出したのであった。それは若くて綺麗な女性の顔であり、ピンクの薔薇とダイヤモンドの *coiffure*[27] をしていた。その人は劇場を見回していて、彼女の扇はこの上なく手慣れた優美さで前後に振っていた。彼女が扇を下に下ろすと、ニューマンは露わな白い両肩と薔薇色の衣装の端を見出した。彼女は両肩のすぐ近くにいる人と話しており、その人は赤顔と襟のとても低いシャツを着ている若者がどうやら熱心に話しているようだが、それに対して彼女はほとんど注意を払っていないようだった。その女性を一瞬見て、その人が誰のかニューマンは確信した。その若くて綺麗な女性はノエミ嬢であったのだ。彼はボックスの奥をじろじろと見て、彼女の父もその場に居合わせているのではないかと考えたが、彼が見た限りでは雄弁に話している相手の若い男性はノエミ嬢以外に聞き手がいないようであった。ニューマンはやがてボックスから出て行って、その際にノエミ嬢の一階ボックス席通称「浴槽」の下を通っていった。彼女はニューマンが近づいてくるにつれ彼に気づき、自分は世間に羨ましがられるほどに身を立てたが、それでもまるで自分はまだよい子の女の子であるということを請け負っているかのような頷きと微笑みを彼に見せた。ニューマンは *foyer*[28] に入りそこを通り抜けようとしたが、突然長椅子の一つに座っていた紳士の前で彼は足を止めた。その紳士の両肘は彼の膝の上に寄せていた。彼は前に身を屈めて通路を見つめていて、心ここにあらずな状態で何か陰鬱なことを考え込んでいるように見えた。しかしその人が頭を前に傾けているにもかかわらずニューマンは彼が誰だかわかり、すぐに彼の隣に座った。そしてその紳士が顔を上げて、ヴァランタン・ド・ベルガルドのあの表情豊かな容貌を見せたのであった。

「一体、どうしてそんなにひどく考え込んでいるんです?」とニューマンは訊いた。

「正確に判断するためにひどく考え込まないといけないことに関してですよ。私自身の底の知れない愚かさについてです」

「一体何が起きたというのです」

「何が起きたかというと、私はまた人間になったのであり、いつものようなばかでは無くなったということです。しかし私はあと少しであの娘と *au sérieux* [29] 話し込むところでしたよ」

「その娘というのは、つまり下の階の浴槽にいるピンクの衣装を着た若い女性のことですかな」

「彼女の衣装のピンクがどれほど華々しいものか気付きました?」とヴァランタンは答えとしてこのように言った。「それを着ている彼女は新鮮な牛乳のように真っ白に映るのですよ」

「白だろうと黒だろうと、どっちでもいいのですよ。しかし彼女に会いに行くのはやめたということですか?」

「いや、どうして、そんなことはない。どうしてやめる必要がある?私は変わったけど、彼女は変わっていませんからね、結局彼女は俗物的で生意気な小さな女性さ。しかし相変わらず人並み外れて面白い女で、彼女と会えば退屈することは絶対にない」

「まあ、彼女があなたをこうも不愉快な気分にさせるのは喜ばしいと思いますよ。あなたが彼女にこの前の夜に述べたあの立派な言葉を全て撤回することになりますね。彼女を確かサファイアだったか、トーパスだったか、アメジストだったか、何かの貴重な宝石にたとえましたよね、何でしたっけ？」

「覚えてないですよ。紅いカーバンクルだったかもね！しかしこれ以上彼女は私を馬鹿にすることはないですよ。彼女には本物の魅力というものが備わっていないのですからね。あのような人にこのような類の誤った判断を下すのは、とてもとても卑しむべきことですよ」

「おめでとうと言いますよ。ようやく目が覚めたみたいで。とても大きな勝利ですね。それで気分もだいぶ良くなるはずです」

「そうだ、いい気分だ！」とヴァランタンは陽気に言ったが、そんな自分を抑えてニューマンを横目で見た。「私のことを笑っているでしょう？もしあなたが私の家族の一員ではなかったのなら、気にはしないのだが」

「いやいや、私があなたの家族の一員ではないのと同じく、笑ってなんかいませんよ。そんなことを言われると気分を害します。あなたはとても賢い人で、育ちもとてもいいのですから、あんな女性なんかにいちいち喜んだり落ち込んだりしてもダメですよ。ニオシュ嬢なんかのためにいちいち細かく詮索するなんて！そんなことはとても愚かなことだと思いますがね。彼女を真剣な気持ちで相手するのをやめたと言ったけれども、彼女を相手する以上はどうしても真剣に相手してしまうと思いますがね」

ヴァランタンはそのままの態勢で後ろを振り向き、額に皺を寄せて両膝を擦りながらしばらくニューマンを見た。

「*Vous parlez d'or*。[30] しかし彼女はとても綺麗な腕をしているのだけれども、そんなことを今晩に至るまで知らなかったと言ったら信じてくれますかね？」

「しかし彼女は俗物的で小柄な生意気女だということには結局変わりはないことを忘れないでくれたまえよ」

「そうだ。そういえばこの前の日に彼女は私の面前で自分の父に面と向かって罵倒するなんて品のないことをやったんだ。まさか彼女がそんなことをするなんて思っても見ませんでしたよ。とても失望した気分でした。ああ！」「まあ自分の父親なんて自分の家のドアに敷かれている敷物くらいにしか気にしていないさ。

そんなことは彼女と初めて出会った時から察しましたよ」

「それとこれとは話は別さ。彼女はあんな貧しい老いた乞食なんて好きなように考えたらいい。しかし父を悪い名前で罵倒したのは下品だった。あれには呆然としましたよ。それは洗濯屋の女から取ってくるはずだったひだ飾りのついたペチコートについてのことだったのだが、どうも父の方がその上等な義務を果たすのを忘れてしまったらしいですね。彼女はほとんど父さんを引っ叩いてやろうとせんばかりでした。彼はその小さな空虚な目で彼女の方を立ったままじっと見ていて、上着の裾で自分の古い帽子を撫でていました。やがて彼は振り向いて何も言わないままそこを去っていきました。そしてそこにいた私は、ノエミ嬢に自分のお父さんに対してそんな風に話すのはとてもはしたないことだと言いました。すると相手は自分がはしたないことをすることがあったらいつでも教えて頂戴、そうすればとてもありがたいということを言ったのですよ。品に関しては彼女は私に対して多大な信頼を寄せています。そこで私は彼女に礼儀作法を教えるという面倒なことなんてやらないよと言ってやりました。私としてはもう彼女の礼儀作法は既に形成されていり、それも最高レベルのものを手本にして完成されていると考えていたからですよ。彼女は私を落胆させましたが、まあしばらくしたら忘れるでしょうが」とヴァランタンは陽気に言った。

「そうですよ、時間というものは偉大な慰めです！」とニューマンはユーモア感を持ちながらも冷静に答えた。彼はしばらく無言でいて、そして声色を変えて続けた。

「この前自分が言ったことについて考えてくれたらいいかと思いますよ。わたしたちと一緒にアメリカに来て、なんらかの職に就かせるように取り計らいますよ。ちゃんと使えさえすれば優秀な頭脳を持っているのだからね、あなたは」

ヴァランタンは愛想良くにやにや笑った。「自分の頭脳はあなたに恩に着るところ大ですね。つまり私を銀行に働かせるつもりで？」

「いくつか候補はありますけど、多分君にとっては銀行が一番貴族的じゃないですかね」

ヴァランタンはどっと笑い出した。「いやいや君、夜にはどの猫も灰色に見えるよ。人が一旦社会的立場から離れるとなったら、それの程度ってもんがないのさ」

ニューマンは一分ほど黙った。そして答えた。「成功においても、程度っていうのがあることが分かるようになるよ」とある種のドライさで彼は言った。ヴァランタンはまた両膝に両肘を当てながら前方に身をかがめ、持っていた杖で通路を引っ掻いた。そして彼は顔を上げて言った。「本当にこの私が何かをやるべきだというのですか？」

ニューマンは相手の腕に自分の手を当てて、賢そうに細めて目線で相手を見た。「やってみるといいよ。こういうことには上手ではないだろうけど、特別になんとかするさ」

「本当にこの僕が金を稼げると思うのかい？少しくらい稼いで、それがどんな気分になるのか味わってみたいものさ」

「私の言うことに従えば、金持ちになれるよ。考えてみるんだね」。そして彼は自分の時計を見てマダム・ド・ベルガルドのいるボックス席への道のりを再開しようとした。

「考えるさ、誓って言うよ」とヴァランタンは言った。「向こうに行って、もう三十分ほどモーツァルトに聞きながら、この件について真剣に考えてみるさ。音楽を聴いている方が考えが捗るからね」

ニューマンがボックスに入ったとき、侯爵は彼の妻と一緒にいた。彼はいつものように冷淡でよそよそしいが礼儀正しくあった。いや、むしろニューマンからすればいつも以上にその程度が強かった。

「今日のオペラについてどう思いますか?」とニューマンは訊いた。「ドンはいかがですか」

「モーツァルトについては私たち全員、よく知っていますよ」と侯爵は答えた。「モーツァルトに関する私たちの受ける印象は何も今日初めてのものではありませんからね。モーツァルトは若くて、みずみずしくて、才能豊か、むしろ豊かすぎると言っていいくらい、と言えるでしょうね。とはいえ、演奏はところどころ嘆かわしいほどに雑ですがね」

「どうやって曲が終わりを迎えるのか、実に楽しみです」とニューマンは言った。

「まるで『フィガロ』紙の『*feuilleton*』[31]のように話しますな」と侯爵は言った。「オペラはもちろん以前見たことがあるのですよね」

「いいえ、今日が初めてです」とニューマンは言った。「もし見たことがあるのなら、それはきっと私の脳裏に刻まれたことでしょう。ドン・ジョヴァンニの昔の愛人であるドナ・エルヴィーラはマダム・ド・サントレを思い出させます。それは彼女の置かれている境遇どうこうではなく、彼女が歌っている音楽においてという意味です」

「絶妙な区別をしますね」と侯爵は微かに笑った。「マダム・ド・サントレが見捨てられるなんて万に一つもなさそうですからね」

「ないですよ!しかしドンはどうなるのでしょうか?」

「悪魔が降りてきて、いやむしろ上がってきて」とマダム・ド・ベルガルドは言った。「彼を運び去っていくのよ。ドンが誘惑したがっている農家の娘のツェルリーナは私に似たところがあるでしょうね」

「しばらく foyer に行ってこよう。そしてあの石のような男の指揮官がわたしに似ていると彼に教えるチャンスをあげようか」。そう言って彼はボックスから出ていった。

小柄な侯爵夫人はバルコニーのベルベットで覆われた突出部をしばらく見てつぶやいた。

「石のような男じゃなくて、木材のような男じゃない」

ニューマンは彼女の旦那が開けた席に座った。彼女はそれに反対することはせず、突然彼女は振り向いて、閉じた扇を彼の腕の上においた。

「ここにきてくれて嬉しいわ。一つお願いがあるの。この間の木曜日の義理の母の催しでお願いしたかったけど、あなたにはそんなことを頼めるだけのチャンスがなかったわ。というのもあなたはあまりに楽しい気分でいて、せいぜいちょっとしかお願いくらいしか頼めないって感じだったの。かといって今は特に塞ぎ込んでいるというわけでもなさそうだし。一つ絶対に約束してほしいことがあるのよ。今がそれをお願いできるタイミングなの。結婚した後ではあなたはもう何の役にも立たないのですから。来て頂戴！」

「わたしは内容を読まないで署名することなんてありませんよ」とニューマンは言った。「その書類をつまり内容を見せなさい」

「いいえ、目を閉じながら署名してほしいの。私があなたの手をもつわ。結婚という鎖で身を縛る前にきて。私があなたに面白いことをやらせてあげる機会を与えるんだから、私に感謝するべきなのよ」

「それがそんなに面白いというのなら、私が結婚した後に行う方がより適切かと思いますがね」

「それを言い換えるとね」とマダム・ド・ベルガルドは叫んだ「全く行わないということになるの。あなたは妻が怖くなるわ」

「それが根本的に不適切なものであるのなら。首を突っ込むことなんてしませんよ。不適切でないのなら、結婚した後にやりますよ」

「まるで論理学の論文のように話しますね、その上英国式の論理学ね！」とマダム・ド・ベルガルドは叫んだ。「じゃあ結婚後にするって約束して。結局はあなたにやってくれるのを楽しみにしているんだから」

「まあそういうことなら、結婚した後にしましょう」とニューマンは穏やかに言った。小柄な侯爵夫人はしばらく躊躇い、彼を見て、ニューマンの方は彼女がどのような行動に出るだろうかと思った。

「あなたは私の人生についてきっと分かっていらっしゃるでしょうね」とやがて彼女は言った。「私には何の喜びもないし、何も見ないし、何もやらないの。パリで住んでいるのに、実際はポワティエという街に住んでいるような感じよ。わたしの義理の母は私のことを、えーとあの結構な言葉は何だったかしら、遊び人だったかしら、と呼んで、私が聞いたこともないようなところへ外出することを非難するし、家で座り込んで自分の先祖たちを指で数えていれば十分楽しいはずなのにと考えているんですよ。でもそんな先祖たちが何だっていうの？彼らだって私のことをどうでもいいと思っていたことは間違いないわよ。私は緑色の日除けを目につけて生きていこうなんて気はさらさらないわ。物事というのは見るためにあるのですからね。私の主人も彼なりの主義があって、その一番初めに来るのはパリの宮殿テュイルリーは恐ろしいくらいに俗悪だということよ。もしテュイルリーが俗悪だというのなら、彼の主義もうざったいものよ。私もその気になれば、彼と同じくらいの主義や主張を持つことができるわ。そしてそういったものが家系の樹木として育っていくというのなら、私のそれは一回揺らしただけで一番いいやつが一気に落ちてくるようなものになるわね。いずれにせよ、私は馬鹿なブルボン家より賢いボナパルト家の方を好むわ」

「ああ、なるほど、宮廷へとあなたは行きたいということですね」とニューマンは彼女が王宮へと問題なく入れてくれるために自分にアメリカ合衆国の公使館へと訴えてくれないかと願っているのではないのかと漠然に考えた。

侯爵夫人は少し鋭く笑った。「あなたは千マイルも離れているわね。テュイルリーについては自分でなんとかするわ。私がそこを訪問するような日になれば、その時は彼らが私の訪問をとても喜んで迎え入れてくれるでしょうね。遅かれ早かれ、私は宮廷でカドリールを踊るつもりよ。そしてあなたが何て言うのかはちゃんと分かっているわよ。『まあそんなことを』ってね。でもそんなことをするの。私は夫が怖いのよ。彼は穏やかで優しくて、近寄り難くて、こういうことはあなたも良くわかっているでしょう。でも私は彼が怖いのよ、怯えるくらい怖いの。そしてそれでも私はテュイルリーへいつか訪問するわ。でもそれはこの冬では無理で、来年の冬も無理かもしれないわ。そしてその間も私は生きなければならないの。今のところは、どこか別の場所に行きたいの。バル・ビュリエへ行くのが今の私の夢ですわ」

「バル・ビュリエへ？」とニューマンは咄嗟にわからない状態で質問した。

「学生たちが恋人と一緒に来て踊ったりするカルチエ・ラタンの舞踏会のことよ。聞いたがことがないなんてことないわよね」

「聞いたことはありますね。ああ思い出しました。行ったこともあります。そしてそこに行きたいということで？」

「馬鹿だと思うかもしれないし、くだらないと思うかもしれないし、なんとでも思ってもらって結構よ。でもそこに行きたいのよ。私の友人たちの何人かはそこに行ったことがあるし、彼らはそこがとても *drôle*[32] だと言っていたわ。私の友人たちはどこにでも行くのよ。家で座って暗い気持ちでいるのなんて私だけよ」

「でも今はどうやら自宅にいるわけではないみたいですが。それに暗い気持ちでいるなんてとても思えませんよ」

「私は死ぬほど退屈ですの。ここ八年間、オペラには週に二回足を運んでいるのですけど、何か私がお願いしようとするとその場でその口が塞がれます。「失礼ですがマダム、オペラボックスの席には座らないのですか？嗜みの良い女性がそれ以上のことを望むものでしょうか？」って言われるのよ。そもそも、そのオペラボックスというのは私が結婚した時の *contrat*[33] ですわ。彼らは私にそれを与えなければならない義務があるのよ。例えば今晩だと、オペラよりもパレ・ロワイヤルの方に行きたくてたまらなかったの。でも夫はパレ・ロワイヤルには行こうとしなかったの、というのも宮廷の女性たちは頻繁にそこに通いますからね。それで、じゃあバル・ビュリエへは連れて行ってくれるのかというと、あそこはプリンセス・クラインフスのやっていることの単なる物真似、しかも粗悪な物真似に過ぎないって言うの。でも私はプリンセス・クラインフスには行かないのだから、その次の最善のことといったらバレ・ロワイヤルに行くことじゃない。いずれにせよ、そこに行くことが私の夢なのよ。私はそれに取り憑かれているのよ。私があなたにお願いしたいのはあなたの腕を貸してほしいということだけ。あなたと一緒なら他の誰よりも、私の評判に傷つくことがないと思っているの。どうしてかはわからないけど、実際にそうなのよ。私が計画を立てます。私になんらかの危険を冒さないといけないことがあるでしょうけど、それは私だけに関してのことよ。それに幸運というのは大胆に行動する人を好むものよ。断らないで、私の夢なの！」

ニューマンは大きな声で笑った。この女が若い男たちとのフレンチ・カンカンを自分の野心の軸に置くようでは、ベルガルド侯爵の妻として、十字軍の戦士の娘、六百年も続いた栄光と伝統の女の後継者にはとても相応しくないとニューマンは思った。モラリストが取り上げるに相応しいテーマだと思った。とはいえ彼にはそこから道徳的な教訓を引き出すことを考えている暇はなかった。幕がまた上がったのだ。ベルガルド氏がボックスに戻ってきて、ニューマンは自分の席に戻った。

彼はヴァランタン・ド・ベルガルドがニオシュ嬢の座っていた「*baignoire*」[34]に、その若い女性と彼女のつれの後ろに座っているのに気づいて、ヴァランタンの姿は注意深くしなければ気づかなかった。次の幕の時、休憩所でニューマンは彼に会い、アメリカへと一緒に行く件について考えたかどうか尋ねた。

「もし本当にその件について吟味したいのなら、もっとましな場所を選んだ方が良かったかもね」

「いやいや、あの場所も悪くはないよ」とヴァランタンは言った。「彼女については考えていなかったんだ。音楽を聴いていたのさ、劇について考えたり舞台の方には見ることもなくね。あなたの提案についてあれこれ考えましたよ。最初はかなり現実離れしたものだと思っていた。その時に、オーケストラのある特定の弦楽器が、私にははっきりと聞き取れたんだ、鳴らされていくうちに次のように聞こえるようになったんだ。『どうして行かないんだ、どうして』ってね。そして素早い瞬間において、弦楽器が全て応じただけでなく、まるで指揮者の振っていた棒がその拍子を空中で鳴らしたんじゃないのかという気すらしたんだ。『どうして行かないんだ、どうして？』何とも言えなかったし、かといって悪いとも思えなかった。何もしないなんてあり得ないと感じた。やはりとても素晴らしい考えだと思えるんだ。あなたの言うことは確かにとても陳腐かもしれませんね。そして自分がドルいっぱいのトランクを持って帰国してくると。それに面白いという気もしてくる。世間の人たちは自分のことを『*raffiné*』[35]と言ってくる。しかし店の経営で思わぬ魅力を私が発見しないという保証はどこにもない。それにはある種のロマンティックで美しい一面があることでしょうね。私の伝記にこのことを書くと、確かに見栄えが一段と良くなるでしょう。伝記では私のことをあたかも屈強な男、第一級の男、状況を制圧した男として描くでしょうな」

「伝記がどうなるかは気にする必要はないさ」とニューマンは言った。「五十万ドルほど持っていれば他人からは十分見栄えよく映る。私の、私だけの言葉に従ってそれを他の誰にも話しさえしなければ、あなたもそれだけの金を持てない理由がないですよ」

ヴァランタンの腕に自分の腕を組んで、人気がより少ない廊下で二人はしばらくの間行ったりきたりした。ニューマンの想像力はこの明るくて非現実的なところがある友人を第一級のビジネスマンへと変貌させることに膨らんだ。彼はしばらくの間、ある種の精神的な情熱、宣伝家としての情熱を感じたが、その原因の一つとして自分の前に多くの資本があるのにそれらがなんら投資されない光景を見ると落ち着かない気分になるところがあったからだ。ベルガルドほどの高い知性の持ち主はもっと有益な高等なものへと注力されるべきだったのだ。その有益で高等なやり方というのはニューマンの経験に基づけば、優れた知性を行使して鉄道の株を取り扱うことにある。それを考えると、彼の情熱はヴァランタンに対する個人的な好意によりさらに強まるのであった。ニューマンは彼にある種の憐憫を感じていたのであり、そのような憐憫は決してベルガルド伯爵には理解できないものだと十分に気づいていた。ヴァランタンがダンジュ通りとユニヴェルシテ通りの間をイタリア人大通りを挟みつつ磨かれた靴で往来して毎日をすごすのが立派な生活だと考えていたが、それがアメリカだと散歩するのは大陸中であり、一つの大通りはニューヨークからサンフランシスコまで伸びていたのであり、この落差の点においてニューマンは相手を憐れんでいたのであった。それ以上に彼を気の毒な気にさせたのは、ヴァランタンにはお金が欠けていたことである。それには痛烈なほどに、異様なものが感じられたのだ。自分の同行者が無知であること以外なんら足りない部分がなく、それも基礎的な分野の学習さえすれば乗り越えられるのにというものと似たような残念な気分になるのであった。物事には人によっては知っていて当然というべきものがいろいろある、とこういう場合そう言っただろうが、それと同じく、人が世の中で安穏として暮らしていきたいのなら、金もまた当然のように所持しておく必要がある。つまりその人は金を築いたのだ！鉄道に対して巨大な金を投資することもないのに、生き生きとした態度で気取ったりしているのは滑稽なほどに異常だとニューマンは感じていた。とはいえそのような投資をするくらいではそのように気取ったりするだけの正当な根拠にはならないとは彼は付け加えただろうが。

「必ず何かしらの仕事を見つけますよ」とヴァランタンに言った。「必ず面倒を見てあげます。職につけるためにできることが五、六ほど知っています。快活な仕事をいくつか紹介します。そういった生活に慣れるにはしばらくの時間がかかるでしょうが、すぐに慣れるようになり、半年もして、自分の力量でこなした仕事が一つか二つほどできた後に、その生活を気にいるようになりますよ。そしてそういった生活をしながら妹と一緒に過ごすのはとても喜ばしいものとなるでしょう。そして彼女にとってもあなたと一緒に過ごすのは喜ばしいでしょう。そうだよ、ヴァランタン」とニューマンは友人の腕を愛想よく握って続けた。「そのためにする『開業』が見えてきた。ただ何も言わず従ってくれれば、そこからうまく進んでいくよ」

ニューマンはもうしばらくの間、このような好ましい話を続けた。二人の男は十五分ほどそこを徘徊した。ヴァランタンはニューマンの話を聞いては質問し、それらの多くの質問は金稼ぎに関しての通俗的なやり方に彼が無知であることを示し、その *naïveté*[36] に対してニューマンは大声で笑った。そしてヴァランタンも半分皮肉から半分面白さから微笑んでいた。しかしそれでも彼は真剣であった。ニューマンの口から出る南米の黄金の国のエル・ドラードの平明で散文的な伝説に彼は魅了された。しかし確かにアメリカの商売上の家の「開業はとても大胆な行為で、独創的で、その結果としてやるのが愉快なことであろうが、自分自身がそれを客観的に行っている姿が思い浮かんでこなかった。そして幕間の終わりを告げるベルがなると、輝くような笑みを浮かべて、「それじゃあ、面倒を見てくれよな。その仕事ができるようにしてくれ。君に我が身を委ねるよ。私を壺の中に押し込んで、金へと変えてくれ」と何処か英雄を気取ったような調子になっていた。

彼らは列になっている「*baignoires*」を囲んでいる廊下を歩いて行き、ヴァランタンはニオシュ嬢がそこに在席している薄暗い小さなボックスの前で足を止めて、自分の手をドアのノブへと当てた。

「おい、そこに帰るの？」とニューマンは訊いた。

「*Mon Dieu, oui*[37]」とヴァランタンは言った。

「他に場所はないので？」

「ありますよ、いつもの一等席の場所がね」

「じゃあそこにいった方がいいと思いますがね」

「そこからでも彼女のことがよく見えるんですよね」。そしてヴァランタンは穏やかに付け加えた。「そして今晩は特に目を向けるだけの価値があります。でも」。少し間をおいて「今あの席に戻るのには特別な理由がある」

「ああ、もうダメだな。完全に入り込んでいるじゃないですか！」

「いや、要はこういうことさ。私が彼女のあのボックスに入るとそこにいる若い男の邪魔をすることになるわけだけど、実際にそいつの邪魔をしたいのさ」

「それは聞くにはあまりいい話じゃないな。あの可哀想なやつを放ってはおけないので？」

「だめだ。何せあいつはそれだけのことをしたんですからね。あのボックスに彼がいてはならない。ノエミが一人でそのボックスに入って、そこを専有したんだ。そして私がそこにいって彼女に話しかけて少ししたら、彼女は自分にさっき *ouvreuse* [38] が持っていってしまった外套のポケットから扇を引っ張り出して持ってきてくれと頼んできたんだ。そしてそれに応じてそこを離れている間にあの紳士が入ってきて、さっきまで自分が座っていた席をそいつが取ってノエミの隣に座ったんだ。私がそこに戻っていくとあいつは嫌な気分になって、厚かましくもそういう気分を見せつけるような態度を取ったんだ。それどころかもっと無礼な態度を取ろうとすらしたんだ。そいつが誰だか分からなかったんだが、卑しい悪党だったんだな。一体彼女がどこでこんなやつと仲良くなったのかわからない。そいつは酒を飲んでいたが、それでいて自分が何をしているのかも承知している。たった今の、第二幕になった時、あいつはまた不作法な態度を取り始めたんだ。もう十分ほどあいつと一緒にいることにする、十分もあればあいつその気になれば何かしらやらかすだろうからね。あの野蛮人が私をあのボックスから追い払ったと思われるのは許されません」

「ヴァランタン」とニューマンは嗜めるように言った。「あの娘のことで口喧嘩をふっかけようなんて、そんな子供じみたことをしないだろうね」

「あの娘は関係ないですよ、それに口喧嘩をふっかけるつもりもないです。いじめたり口論したり私はしないのでね。ただ紳士としてやるべき義務を果たすだけさ」

「馬鹿な主張だ！それが君たちフランス人のだめなところだ。いつも何か主張している。まあ、するのなら手短に。しかしこんなことばかりするのなら、なるべく早くアメリカに行ってもらわないと」

「結構結構。いつでも行きますよ。しかし私がアメリカに行くとしても、あいつが自分から逃げたと思ってはならないのですよ」。こう言って、彼らは別れた。

幕の終わりにニューマンはヴァランタンがまだ「*baignoire*」にいるのを見た。彼はまた廊下へと出てヴァランタンと会うのを期待したが、ニオシュ嬢のボックスから少し離れたところにいると自分の友人があの美しい占有者と一緒座っていた若い男と一緒に出てくるのを見た。二人の男は早い足取りで休憩所の奥へといって、そこで彼らが足を止めてたったまま喋っているのをニューマンは見た。各々の態度は極めて静かではあったが、相手の見知らぬ男は、顔を赤らめていてポケットハンカチで自分の顔を勢いよく拭いた。この時はニューマンは「*baignoire*」のすぐそばまで来ていた。ドアは半分開いたままで、そこからピンク色の衣装を覗き込むことができた。そして彼はすぐにそこへと入っていった。ニオシュ嬢は振り向いて煌びやかな笑みを浮かべながら彼に挨拶をした。

「あら、どうやらようやく決心して私に会いに来てくれたの？」と彼女は叫んだ。「礼儀は結構よ。それにしてもいい時に来てくれたわね、座って」

彼女の頬にはちょっと赤色になっていてそれが彼女にとって似つかわしくあり、また彼女の目も明らかに輝いていた。そんな彼女を見たら、彼女はとてもいい知らせを聞いたもと思ってしまう。

「ここで何かあったんですね！」とニューマンは座らずに言った。

「ちょうどいい時に来てくれたわ」と彼女は繰り返した。「二人の男性が、そのうちの一人があなたのおかげで出会うことのできたベルガルドさん、あなたの慎ましい召使のことで口論になっていたの。とてもすごかったの。剣を交わすことでしか終わりにできなくなったくらいにね。決闘、私もこれで有名になれるわね」とノエミ嬢は手を叩きながら叫んだ。「*C'est ça qui pose une femme!*[39]」

「まさかベルガルドがあなたのことに関して戦うとかいうのではないですよね！」とニューマンはうんざりしつつ叫んだ。

「まさにそうよ！」そして彼女は彼の方を見て、固く小さく微笑んだ。「どうも、そういう**galant**はよろしくないわね。もし今のことを邪魔するようでしたらあなたのことを恨むわ、そして相応のものを払ってもらうわ！」

ニューマンは罵りの言葉を発したが、最初は感嘆詞「ああ！」という簡単な言葉だけであったが、それに続いたのは、地理的な、いやもっと正しく言うと四文字の神学的な名詞を発したが、その言葉はこの本に書くべきではないだろう。彼は礼儀など構わず相手のピンクのドレスから体を背けて、ボックスから出ていった。廊下に出ると、ヴァランタンとその同行者が彼の方へと歩いてくるのに気づいた。同行者の方はチョッキのポケットへと名刺を突っ込んでいた。ノエミ嬢の嫉妬に駆られた信者は背が高くてがっしりとした体格の若い男で、分厚い鼻をしていて、目立つほどの青い目をしていて、ドイツ的な体格をしていて、かなり大きめの時計の鎖を持っていた。彼らがボックスにつくと、ヴァランタンは相手が最初に入るようにと大袈裟な会釈をした。ニューマンはヴァランタンと話したいことを知らせるように彼の腕をとって、ヴァランタンはすぐに相手をすると答えた。ヴァランタンはがっしりした若い男の後にボックスに入って行ったが、数分後に彼はボックスから出てきて大いに笑みを浮かべていた。

「彼女はとても心がくすぐられている」と彼は言った。「彼女は私たちのおかげで大いに身を立てられるようになると言っています。馬鹿な真似はしたくないけど、それは十分にあり得ますね」

「じゃあ、決闘するので？」

「ニューマンさん、どうかそんなうんざりしきった様子をしないでくれ。私の意志で選択したのではないのですからね。これは全て決まってしまったことなんです」

「言ったじゃないか！」とニューマンはうめいた。

「私も彼に言った」とヴァランタンは微笑んだ。

「一体あいつがあなたに何をしたので？」

「そんなのどうだっていいじゃないですか。あいつが問題のある表現をしたんだ、そして私がそれに応じた」

「しかし具体的な内容が知りたいね。あなたの兄として、このような馬鹿げたことに首を突っ込んでいくのなんて到底看過できない」

「それはありがたいことですね。別に隠す等なことは何もないけれど、今は具体的な内容をあれこれ話すことはできない」

「じゃあここから出よう。外で教えてくれたまえ」

「いや、ここを出るなんてあり得ない。どうしてここをせかせかと出ていくなんてことがあるか？一等席に戻って、オペラを最後まで見るよ」

「こんな状態で楽しめるもんか。頭がこの件でいっぱいだからね」

ヴァランタンは彼をしばらく見て、顔を少し赤らめて、微笑んで腕を叩いた。

「本当に君はとても単純なんだから！事の前には人は静かだからね。私ができるもっとも静かなことはというと、自分の席にまっすぐと戻ることとさ」

「ああ、そこで彼女に見てもらいたいわけね。君がそこで何事もなくしているのを。私はそんな単純ではないよ！些細なことに過ぎないと思っているだけさ」

ヴァランタンはそのまま止まり、二人の男は各々の場所でオペラを最後まで鑑賞したが、同時にニオシュ嬢とあの攻撃的な崇拝者もまたオペラを楽しんだのであった。オペラが終わるとニューマンは再びヴァランタンと合流して、外の通りに一緒に出た。ヴァランタンは友人の自分の乗り物にならないかという提案に頭をふり、歩道の端っこで足を止めた。

「一人で行かないといけない。この件に関して面倒を見てくれる友人を数人探さなければならない」

「私が面倒見るよ」とニューマンははっきりと言った。「任せてくれ」

「とてもありがたいけれど、それはとても無理だ。まず、さっき君が言ったように君はほとんど私の兄だからね。妹ともうじき結婚するんだ。それだけでも任せることはできない。君の公平さが疑いの目で見られることになる。そして仮にそうではないにしても、この件について嫌気がしていることありありと感じられるからその点でも無理だ。決闘をやめさせようとするだろうからね」

「もちろんそうするだろうね。どんな友人がいるのか知らないけど、彼らだってそうするだろうさ」

「絶対そうだろうね。口実、何かしら適切な口実を作れと言い立てるだろう。でもそうだとしても君は好意的にすぎるよ。だから君ではだめなんだ」

ニューマン少し無言のままでいた。彼は心の底から嫌気が差していたが、かといって干渉を試みても無駄だと理解した。

「この御大層な行為はいつ行われるので?」

「早ければ早いほどいい。明後日あたりがいいだろう」

「そうですか、ところで私にはこの件に関する事実を教えてもらう権利があると思うのですがね。耳を塞いで知らんぷりをするのは到底納得できない」

「喜んで事実を教えますよ。極めて単純ですぐ終わる。しかし今はともかく、友人たちに可能な限り早く知らせることが先決だ。すぐに馬車に飛び乗る。ニューマンは私の部屋へと行ってそこで私を待っていてくれ。一時間くらいで私もそこに戻るから」

ニューマンは嫌々ながらも同意して友人をそのまま行かせて、アンジュ通りの小さく美しい部屋へと足を運んだ。実際にヴァランタンが戻ってくるのに一時間以上かかったが、実際に戻ってくると自分の要求を叶えてくれる友人を一人見つけたと知らせて、その男は仲間を見つけるのに労力を払ってくれるといった。ニューマンはヴァランタンの部屋の火が消えかかった暖炉に薪を一本投げ込んで、そのそばで部屋に光をつけることなく座っていた。炎は小さいのに大量の家具が置いてある居間の中で戯れていて、不思議な感じの微光と影を生み出していた。彼はニオシュ嬢のボックス席から戻って来てから、彼はポケットの名刺の持ち主のストラスブールのスタニスラス・カップ氏という男との間に何があったのかを話した。あのいい感じに迎え入れてくれる若い女が劇場の反対側に自分の知り合いを見つけたのだが、彼に対して自分のところにやってきて挨拶するだけの礼儀がないことの不快感を表明したのであった。

「そんなやつ放っておけよ！」とスタニスラス・カップ氏がそのことに大声を出した。「すでにこのボックスには人がたくさんいるんだからな」

そしてベルガルド氏に対して訴えかけるような目線をじっと注いだ。ヴァランタンは人がこのボックスにたくさんいるというのならカップ氏がその数を難なく減らせると即座に返答した。

「あなたさまのためになら喜んでボックスのドアを開けて差し上げるぜ！」とカップ氏は叫んだ。「なんならオーケストラピットにもよろんで放り投げますよ」

「騒ぎを起こしたければ起こすがいいさ。新聞で撮り沙汰されるよ！」

ミス・ノエミは愉快そうな様子で叫んだ。「カップさん、この人を追い出して。でなければ、ヴァランタンさん、彼をオーケストラピット、それとも舞台の上にとにかくどこへでも投げちゃって頂戴！どちらがどうしようと構いやしないわ、面白い騒動さえ起こしてくれればね」

ヴァランタンは彼女に騒動なぞ起こさないと言ったが、相手の男はヴァランタンと一緒に廊下へといっても構わないと言った。そして廊下へと出てさらに言葉を短く取り交わした後に、彼らは名刺をお互いに交換した。スタニスラス氏の態度に和解の様子は見られなかった。彼は徹底的に相手をやっつけるつもりでいたのは明らかだった。

「確かにそいつは無礼極まりない」とニューマンは言った。「しかしあなたがボックスにさえ戻らなければ、こんなことは起こらなかったのでは？」

「いや、この出来事が私がボックスに戻ることが極めて正しいという証拠にならないかね？カップ氏は私を挑発して怒らせようとしたんだ。そのチャンスを待っていたんだ。そういう場合、いってしまえば通告を受けたのも同然なわけだが、その挑発に応じなければならない。私がボックスに戻らなかった場合、それは単純にスタニスラス・カップ氏にこういうも同然ということになる。「そうやって不快な態度を取ろうというのなら……」

「自分でやるのが適切だ。お前を助けたりするもんか。そういえば、とても理に適った行動だったんだろうが。どうもあなたを差し障っていたのは、カップ氏が高慢な態度をとっていたのを見たことだけに思えるのだが」。ニューマンはさらに続けた。「そもそもあなたはあの女の所へと戻らないと言ってたじゃないか」

「ああ、あの娘についてはもう何も言わないでくれ。あんな退屈な女のことなんかに」

「それは約束するよ。しかしそんな風に彼女のことを思っているのなら、どうして彼女のことなんか放っておかないのさ？」

ヴァランタンは上機嫌な笑みを浮かべて頭を振った。「どうも理解していないみたいだね、それに理解させせられるとも思わない。しかし彼女は状況を理解していたんだ。何が起こっていたのかはちゃんと分かっていた。彼女は私たちを見ていたんだから」

「猫だって王様を見ていいのと同様に、誰だって何を見ても自由さ。見たからなんだっていうんだ？」

「何って、男が女の前で馬鹿にされて引き下がれるわけないだろ」

「俺は彼女のことを女として認めないいね。君自身が彼女は石だといったじゃないか」とニューマンは叫んだ。

「まあ、好みの違いをいちいち議論しても仕方がない。感じ方の問題だからね。各々の羞恥心に基づいて判断されるのだから」

「おいおい、羞恥心をこんなことに持ち出すなんて！」とニューマンは叫んだ。

「話しても無駄さ。すでに言いたいことは各々言って、事は決まったんだからね」

ニューマンは振り向いて、自分の帽子をとった。そしてドアの前で自分の手を止めて、「一体何を使うつもりだ、決闘で」

「それは挑戦を受けた側であるスタニスラス・カップ氏が決めるという決まりだ。私として短くて軽い剣を選ぶがね。何せ扱うのに長けているが、一方でピストルは下手だからな」

ニューマンはすでに帽子をかぶっていたが、帽子を後ろにぐっと押して、自分の額を優しくかいだ。

「ピストルだといいんだがね。というのも弾丸の打ち方を教えられるからね！」とニューマンはどっと笑い出した。

「首尾一貫性に関して述べたイギリスの詩人は誰だったかな？花とか、星とか、宝石とかだったたな。君のはこれら三つ全部兼ね備えているね！」

スタニスラス・カップ氏との決闘は翌日になるまでは決まっているはずだが、それでヴァランタンは翌日にニューマンと会うことに同意した。その日に、ニューマンは彼から三行の手紙を受け取って、そこには自分の敵対者と一緒に国境を越えることになり、ジュネーヴ行きの深夜特急にその日乗る旨が書いてあった。しかしニューマンと食事をするだけの時間的な余裕はあった。午後に、ニューマンはマダム・ド・サントレのところを訪れたが、訪問時間は短かった。彼女はいつもと同じく上品で共感的であったが、彼女は悲しい様子をしていて、彼女の赤く腫れている目について問うと、彼女は今まで泣いていたことを告白した。ヴァランタンが彼女と数時間前に一緒にいたが、彼の訪問した際の様子は彼女をどこか痛ましい気持ちにさせた。彼は談笑し、何も悪い知らせは持ってきてなかったが、ただいつもより優しいような態度をとっていたのだ。彼の兄弟愛的な優しさが彼女の琴線にふれ、彼が去っていくと彼女の目から涙が一気に溢れた。彼女はまるで何か奇妙で悲しいことがこれから起こるのではないかと言う予感がした。彼女はそういった想像力を追い払おうと理性で試みたが、結局それはただ彼女の頭を傷めるだけであった。ニューマンはもちろん、ヴァランタンの計画している決闘に関しては口を噤まければいけない立場にあった。だが彼の演劇としての才分は彼女のその不安な予感を完全に安心させるだけの鋭さを持っていなかった。彼が立ち去る前に彼女にヴァランタンは母と会ったかどうかを尋ねた。

「ええ、でもあの人はお母さんを泣かせるようなことはしなかったわ」

ニューマンがヴァランタンと食事をしたのはニューマンの部屋であった。ヴァランタンは旅行鞄を持ってきており、そのまますぐに駅へと行くつもりと考えていた。スタニスラス・カップ氏は決闘を中止するための言い訳を言うのははっきりと断ったが、ヴァランタンとしても明らかにそういう言い訳を言うつもりはなかった。ヴァランタンは自分の相手がどういう男なのかを調べ出していた。スタニスラス・カップ氏はストラスブールの裕福な醸造業者の息子であり相続者であり、自信家【sanguineous】で残忍【sanguinary】な気質であった。父の醸造で儲けた金を息子は蕩尽していて、一般的には一緒にいるのはいい奴という具合に看做されていたが、夕食後に口喧嘩を始める傾向があることはすでに知られていた。

「*Que voulez-vous?*[40]」とヴァランタンは言った。「何せあいつはビールで育ったんだから、シャンパンなんて耐えられないのさ」

相手は決闘用の武器としてピストルを選んできた。ヴァランタンは夕食では旺盛な食欲をみせた。彼は長い旅になると見込んで、いつもより多めに食べると決めていた。勝手ながらある魚用のソースについて少し変えた方がいいとニューマンに言った。それは料理人に言うべきだと彼は答えた。しかしニューマンは魚用のソースのことなど考えていなかった。彼はただただ不満だった。愛想の良い賢い相手が親譲りの慎ましいやり方で細かく食事を味わいながらこのご馳走を食べていくのをニューマンが座って見ていると、この魅力的な人間がスタニスラス氏とノエミ嬢のためにその愉快な若い命を危険に晒すためにこれから遠くに出かけるという愚かさについて考えてしまい、これえられないほどの圧迫感に彼は打たれたのであった。ヴァランタンのことに今や好意を持つようになっており、どのくらい好意を持っているのかを彼はまざまざと感じた。そして彼の自分の無力さを感じると、ただより苛立ちが募るばかりであった。

「まあこういったこともなんの問題もなく終わるかもしれないな」とやがて彼は叫んだ。「しかしやはり不可解なことははっきり言うよ。君を止めることはできないだろうが、君に少なくとも抗議することはできる。力強く抗議するよ、この件について」

「お願いだから、騒がないでくださいよ。こういった場合で騒いだりするのはあまりに時宜に適ってなさすぎる」

「君の決闘そのものが騒ぎじゃないか。そうだ、確かに騒ぎ以外の何でもないんだ。馬鹿らしい芝居めいた騒ぎだ。音楽隊を堂々と連れていきゃあいいじゃないか。クソみたいに野蛮でゴミみたいに堕落したことだよ、これは」

「こうなってしまったこの時期に、決闘に関する正当性の理論を擁護するなんてできないよ。この国の慣習で、いいことだと思うんだ。決闘が行われることの善なる目的とは別に、それにはどこか絵的な美しさで人を魅了するものがあるんだ。感情のない科学的事実が持ち出されロマンスの散文が堕落してしまったこの時代において、決闘は大いに推奨されるべきものと考える。あの精神がもっと高潔だった時代の名残であり、人はそれを大切にしなきゃならない。誓って言うけれど、決闘は決して間違ったことじゃない」

「その高潔な時代とやらが何のことやらさっぱり分からないよ。というのも君の曾祖父さんは馬鹿な野郎だったけど、君もそうなる理由なんてあるのか?自分の考えとしては、自分たちの気質はその気質自体に任せておけばいいのさ。それだけでも十分に一般的に高潔なものだと思うがね。大人しすぎる考えだろうが、別に俺はそれでも構わない。もし君の曾祖父さんが俺を不愉快にさせるつもりでいたとしても、それをうまくあしらえると思っているよ」

「ニューマンさん、侮辱されてそれに対する名誉回復をしようする場合、その名誉回復をせずにそれに相応したものを作り上げるなんてできやしないよ。名誉回復のための償いを要求し与えること、これ以上優れたやりとりなんてありゃしないさ」

「今からやろうとしていることが名誉回復だって？ あの粗野な伊達男の死体を贈り物としてもらうことで君は満足するというのか？ 相手としても君の死体をもらって満足するのか？ ある人が殴ってきたら殴り返せ。中傷してくる奴がいたら、そいつを晒し出せ」

「晒し出す、って、法廷へか？ それはとても卑劣なことだよ！」

「卑劣になるのは相手であってお前じゃない。そして君がやろうとしていることは品のないことだ。君はそういうことをするにはあまりに善良な人なんだ。君がこの世界で一番有益だったり、賢かったり、もっとも愛想のいい人物であるとは言わないよ。でも君はわざわざ向こうへ出向いて、売春婦によって喉を掻っ切られてもいい人間ではないはずだ」。ヴァランタンは少し顔を赤らめたが、笑い出した。

「できるなら僕だって喉を切られたくないさ。それに名誉というのは二つの異なった基準があるのではない。それが害されたことだけが問題なのでありそれがいつ、どうやって、どこでとかは問題にならない」

「さらに馬鹿げているな！」とニューマンは言った。

ヴァランタンは笑うのをやめて、重々しい顔をした。「もう何も言わないでくれ、お願いだから。もし言うのなら、君はどうでもいいと思うんだ。どうでもいいと」と彼は言葉をやめた。

「何がどうでもいいんだ」

「このことについてだ。人の名誉についてだ」

「どう思おうと君の勝手さ。君が決闘に出向いている最中、俺は君のことを気にかけているだろう、君はそうされるにふさわしくないけどね。そしてこれが終われば」とヴァランタンが出発する体勢を取りつつ続けた。「君をアメリカへとすぐに連れて行くよ」

「では、僕が自分の人生の新しいページをめくる場合、今回の決闘が章の終わりに入れる挿入絵というわけだ」

そして彼はタバコをもう一本つけて出発した。

「あの女め！」とヴァランタンがドアを閉めてからニューマンは言った。

第十八章

ニューマンは翌朝マダム・ド・サントレのところへと赴き、正午の朝食が終わる頃に到着するのを見計らって訪問した。邸宅の中庭の門の前に、マダム・ド・ベルガルドの古い四角の馬車が止まっていた。ドアを開けた従僕はニューマンが尋ねる質問に対して微かに当惑して物おじするようにぶつぶつ言って、同時に大きな黒いボンネットとショールを被りながらミセス・ブレッドがその後ろにその姿をいつもの陰気な顔をしながら現した。

「一体何があったのですか？」とニューマンは訊いた。「伯爵夫人は在宅ですか」

ミセス・ブレッドが彼の方に進み、じっと彼を見つめた。彼は、彼女が封をされた手紙をとても大切そうにその指に持っているのに気づいた。

「伯爵夫人様があなた宛の手紙を書き残しました。これです」とミセス・ブレッドは持っていた手紙を差し出して、ニューマンは受け取った。

「書き残した？ 彼女はどこかに行ったのですか？ 遠くに？」

「はい、彼女は遠くに行かれました。この街から離れました」

「街を離れる！」とニューマンは叫んだ。「一体何が起きたというのですか？」

「私めが申し上げるべきことではございません」とミセス・ブレッドは目は地面に向けた。

「しかしいらっしゃるとは思います」

「来るって、何が？」とニューマンは訪ねた。手紙の封を切ったが、まだ質問を続けた。「彼女はまだ家にいるのですか、会えるのですか？」

「まさか貴方様が今朝こちらへいらっしゃるとは予期しておいでではなかったので、すぐに去っていかれました」

「一体どこにいったのですか？」

「フルリエールです」

「フルリエールへ？ともかくもう一度私は彼女に会えるのでしょう？」

ミセス・ブレッドはしばしためらって、両手を握りしめながら言った。「そこに連れて行きますよ！」

そして彼女はニューマンを上の階へと案内した。階段の最上段で彼女は立ち止まり、その生気のない、悲しげな目をニューマンに向けた。「彼女と会うにあたって、どうか極めて丁重に振る舞ってください。とても不幸な状態にありますから」

そしてマダム・ド・サントレの部屋へと入った。ニューマンは当惑しながらも警戒し、彼女の後ろを離れずについていった。ミセス・ブレッドはドアを一気に開けて、ニューマンは深い朝顔形をした部分の奥の方にあるカーテンを押し退けた。部屋の真ん中にはマダム・ド・サントレが立っていて、彼女の顔は蒼白で遠出のための衣装を着ていた。彼女の後ろには、炉辺の前でユルバン・ド・ベルガルドが立っていて、自分の爪を見ていた。侯爵の近くには彼の母親が肘掛け椅子に身を沈めるように座っていて、その両眼を真っ直ぐにニューマンの方へと向けていた。この部屋に入ったその瞬間から、何か邪悪なものと対峙しているような感覚になった。驚いていて苦痛を感じていて、夜の静けさの中で何か身を脅かすような叫び声に襲われたかのようだった。

「一体何が起きたのですか」と命令するような口調で訊いた。「一体何が起きているんだ」

ユルバン・ド・ベルガルドが彼をじっと見つめて、そしたら自分のいた場所から離れて母の椅子の後ろにもたれかかった。ニューマンの突然入ってきたことが、彼と母を両方狼狽えさせたことは明らかである。マダム・ド・サントレは無言のまま立っていて、その目をニューマンに向けていた。今まで自分を見るときは、魂を一身に集中して自分の方へと向けることがしばしばだった、少なくともニューマンにはそう思えていた。しかし今の彼女の自分を見る目は、底知れぬ深さのようなものがあった。彼女は苦しんでいる。ニューマンは今までも人生でこれほど心動かされるものを見たことはなかった。胸がいっぱいになり、ニューマンは彼女の母と兄に思わず怒りをぶつけようとして振り向きそうになった。しかし彼女はそんな彼を抑制し、自分のもう片方の手を握っていた手で彼の手を取った。

「とても深刻なことが起きました。貴方と結婚できません」

ニューマンは彼女の手をとって、最初は彼女に次にもう二人をじっと見つめた。

「なぜだ?」とできるだけ静かな声で訊いた。

マダム・ド・サントレはほとんど微笑みかけたが、その努力は歪なものであった。

「母にでも訊いて頂戴、私の兄にでも訊いて頂戴」

「どうして彼女は私と結婚できないのですか?」とニューマンは彼らの方を見て言った。

マダム・ド・ベルガルドはその場を動かなかったが、娘と同じくらい彼女も蒼白な様子にあった。侯爵は彼女を見下ろした。しばらく無言のままでいたが、その鋭くて澄んだ両眼をグッと堪えたままニューマンに向けていた。侯爵は体を起こして、天井を見た。

「無理なのですよ!」と彼はそっと言った。

「不適切よ」とマダム・ド・ベルガルドが言った。

ニューマンは笑い始めた。「からかっているんだな!」と叫んだ。

「妹よ、お前に無駄にしている時間はない。電車に乗り遅れるぞ」と侯爵が言った。

「どうしたんだ、気でも狂ったのですか?」とニューマンは訊いた。

「いいえ、そんな風に考えちゃだめ」とマダム・ド・サントレがいった。「でも私は離れます」

「どこへ?」

「田舎のフルリエールへ。一人になるために」

「私を置いて?」とニューマンはゆっくり言った。

「今は貴方と会えないの」とマダム・ド・サントレは言った。

「今は、どうして?」

「恥ずかしいからよ」とマダム・ド・サントレは簡単に言った。

ニューマンは侯爵の方を見た。「一体彼女に何をしたんです、今の言葉はどういう意味です」と彼は落ち着いた態度をとるのに相も変わらず努めたが、それはいつもの物事を気楽に受け止める態度が結晶化したものであった。興奮していたが、しかし興奮すればするほどに落ち着くようになるのが彼だった。今の場合は、泳ぐために服を脱いだわけであった。

「つまり私は貴方を諦めたというわけよ」とマダム・ド・サントレが言った。「そういうことです」

彼女の顔は余りに悲愴的な表情にあって、自分の言葉を完全に固められるだけの状態にならなかった。ニューマンはとてもショックを受けたが、それでも彼女に憤慨しようという気にはならなかった。彼は驚き、困惑し、老侯爵夫人と彼の息子がそばにいることが、ランタンを持った見張りがニューマンを睨みつけるように彼の目を打つような感じにさせたのであった。

「二人で話すことはできないのですか」

「それだともっと苦しいことになります。貴方と会えなかったらいいのに、逃げるべきなの。手紙にも書きました。さようなら」

そして彼女は自分の手をまた差し出した。ニューマンは自分の両手をポケットの中に入れた。

「一緒に行きますよ」と彼は言った。

彼女は両手を彼の腕に寄せた。「私の最後の頼み事を聞いてくださるかしら？」と彼女は彼を見て、こう訴えたが彼女の目には涙が溢れた。

「一人で行かせてください。そっとさせてください。そっとではありませんね、死ぬということですね。ともかく自分の身を自分で埋めさせてください。なので、さようなら」

ニューマンは自分の手で彼の髪を当てて、頭をゆっくり掻いて、その鋭く細くなった両眼で自分の前にいる三人を一人一人見て言った。彼の唇は結ばれていて、それを成している口元にある二本の線の形は、最初見たら彼は微笑んでいるのだという錯覚を受けるたであろう。彼が興奮すればするほどより慎重になることはすでに述べたが、彼は今は険しい様子で慎重になった。

「どうも侯爵、貴方が何か干渉したのだと気がしてならないのですが」と彼はゆっくり言った。「干渉しないという話でしたよね。貴方が私のことを気に入られないことは知っていますよ。しかしそんなことは関係ありません。干渉しないという約束は守ってくれるものとは思っていましたがね。名誉に誓って干渉しないはずでしたよね。覚えていないのですか、侯爵？」

侯爵は瞼を上げた。しかしどうも彼はいつも以上に上品な振る舞いをしているように決心しているかのようだった。両手を母の椅子の後ろに置いて、説教壇か講演のための机にいるかのように前に身を屈めた。彼は微笑まなかったが、おだやかで真面目そうな顔つきをしていた。

「失礼ですが、私は妹の判断には決して口出ししないことを貴方に約束しました。それを取り決めとして文字通り遵守しました。そうだな、妹?」

「謙る必要はないよ、息子よ。いつもの喋り方で大丈夫」と侯爵夫人は言った
「そうですよ、そして彼女は私を受け入れたのです」とニューマンは言った。「これは全くその通りであります。否定の余地はありません。少なくとも」と声色を変えてマダム・ド・サントレの方を見て言った。「貴方は私の求婚を受け入れましたよね?」

その声色の中の何かが彼女を強く動かしたようだ。彼女は振り向いて、顔を自分の腕に沈めた。「でも今では干渉したわけですよね?」とニューマンは侯爵に尋ねた。

「今までも、今も、自分の妹のやることに影響を与えたことはありません。今まで何か彼女に説得したことはないですし、本日も説得はしておりません」

「じゃあ何を使用したのですか?」

「権威を用いました」とマダム・ド・ベルガルドが鈴のような豊かな声で言った。

「ああ、権威を使われたのですね」とニューマンは叫んだ。「彼らは権威を使ったというわけですね」と彼は続け、マダム・ド・サントレの方を向いた。「それは何ですか、どうやって使用したのですか?」

「母が命令しましたの」とマダム・ド・サントレは言った。

「結婚を諦めろ、と命令したわけか、なるほどね。そして貴方は従ったと、なるほどね。し

かしどうして従ったのですか？」とニューマンは訊いた。

マダム・ド・サントレは向こうにいる老侯爵夫人を見たが、彼女の両眼はゆっくりと彼女の頭から足まで観察した。「私は母が怖いの」と。

マダム・ド・ベルガルドはある種の素早さを持って大声で言いながら立ち上がった。「これほどけしからないようなことはないわ！」

「そのようなけしからぬことを続けるつもりはありません」とマダム・ド・サントレは言った。そして彼女はドアの方を向いて、手をまた差し出した。「私のことを少しでも憐れんでくださるのなら、私を一人にさせてください」

ニューマンは彼女の手を静かだが確固として振って、「私も後から一緒に行きます」と言った。彼女は portière を下ろして去っていき、ニューマンは深く息を吐いて一番近くにあったいすへと身を沈めた。彼は両腕を椅子の肘についた上でもたれかかり、マダム・ド・ベルガルドとユルバンの方を見ていた。長い沈黙がその場を支配した。彼らは並んで立っていて、頭を上に上げていて、その立派そうな瞼は弓形になっていた。やがてニューマンは口を開いた。

「つまり、貴方がたは違うと言われるのですね。説得と命令は違うと言いなさるのですね。それは大変結構なことですよ。しかし違うとはいってもやはり命令の方を好んでおられるようですが。だとしたら違うといっても結局は同じことじゃないですかね」

「私たちの立場をどのように決められようと、何一つ異論を挟むつもりはありません」とべルガルド氏は言った。「最初の段階ではまだ貴方にはどういうことなのか理解できない状態にあるだろうことは分かっております。むしろ、わたしたちを正当に判断してくれないだろうとすら思っているのです」

「いえいえ、正当に判断はしますよ」とニューマンは言った。「怖がる必要はないですよ、続けてください。

侯爵夫人は息子の腕に自分の手を当て、あたかも自分たちの立場を決めるような努力を否定しているかのようだった。

「無駄なことよ、今回のことを貴方の望むように設定しようなんてね。貴方の望むようになるなんてあり得ないわ。あるのは落胆であり、そして落胆とは不快なものです。私はこのことに関して慎重に考えて、もっと望ましい形にしようと努力しました。しかし結局は頭が痛くなるだけで、不眠症になっただけでした。何を私たちが言おうとも、貴方は自分が不当な扱いを受けて、そのことを友人たちに言いふらすでしょうね。しかし私たちはそんなこと気にしません。それに貴方の友人たちというのは別に私たちの友人たちではありませんので、どのみち関係ありません。ご自由に私たちのことについて判断してください。ただ暴力的にはならないこととの一点のみお願いいたします。私は今までの人生でいかなる暴力的な場面にも出くわしたことはなく、そしてこの年齢でそんな暴力的なことを始めたくはありませんからね」

「言いたいことはそれで全てですか?」とニューマンは椅子からゆっくりと立ち上がった。

「貴方のような聡明な夫人にしては随分とまた貧弱な芝居を見せますね。もう一度やってみたらどうです」

「私の母はいつものように誠実さと大胆さを持って要点だけを申しているのですよ」と侯爵は時計の鎖をいじっていた。「しかしもう少し言葉を添えた方が良いでしょう。もちろん私たちが貴方と交わした約束を破ったという非難を言われる余地は少しもありません。貴方が妹に好意を寄せるか寄せないかは完全に貴方の自由にさせましたし、妹は妹で貴方の求婚の申し出を受けるか受けないかも自由にさせました。彼女がそれを受け入れた時、私たちは何も言いませんでした。それなのに私たちは我々の約束をしっかり守っていたのです。ただこの件についてもっとあとの段階になってのみ、しかも違う根拠においてものみ、今のように私たちは話そうとしていました。もっと前の段階で話を切り出した方が適切だったかもしれません。しかしですね、実際はまだ何も行われていないのですよ」

「何も行われていない？」とニューマンは言葉を繰り返して、その喜劇的な効果には無自覚でいた。侯爵が何をいっているのか理解するだけの感性が喪失されていて、ベルガルド氏の上から目線の物言いは彼にとっては単なる雑音にしか聞こえなかった。深い一途な怒りの中で理解したことといったら、決して今起きていることが暴力的な冗談ではなく、自分の前にいる人たちは全く真剣な態度をとっているということだった。

「こんなことを私が承諾するとでも？貴方がたの言っていることが私にとって関係あること

なのですか？　貴方がたの言葉に私が真剣に耳を貸すとでも？　貴方がたはただただ狂っています よ！」

マダム・ド・ベルガルドは自分の掌を扇で叩いた。「受け入れられないならそのままでも構いませんよ。貴方が何をしようとほとんど問題はありませんから。私の娘は貴方との結婚を諦めたのですよ、結局は」

「それは彼女の本心じゃない」とニューマンは少し間を置いてはっきり言った。

「彼女の本心であると断言できますよ」と侯爵はいった。

「かわいそうに、いったい貴方がたは彼女にどんな悍ましいことをしたのですか？」とニューマンは叫んだ。

「静かに、静かに！」とベルガルド氏はつぶやいた。

「彼女が貴方に言いましたでしょう。そう命令したのです」と老侯爵夫人が言った。

ニューマンは勢いよく頭を振った。「こんなことはあってはならないことです、人はそんな風に取り扱ってはいいものではありません。貴方がたにそんな権利はないのです。そんな力もないのです」

「私には、子供たちを従わせる力があります」とマダム・ド・ベルガルドは言った。

「貴方の娘さんは貴方が怖いといっていました。どうもそれには違和感が強く感じられます。どうして貴方の娘が貴方のことを怖がらないといけないのでしょうか？」とニューマンは老婦人を少しみていった。「何らかの不正があったのでしょう?」

侯爵夫人はニューマンの凝視にたじろぐことなく目を向けて、まるで相手のいったことは聞いていなかったり気にしていないかのようであった。

「私はやれるだけのことはやったわ、もう耐えられなかったの」と彼女は静かに言った。

「実に大胆な実験でした!」と侯爵は言った。

ニューマンは相手の方へと歩いていき、その首を指で掴んで親指で喉元を締め付けてやろうという気になりそうであった。

「話を聞いてそれを私がどう衝撃を受けたかを語る必要はありますまい。当然それはわかっているでしょうから。しかしあなた方の友人に対しては不安を抱くことでしょう、この前の夜に紹介してくれた彼らのことです。彼らの中にはとても素敵な人も数人いました。誠実な男性や女性もある程度いたことは間違い無いでしょう」

「私たちの友人たちもこの件のことは理解してくれますよ」とベルガルド氏は言った。「私たちの友人で自分たちと違ったような態度をとる家族なんて一個もありませんよ。まあそうでなくとも、私たちは誰からも指図はされませんがね。ベルガルド家は自分たちが範を示すのであり、他者の範に従うのではありませんからね」

「今回のこのやり方を範にすると言うのなら、それに他の家族が従うのには随分と時間がかかることでしょうね」とニューマンは叫んだ。「私はなにか誤ったことをしましたか。あなた方の考えを変えるだけのことをしましたか？　何か私に気に入らないことでもできたのですか？　想像もつきませんよ」

「私たちの意見は、最初の時のものと全く同じです。貴方に何か悪意があるとかでもありません。不品行なことをしたといって貴方を責めるつもりもありません。正直に言えば、貴方との関係が始まって以来、貴方は私が予想していたよりも変わった存在ではありませんでした。私たちが反対するのは貴方の振る舞いとかではなく、貴方の一家に関してです。私たちは商業に携わる人物と良い関係を結ぶのは不可能です。運が悪いことに一時はできるもの考えていました。それは大きな不幸でした。最後まで我慢することにして、できるだけの便宜を図るようにしました。私に誠意が足りなかったという非難だけは貴方からされないようにと決心していました。そして物事は進むだけ進むようにして、私たちの友人も貴方に紹介しました。でも真実を言えば、どうやらそのことで私の限界が来てしまったようです。あの木曜日にこれらの部屋で起きた光景が私に我慢がならなかったのです。もし貴方に言うことが不愉快だったら申し訳ないとは思いますが、説明せずには事は済まないのです」

「この前の晩に世間の著名人に貴方を紹介したことほど、私たちはとても誠実な態度をとったことを示す証拠はありません」と侯爵は言った。私たちは自分たちで自分の手を縛ろうとしましたし、実際にそうしました」

「しかし逆にそうしたことにより、私たちの目が開かれ、絆が絶たれることになったのです。

とても不愉快な気持ちになっていたことでしょうね、そうでなかったなら」。しばらくして侯爵夫人は続けた。「貴方はあらかじめ警告されていたことはご存知でしょう。私たちはとても誇り高いことは言いました」

ニューマンは帽子を取り上げて、機械的にそれを撫で始めた。あまりに軽蔑の念が強すぎて、話すことができなかった。

「貴方がたは十分な誇りを持っておりません」やがて彼は言った。

「今回の件では、ただただ謙遜するばかりです」と侯爵は笑みを浮かべた。

「必要なことだけを話しましょう」とマダム・ド・ベルガルドがまた口を開いた。「私の娘が貴方に、結婚を諦めるといった時、それが全てを語っていました」

「娘の態度についても納得していません。いったい彼女にあなた方が何をしたのか知りたい。権威があってそれで彼女に命令した、とは随分簡単に言ってくれる。彼女は盲目的に私を受け入れたのではないのですから、同じく盲目的に私を諦めることはあり得ません。そもそも彼女が本当に私を諦めたことも信じていませんがね。彼女と話してみます。しかし貴方がたは彼女を怯えさせ、いじめ、傷付けたのです。いったい彼女に何をしたのです?」

「少しだけ!」とマダム・ド・ベルガルドいったが、その口調はニューマンが後で思い起こしても身震いするようなものであった。

「私たちが今まで説明をしてきたのは、貴方が暴力的な言葉づかいをしないことを前提とした上でのことだと理解してもらいたい」と侯爵は言った。

「私は暴力的なことはしていないですよ、暴力的なのはあなた方だ！しかしこれ以上貴方がたに言うべきことも何もないと思っています。貴方がたが私に期待しているのは、どうやら私が我が道をいって、貴方がたが示してくれた好意に感謝し、今後迷惑をかけないように約束してほしいことのようですね」

「私たちは貴方が知性ある人間として振る舞ってほしいのです」とマダム・ド・ベルガルドは言った。「貴方はこれまでもそれ相応に振る舞われ、今までの私たちの行いもそのことを前提とした上でのものです。従わなければならないときは、従わなければならないのです。私の娘は完全に身を引くわけですから、今更貴方が騒いだところで何になるのでしょう？」

「まだ彼女が完全に身を引いたかどうかはわかっていません。私と娘さんはまだとてもいい友人関係にあって、それはなんら変わりありません。さっきも言いましたが、彼女と話し合います」

「そんなことしても無駄ですよ」と老婦人は言った。「私は娘のことはよく知っていて、今しがた彼女が貴方に話した言葉が全て決定的なものであるのです。それに、彼女は私に約束しました」

「彼女の約束が貴方の約束よりも多くの価値があるのは疑いありません。それでも私は彼女のことを諦めません」

「お好きに！でも彼女が貴方に会うことすらなければ、そして実際に会わないでしょう、貴方のその変わらない気持ちは永遠に知られることがないままでしょう」

哀れなニューマンは、実際に感じている以上の自信を装っていた。マダム・ド・サントレの顔はいまだに彼の脳裏に浮かんでくるほどの激しさは彼の心を実際は震わせたのであった。ニューマンが見た彼女の顔はいまだに彼の脳裏に浮かんでくるほどの印象を受けたのであり、それは諦めを生き生き過ぎるほどに表現した表情であった。彼は気分が悪くなり、突如としてどうにもならぬ感覚に襲われた。彼は身を背けて、ドアに手を当てたまましばらく佇んだ。すると、後ろを向いてほんのわずかにためらった後に今までは異なった声色で話を切り出した。

「これが私にとってどうなるものか考えて、彼女を一人にさせなさい。どうして私に反対するのですか、私の何がいけないのですか。あなた方を傷つけることはできませんし、できたとしてもそんなことはしません。私ほど人に嫌われることが少ない人間はいないでしょう。私が商売に従事している身分だから何だというのです？それがどんな大袈裟なことだというのですか？商売人だから？お望みとあらばどんな人間にもなりますよ。今までビジネスについて話したこともないじゃないですか。彼女を一人にさせてくれれば、今後質問することはありません。私が彼女を連れ去っていって、今度あなた方は私と会ったり、私のことを聞いたりすることもないでしょう。お望みとあらばアメリカからずっと出ないとしても構いませんよ。二度とヨーロッパへと足を踏み入れないという約束の書類に署名してもいいです。私はただ彼女を失いたくないんだよ！」

マダム・ド・ベルガルドとその息子はすぐにわかるような皮肉を込めながらお互いを見た。

そしてユルバンは言った。「いえいえ、貴方様のおっしゃった提案は何ら事態を好転しません。私たちは愛想のよい異邦人としての貴方と会うことになんら反対の念は持っておらず、そして妹とも私たちが今二度と会わないようになることを決して望んでいないあらゆる理由があるのです。私たちは貴方の結婚に反対しておりまして、それによってもっと妹にとってふさわしい結婚ができるようになるのですよ」とベルガルド氏は小さくてか細い笑い声を出した。

「そうだというのなら、貴方がたの言うそのフルリエールというのはどこにあるのですか？どこかの丘の上にある古い街の近くでしたよね」

「ええ、その通りよ。ポワティエは丘の上にあります」とマダム・ド・ベルガルドが言った。

「どのくらい古いのか分かりませんが、別に貴方を恐れて隠したりするようなことは致しませんよ」

「ポワティエというところですね、よろしい。すぐにマダム・ド・サントレの後を追います」

「今日はもうそこに到着する列車はありませんよ」

「特別列車を雇います！」

「それは馬鹿げたほどの金の無駄使いというものですよ」とマダム・ド・ベルガルドが言った。

「無駄かどうかは三日経ってみないとわからないですよ」とニューマンは頭に帽子を叩きつけるようにかぶり、そこを去っていった。

彼はすぐにそのままフルリエールという場所へと向かわなかった。あまりに今回の件に衝撃を受けて考えがまわらず、首尾一貫した行動が取れなかったのだ。彼はただ歩いた。ただ真っ直ぐ歩いて、川をたどっていき、やがてパリの *enceinte*[41] から出た。彼は燃えるような、身が焼けるような怒りに駆られていた。彼は今までの人生でこれほど絶対的な力で自分の行動が妨げられたことはなかった。彼は今までこうも簡単に阻止された、あるいは彼の言葉を借りれば「裏切られた」ことは一度もなかった。そしてそれで味わう感情はとても耐えられるものではなかった。ただ歩き続けて、持っていた杖で木や街灯を勢いよく叩いて内心は怒りに満ちていた。マダム・ド・サントレをあれほどの喜びと勝利の感覚を以て獲得した後にこんな具合にそれを失うというのは、彼の幸福が害された上、彼の自尊心にとっても重篤な侮辱であった。そして彼女を他の人間の干渉と命令、それを生意気な老婆と気取った伊達男の「権威」とやらで行われることによって失うなんて！あまり不合理で、あまりに惨めではないか。あの恥を知らないベルガルドどもの背徳行為に関して、ニューマンは精神力をほとんど無駄にすることなく、ただそのまま永久に放置して考えないことにした。しかしマダム・ド・サントレ自身の裏切りは彼を驚かせてまごつかせた。そこには何か今回の件に関する秘密を解く鍵があるに決まっているが、考え込んでみても徒労に終わった。あの星空の下で彼女が彼のそばに佇んでからまだ三日しか経過しておらず、あの時は自分が彼女に抱かせた信頼感と同じくらいに彼女は美しくお淑やかであって、近く行われる結婚について思うととても幸せだと彼に言ったのであった。この態度の変化はいったいどういうことか？どのような地獄製の薬を彼女は飲んだのか？哀れなニューマンは彼女の心境が本当に変わってしまったのだという悍ましい不安を抱いていた。彼の彼女に対する大いなる尊敬の念が、彼女の破談をより強いものとさせた。かといって彼女を不実な存在だといって罵ろうという気にはならなかった。というのも彼女が不幸だということは分かっていたからだ。歩きながら彼はセーヌ川に架かっている一つの橋を渡り、そのまま何も考えることなく、長くて途切れることのない埠頭を歩いていった。彼はパリから離れてしまい、ほとんど田園地域にきた。気持ちの良いオートイユにたどり着いていたのであった。やがて彼は立ち止まり、その場所が快適なところかどうかなど見ることも考えることもなく、ゆっくりと振り返って来た道を足取りを遅くした状態で戻った。彼がトロカデロという風変わりな堤防の近くに着いたら、彼はずきずきする痛みを感じつつ、そこはトリストラム夫人の住宅の近くであることに気づいて、何か特別なことがあると彼女は女性らしい優しさをみせながら話をしてくれることを思い出した。彼は自分に蓄積している怒りを吐き出す必要を感じ、彼女の家へと足を向けた。

トリストラム夫人は一人在宅で、ニューマンが部屋に入って来てその姿を彼女を見ると、彼女はどうしてニューマンが自分のところへやって来たのかをわかっていると述べた。ニューマンは重々しく無言のまま座り、彼女を見た。

「彼らが約束に叛いたのですね。まあ貴方にとっては異様なことと思うでしょうけど、この前の晩にそんな雰囲気を感じ取っていましたわ」

やがて彼は何が起きたのかを話した。彼女は彼にじっと目を向けたまま耳を傾けた。彼が話し終わると、彼女は静かに言った。「彼らは彼女をディープミア卿と結婚させたがっているの」。ニューマンは彼女を見つめた。彼女がディープミア卿について何かしら知っているとは思っていなかった。彼女は続けた。「でも彼女が彼と結婚するとは思えないわね」

「彼女があんな取るに足らぬ若造と結婚するなんて！」とニューマンは叫んだ。「ああ、それでも、どうして彼女は私を拒否したのですか？」

「何もディープミア卿と結婚することだけが全てじゃないの。ただ貴方と一緒にいることがもう彼らには耐えられなかったのよ。彼らは自分たちの大胆さを過大評価したんだわ。確かにあれは嫌な人たちだけれど、公平に言えばそういった点こそが彼らの優れている点でもあるの。彼らは理論上、耐えられなかったのは貴方の商業的な気質にあるの。それこそがとても貴族的なものといっていいわ。彼らは貴方の財産が欲しかったですけれど、ある考えで諦めてしまいましたの」

ニューマンは悲しそうに眉を顰めて、また帽子を持ち上げた。

「励ましてくれると思ったのに」と彼はほとんど子供じみたような悲しさで言った。

「ごめんなさい」と彼女は非常に穏やかに言った。「それでも貴方のことを気の毒に思っているのよ、何せ私が貴方にマダム・ド・サントレを紹介したのがこのトラブルのことの発端だったのだから。結婚を提案したのは決して忘れてはおりません。マダム・ド・サントレがディープミア卿と結婚したいなんて全然思っていないと私は思っています。実は彼はその外見に反して、彼女より歳を取っています。彼は三十三歳です。貴族名鑑で確かめました。しかし、本当に、彼女がこんな恐ろしくて残酷なほどの不実なことをするなんて。彼女の悪口は言わないでください」

「かわいそうに、彼女は残酷だわ。もちろん貴方は彼女の後を追って、力強く自分の気持ちを訴えるのでしょう」。トリストラム夫人は彼女らしい大胆な批評をするように言葉を続けた。「貴方は話さずとも、とても雄弁に自分を言い表しているのをご存知ですか、ちょうど今のように?貴方と対等になるには、女性はよほどしっかりした考え方を持っていないといけないのよ。私が貴方に何か悪いことをして、今のような素敵な態度で来られたらよかったのに!でもいずれにしても、マダム・ド・サントレのところへ行って頂戴。そして私にとってさえ彼女のことがよくわからないと彼女に伝えて。彼女を縛る一家の規則がどこまで保たれるか知りたいの」

ニューマンはもうしばらくそこに座って、両肘を膝に当てて頭に手を当てていた。そしてトリストラム夫人は慈悲には哲学を、同情けには批評を用いつつ喋り続けたが、やがてこう尋ねた。件についてなんて言っていますの？」

ニューマンは相手をじっと見つめた。今朝以来ヴァランタンと彼のスイス国境への遠出について彼は考えていなかった。そのことを思うと再び落ち着かなくなり、そこを退出した。彼は自分の部屋へと真っ直ぐにいき、入り口の机の上には電報が置いてあった。日付と場所と一緒に以下のようにそこに書かれてあった。「とても状態が悪い。すぐに来てくれ。V・B」

ニューマンはこの悲惨な知らせにうめいて、フルリエールの城へと赴く急務を延期せざるを得なかった。しかし彼はマダム・ド・サントレに以下のメッセージを送った。時間に余裕がなく以下のように書くのが精一杯だった。「まだ貴方を諦めておりません、そして貴方も私を本当に諦めたとは思っていません。今度のことは理解できませんが、一緒に解決していきましょう。今日そちらに赴くことはできず、というのもとても状態が悪くて、死んでしまうかもしれない友人に会いに遠くに行かなければいけません。しかしそれが終わるとすぐに貴方のところへと伺います。その人物とは貴方の兄のヴァランタンだとは言ってはいけないことでしょうか？C・N」

これを送り、彼は間一髪のところでなんとかジュネーヴ行きの夜行の特急列車に乗ることができた。

第十九章

ニューマンは必要ならばずっと座り続けることができるという注目すべき能力を持っていて、それをスイスへの遠出において発揮した。乗車した夜の時間、彼は寝ることはなく、目を閉じたまま客車の隅っこで不動のまま座っていた。彼と一緒に同席している人でその者がどれほど観察力が優れていても、ニューマンはぐっすり眠っているものと看做し、それを羨ましく思ったであろう。朝になると肉体的よりも精神的な疲弊によって本当に眠くなってきた。数時間ほど寝たが、やがて起きて、夜明けによって空がちょうど赤みを帯びてきたのを背景に、ジュラ山脈の雪に覆われた頂上のうちの一つに目を向けた状態にあった。しかし冷たい山も暖かい空も見ていたわけではない。目を向けていたまさにその瞬間に、自分の不当な待遇について思うと彼の意識はまた疼き始めたのであった。ジュネーヴに到着する三十分前に彼は電車から降りた。冷たい朝の黄昏時で、そこはヴァランタンが電報で示した駅であった。眠たそうな駅長がプラットフォームにカンテラを持っていて、外套の頭巾を頭からかぶっていて、その傍には一人の紳士が近づいてきてニューマンを出迎えた。その人は四十くらいの男で、背が高くて細い体格であり、顔色は悪く、目は暗く、端正な口髭をしていて新品の手袋を両手につけていた。

帽子を脱いで、とても深妙そうな様子でニューマンの名前を言った。

ニューマンは頷いて言った。「ヴァランタン氏の友人ですね」

「あなたと同じく、その悲しい栄誉に預かるものです」とその紳士は言った。「私はベルガルド氏のためにこの悲しい出来事に関してグロジョワヨー氏と一緒に従事しておりますが、その人は今はベルガルド氏のそばにおります。グロジョワヨー氏は貴方とパリでお会いする栄誉があったかと存じますが、その方が私よりも介護の点で優れているゆえに、あの憐れむべき友人のそばに残りました。ベルガルド氏は貴方とてもお会いしたがっておられました」

「それで、ベルガルドの状態は？彼は撃たれて、打ちどころが悪かったのですか？」

「医者はもう治療を諦めて、外科医を連れて参りました。しかし彼は悪意一切なしに、心穏やかな感情で死ねるでしょう。一番近くにあるフランスの村の教区司祭に来てもらうよう昨晩人を派遣して、ベルガルド氏と教区司祭は一時間ほど一緒にいました。教区司祭は満足した様子でした」

「ああ、なんということだ！」とニューマンは呻いた。「医者が満足したらいいというのに。それで彼は私と面会できるのですか、そして彼は私のことを認識できるのですか？」

「私が彼から三十分前に離れた時、その時彼は眠りの状態に落ちていました。今までは熱があって、一晩の間ずっと眠れなかったのですが。しかし見てみるとしましょう」

そしてニューマンは相手が駅から村へと案内していくのについて行き、その道すがらに少数からなる一同はスイスの最も質素な宿に泊まっていて、質素ながらベルガルド氏を最初来た時よりもずっと居心地良く滞在することができたと述べた。

「私たちは古い戦友でして」とヴァランタンの介添人が言った。「もう一人の人が心地よく横たわれるように手助けするのは何も今回が初めてではありません。とても深刻な傷ですが、一番深刻なのは決闘相手は射撃が下手だったので四方八方に撃って、その内の一発がベルガルド氏の左側にある心臓の真下にあたったのです」

灰色のまだ辺りが暗い夜明けにおいて彼らは進み、村の通りに肥料が積んであるところを通って、ニューマンが新たに知り合った人が決闘の具体的な模様について説明した。

決闘の条件は最初互いに打ち合った後に、それが双方を満足させるものではなかったら、二回目の打ち合いが行われることであった。ヴァランタンが最初に打った弾丸に関して、ちょうどニューマンの同伴者が予想してとおりの結果そのものとなった。それはスタニスラス・カップ氏をかすめて、肉を引っかいただけであった。一方でカップ氏の放った弾丸は、ヴァランタンの体から十インチも離れたところを飛んでいった。スタニスラス氏の代理人はもう一回打ち合うことを要求し、ヴァランタン側にも受け入れられた。ヴァランタンは横の方を撃ち、アルザス出身の若い男は決定的な射撃を行った。

「あいつと現場で会った時、決して*commode*[42]な奴じゃないと悟りました。牛のように愚鈍な気質だったのです」とニューマンの同行者は言った。ヴァランタンはすぐに宿屋へと運ばれていき、スタニスラス氏と彼の連れたちはどこか知らない場所へと姿を消した。その地区の警察当局は一同を宿屋で待っている状態にあって、極度の威厳を示しつつ *procès-verbal*[43] を長々と書いていった。とはいえ、このような単なる流血事件についてはとても紳士的に流してしまう可能性が高かった。ニューマンはヴァランタンの一家に知らせたかどうかを尋ねたが、昨晩までにヴァランタンは知らせるなと反対していたとのことだった。彼は自分の受けた傷が深刻なものとは思いたくなかった。しかし彼が牧師と面会をした後は家族にも知らせることに同意し、彼の母に電報が送られた。

「しかし侯爵夫人は急いだ方がいいはずですが」とニューマンの案内者は言った。

「まあ、とても恐ろしい事態ですからね！私に言えることはそれだけです」とニューマンは言ったが、彼のその声色は計り知れぬほどの嫌悪感が込められていつつも、少なくともそう言わないではいられなかったのだ。

「それじゃあ貴方はこれを妥当だとは思わないのですね」と、奇妙なほど丁寧な物腰で案内者は訊いた。

「妥当？」とニューマンは叫んだ。「ヴァランタンが一昨日の夜に私と一緒にいた時、あいつを *cabinet de toilette*[44] にでも閉じ込めておくべきだったよ！」

ヴァランタンの介添人は目を開けて、二、三回自分の頭を真面目そうに上げ下げしながら、少しフルートのような音色をした口笛を吹いた。しかし彼らが宿屋に着くと、カンテラを掲げて寝帽を被っていたぽっちゃりした女中が入口のドアに立っていて、ニューマンの後ろをノロノロと歩いてきた荷物運びの人からニューマンの旅行鞄を受け取ろうとしていた。ヴァランタンは宿の一階の裏側にある部屋に横たわっていて、ニューマンの同行者は石が敷かれている廊下を通っていってゆっくりとドアを開けた。そしてその人は部屋へと入りその中を見た上で、ニューマンに合図した。その部屋は蝋燭一本によってのみ照らされていた。火のそばでグロジョワヨー氏が化粧着を着て座った状態で眠りに入っていた。ニューマンはこの小柄で太った色白の男がヴァランタンと一緒にいるのを何度か見たことがあった。ベッドにはヴァランタンが蒼白でじっと動かないまま横たわっていて、目は閉じていた。その姿は今まで彼の元気いっぱいだった姿ばかり見てきたニューマンに大きなショックを与えた。グロジョワヨー氏の仲間は向こうにある開かれたドアを指差して、そこに警戒心を保ったままの医者がいると囁いた。ヴァランタンは眠っていた、少なくとも眠っているように見えたので、ニューマンは彼の方へと近づくことは無論できなかった。それ故目下のところは引き下がるしかなく、半分眠気で微睡んでいた*bonne*[45]の世話になることになった。彼女は彼を上の階にある部屋へと連れて行き、黄色いサラサの長枕をより大きくしたベッドカバーの形をしたようなベッドへと案内した。ニューマンはそこに横になり、それがベッドカバーであるにも拘らず、三、四時間ほど眠った。彼が起きた時、朝も遅くなっていて太陽の光が窓からいっぱいに差し込んでいて、外から鶏がクックッと鳴くのが聞こえてきた。彼が着替えていた時、グロジョワヨー氏とその仲間からの伝言が届いてきて、一緒に朝食を取ろうと誘ってきた。やがて彼は石が敷かれた小さな食堂へと降りていくと、寝帽子を外した女中が食事を用意していた。グロジョワヨー氏がそこにいて、夜の半分の時間もずっと看護をしていた男にしては驚くほど元気のある状態で、朝食が支度されている机を注意深く見ていた。ニューマンは再度彼と挨拶をし、ヴァランタンはまだ眠ったままだということを教えてもらった。相当に静かな夜を過ごした外科医も彼らと席を共にした。グロジョワヨー氏の連れがまたやってくる前に、ニューマンはその人の名前はルドゥ氏であると知り、ベルガルドとの友好は教皇の軽歩兵隊で共にした時からの関係だったと教えてもらった。ルドゥ氏は教皇至権論者として名を馳せていた司祭の甥であった。やがて司祭の甥はこの異常とも言える事態に合わせるために頭を大いに働かせたのがありありと見えるくらいの服装で入ってきた。そしてこの宿「スイスの十字架」が今まで出してきた中でも今日の最高級の朝食に対して弁えた敬意を払った。ヴァラタンの従僕は自分の主人を見守るという名誉をほんの少ししか許されなかったので、キッチンで身の軽いパリ人らしい働きをしていた。二人のフランス人はたとえこういった事態にあろうとも自分たちの会話におけるフランス人らしい話し方を完全に隠すことはできないことを証明するように最善を尽くし、ルドゥ氏は丁寧で手短な賛辞を哀れなベルガルド氏に対して送り、彼のような魅力的なイギリス人には今までに出会ったことがないと述べた。

「彼をイギリス人と言うのですか？」とニューマンは訊いた。

ルドゥ氏は一瞬微笑み、警句を言った。「*C'est plus qu'un Anglais——c'est un Anglomane!*」[46]

ニューマンはそんなことに今まで気づいたことがなかったことを冷静に言った。そしてグロジョワヨー氏は葬式の式辞を哀れなベルガルドに対して送るのはまだ早すぎる旨を言った。

「確かにそうだな」とルドゥ氏は言った。「だが昨晩に私たちの愛する友人を救うためにあれほど卓越した方法をとったというのに、その人がまたこの世に戻ることによってそういった危険を冒さなければいけないなんてとても遺憾なことであるとニューマン氏に今朝どうしても言わざるを得なかった」

ルドゥ氏は熱心なカトリックで、ニューマンは奇妙なものが多様に混合している男だと思った。日光にさらされて浮かぶ彼の容貌は、陰気ながらも愛想の良さも備えたようなものであった。細いながらもとても大きく、スペイン人による絵画に出てくる人物を思わせた。決闘というのは、どちらかが撃たれたらすぐに牧師とさえ会うことができれば、完全無欠なやり方であるとした。彼はヴァランタンと教区司祭との面会に大きな満足を覚え、だからと言って彼の話し振りは普段から信心深いような考え方を持っているという要素は何一つとしてなかった。ルドゥ氏はその場にふさわしい態度をとることに関しては明らかに高い分別をもっていて、あらゆる点において上品で洗練された行動をとるよう心構えをしていた。いつも笑みを浮かべていて（その際彼の口髭は鼻の下へとせりあがった）説明することも欠けることはなかった。「Savoirvivre」——処世術に関しては彼は特別な能力を備えており、そしてそれに適った死に方も心得ていた。しかしニューマンはこの点を考えてみると、後者に関しての知識の適用は他の人に任せたいと思っているようで、心中怒りを覚えた。一方グロジョワヨー氏は性格がだいぶ彼と異なっており、友人の神学的な表面的な熱情は、比肩することが出来ぬほど卓越した精神だと見做していた。一種の快活性を持った優しさで、ヴァランタンが最期の時を迎えるまでその人生を快いものとしようとするために最大限の努力を払っているのは明らかで、そしてイタリア大通りを最後まで思い出させようと可能な限りのことをしていた。しかし彼の頭にあった一番主要なものは、醸造家の出来損ないのはずの息子があれほど見事な一発を打ったことの謎にあった。もちろん彼自身もピストルで蝋燭を消すことくらいは出来たが、これほど見事な一発を打つのは無理だということを正直に言った。とはいえその後、彼はあの状況だったらそもそもあんな上手く発射しないだろうと急いで付け加えた。*que diable*[47]、あのような惨たらしいことをしてもいいような状況では決してなかったはずだ！私だったらどこか無難な肉が豊かについた部分を狙って、害の無い弾丸で掠めるようにしただろう。スタニスラス・カップ氏はあり得ないくらい不器用だったはずである。それにしても今の世の中は、人は醸造家の息子に決闘に挑めるようになるほどのものになったとは！これがグロジョワヨー氏が下した結論と言えるだろう。

　彼は窓からずっとルドゥ氏の肩越しに覗いていて、外の通りの端にあるか細い木に目を向けていた。それは宿の反対側にあって、自分の延ばした腕からその木との距離を測り、せっかく決闘の話がでたのだから多少ピストルを撃つ練習をやっても決して礼儀には背かないだろうと心中密かに思った。

ニューマンは談笑している気分ではいられなかった。食べることも話すこともできなかった。彼の精神は怒りと悲しみで動転していて、二重の悲しみの重みにとても耐えられそうになかった。彼は両眼を朝食の皿に注ぎながらすぎていく秒を数え、ヴァランタンがやってきて自分がマダム・ド・サントレと失われた幸福を探し求めるのを許してくれたらと一瞬思ったが、その願いのそんな浅慮な利己的な考えを持った自分を呪うべきろくでなしであると自分に言い聞かせた。

彼は人付き合いが苦手で、自分のことばかりに目を向けていて相手に抱かせた印象について熟考する習慣は基本的に欠けていたが、それでもなおこの憐れむべきベルガルドがどのようにしてこの寡黙なヤンキーと自分の死の床に呼び寄せなければならぬほど仲良くなったのか、ベルガルドの仲間二人は当惑しているに違いないとニューマンは考えていた。

朝食の後、彼は一人で村へとぶらぶら出て噴水、家鴨、開いた納屋のドア、ゆっくりと歩いては軋む木靴の端に大きく繕ってある靴下の踵を見せている褐色の身が屈んだ老婆、その小さな通りの端にみえる雪の積もったアルプス山脈や紫がかった山脈の美しい眺めを見ていった。輝かしい一日であった。空気や日光には春の訪れが感じられ、冬の湿気が小屋の軒から滴り落ちていた。全ての自然にとっての誕生と輝きであり、ぴよぴよ鳴いているひよこやよちよち歩いているガチョウのひなにとってもそうだった。そして同時に哀れで、愚かで、寛大で、元気いっぱいのベルガルドにとっての死と埋葬であった。ニューマンは遠くにある村の境界まで歩いていき、その傍にあった小さな墓地へと入っていき、そこに腰を下ろしてあたりに無骨に植えられている墓標を見た。それらはどれも不潔で醜いものであり、ニューマンはただ死の残酷さと冷酷さしか感じ取ることが出来なかった。そして彼は立ち上がり宿屋へと戻っていき、そこではルドゥ氏が小さい庭に運んだ小さな緑色の机でコーヒーを飲みながらタバコを吸っていた。ニューマンは、医者はまだヴァランタンの傍らに座っていると聞くと、ルドゥ氏に自分が代わりにヴァランタンの世話をしてはダメだろうか聞いた。彼は自分の哀れな友人を手助けしたくてたまらなかった。これは簡単に承諾された。医者は自分がベッドで寝られるようになってとても喜んだ。彼は若くてどちらかというと陽気な開業医ではあったが、聡明そうな顔をしており、ボタン穴にレジオン・ド・ヌール勲章をつけていた。ニューマンはその医者が立ち退く前に与えた指示を注意深く聞いた。そして目を覚まし続けるための助けになるとして外科医がお薦めした一冊の小さな本を機械的に受け取った。そしてそれはラクロ著の古い版の『危険な関係』であった。

ヴァランタンはまだ両眼を閉じたまま横になっていて、最後に会った時と彼の状態に変化は何ら見受けられなかった。ニューマンは彼のそばに座り、長い間、彼を念入りに見ていた。やがて自分自身の置かれている境遇を考えてみると思わず目を逸らしてしまい、窓の白いコットン製の薄いカーテンが開かれたことによって覗けていたアルプス山脈にその目を向けたのであった。その窓から入ってきた日光が赤いタイルの床の上に四角形の形をつくっていた。自分が考えていることになんとか希望も織り込ませようとしたが、半分程度しか成功できなかった。今現在彼に起きていることのその暴力性と厚かましさは真の災厄の力を、つまり運命そのものの力と傲岸不遜なものを感じさせるのであった。それはとても自然の性質に反していて怪物的だとすら感じた。そしてそれに対抗するための武器もニューマンはなんら持っていなかった。やがてじっとしている彼にある音が不意に聞こえてきて、それはヴァランタンの声であった。

「そんなに苦虫を噛み潰したような顔をして、まさか僕のせいじゃないだろうね！」

振り向くとニューマンはヴァランタンが同じ位置に横たわっているのを見た。しかし彼の両眼は開かれていて、微笑もうとすらしていたのであった。彼はニューマンの手を握り返そうとしたが、その力はとてもとても弱いものであった。

「私は十五分も前から君を見ていたんだよ」

ヴァランタンは続けた。「雷のように厳しい顔をしているね。僕にはとても嫌気が差しているだろうな。まあ、やっぱそうだよな！僕もそうさ！」

「小言を言って叱ったりしないさ。もうすっかり気が落ち着かなくてそれどころじゃない。それで調子はどうなんだい？」

「いや、もう、これはだめだね！彼らだってもうそう結論づけたさ。そうだよね？」

「それは君が決めることだ。頑張れば良くなるだろう」とニューマンは断固とした明るさで言った。

「いやいや、どうやって頑張ると言うのさ？頑張るというのはすごく大変な運動で、そんなことは君の被っている帽子くらいの大きな穴が体に空いているような人にさせるようなことではないよ。そんなことしたら、髪の毛一本ほどでも身を動かせば出血し始めるからね。ともかく、来てくれるとは分かっていたよ、自分が目を覚ませばすぐそばにいてくれると信じていたよ。だからそこに君がいることにちっとも驚かないよ。でも昨夜は僕はとても落ち着かなかった。君が来てくれるまでじっとしてはとてもいられなかった。実際は箱に入れられたミイラのようにじっとさせられているがね。頑張れ、と君は言う。だがそんなのもうしたさ！そしてこ二十四時間の今の自分の状態がこれさ。どうも二十日くらいの長さに思われるよ」

ベルガルドはゆっくりと弱々しく話したが、はっきりとした喋り方だった。とはいえ、彼が極度の痛みを感じているのは側から見ても明らかで、やがて彼は目を閉じた。ニューマンはベルガルドに沈黙したままでいて、楽にしていてくれといった。医者はそうしろと厳しく命令していたのだ。

「ああ、我ら食べ飲もう、明日、明日のために……」とヴァランタンは言って、また言葉を止めた。

「いや、明日じゃないな、多分、今日だ。食べることも飲むこともできないけど、話すことはできる。今更こんな時に、自、自制をしたところで何になる?そんな大層な言葉を使うべきじゃない。昔から自分はお喋りだったんだ。ああ、昔はなんてあんなたくさんお喋りしたことだろう!」

「そういう理由で、今は静かにしているべきなんだ。君がどのくらいたくさん喋るかなんて知っているさ」とニューマンは言った。

しかしヴァランタンは相手を顧みることなく、変わらぬ弱々しい消えゆくような、ノロノロとした言葉を続けた。

「君に会いたかったのは、君が妹に会ったからなんだ。僕のこの状態について知っているのかい、彼女はここに来るのかい?」

ニューマンは当惑した。「うん、この時間だと既に知らせは届いているはず」

「伝えなかったのかい?」とヴァランタンは聞いた。そして少ししたら続けた。「彼女から何か言伝はないのかい?」

彼の両眼はニューマンのそれへと注がれ、それにはある種の柔和な鋭さがあった。

「君からの報せを受けとってからは彼女と会ってないんだ。手紙は書いておいたけど」とニューマンは言った。

「そして彼女はそれに何も返信を出してない?」

ニューマンはマダム・ド・サントレがパリから離れたと伝える義務を感じた。

「彼女は昨日、フルリエールへと行ったんだ」

「昨日、フルリエールへ？どうしてフルリエールへと行ったんだ？今日は何日だ？昨日は何日だ？それじゃあ彼女と会うことはできない？」とヴァランタンは悲しげに言った。「フルリエールは遠すぎる！」そしてまた彼は目を閉じた。

ニューマンは黙ったままそこに座り、彼の助けになるように尤もらしい素振りをしようと努めたが、ヴァランタンは推理を働かせたり相手に関心を払うだけの力がないほどに弱っているらしいのを見てとって、安堵した。しかしベルガルドの方は、やがて続けた。

「そして僕の母、僕の兄、彼らは来るのかい？彼らもフルリエールへと行ったのかい？」

「彼らはパリにいるけど、会ってはいない。どちらともね。もし彼らが君からの報せを時宜よく受け取っていたなら、彼らは今朝に出発しただろうね。さもばければ深夜の急行列車まで待つことになって、私が到着したのと同じ時刻に到着するだろう」

「彼らは僕に感謝なんかしない、彼らは感謝なんかしない」とヴァランタンは呟いた。「深夜の電車に乗るのなら彼らはひどい夜を過ごすことになるし、ユルバンは早朝の空気を嫌っているからね。彼が昼前に、いや朝食前に見かけた記憶は一度もない。誰もない。その時間帯は、彼はどのような状態にあるのか誰も知らない。もしかすると彼は変わっているのだろう。誰が分かるもんかね？もしかすると子孫の人たちなら分かるかもね。彼はその時間帯に、王女たちの歴史に関する本に *cabinet*[48] で取り掛かっているんだ。だが僕としては、彼らに報せを送る必要があった、そうだよね？そして今君が座っている場所に母が座るのを見て、さようならって言いたいんだ。多分結局は、僕は彼女のことがよくわからなくて、何か僕を驚かせるようなことが彼女にあるのかもね。君自身も彼女のことがわかったなんて思うなよ。もしかすると、君のことも驚かせるかもしれないからね。しかしクレールと会うことができないのなら、全てはどうでもいいことさ。彼女についていつも考えていた、夢の中でもね。どうしてまた今日フルリエールへと彼女は行ったんだ？そんなこと話してくれたことないのに。何が起きたんだ？全く、僕がここにいることくらい悟ってくれても良さそうなのになぁ。彼女が僕を落胆させたのは人生でこれが初めてだな、哀れなクレール！」

「知っての通り私と君の妹はまだ夫と妻ではないんだ。まだ彼女の行動を全て私に逐一説明してくれているわけじゃない」。そう言って、ニューマンは微笑んだ。

ヴァランタンは彼を少し見つめた。「喧嘩でもしたのかい？」

「決して、決して、絶対に！」とニューマンは叫んだ。

「随分幸せなこと言うな！きっと幸せになれるだろうね、*va!*[49]」この無意識ながらもいつも通りに効いた皮肉を受けた哀れなニューマンは、絶望したことをありのままに示す目線で相手を見つめることしかできなかった。ヴァランタンは彼を自分の比較的に光が強い眼差しを注ぎ続けたが、やがて言った。「しかしどうも何か様子が変だな。今君を見ていて、花婿の顔には思えないいね」

「愛するヴァランタン、どうして君に花婿らしい顔を見せられるんだ?.君がそこに横になっていて俺がなんの手助けもできないのを喜んでいると思っているのなら……」。「どうしてどうして、君は快活であっていい人間じゃないか。君のその権利を放棄しないでくれ給え!僕が君の叡智の証さ。かつて『ほら、言っただろう?.』と言っていた男が憂鬱になったことなんてあるか。そう君は言っただろう?.君はできる限りのことをしたんだ。とても優れたことを君はいくつか言ったことがある。それについて僕も色々と考えたんだ。しかしどうやら、僕は正しかったみたいだね、結局は。それが普通なんだ」

「自分は別にやるべきことをやった訳じゃない、やるべきことならもっと別のことをやるべきだったよ」

「たとえば?.」

「まあ、とにかく何か別のことだ。君を小さい少年のように取り扱うべきだったよ」

「まあ、僕はとても小さい少年なんだ、今ね。むしろ子供以下だな。子供というのはか弱いが、将来が有望される。でも僕にそんな有望するような将来なんかないじゃないか、ね?.社会でなくなる人間で、僕ほど価値のない人間はいないだろうね」

ニューマンは強く心が動かされた。彼は立ち上がって友人に背を向けて、窓の方へと歩いていった。そこで外を立ちながら覗いていたが、ただ漠然と景色を見ていただけであった。

「やめてくれ、君の背中は見たくない。いつも人の背中を観察してきたが、どうも君のは気分がよくない」

ニューマンは再度ベッドの側へと戻り、静かにしているようにせがんだ。

「静かにしているんだ、そうすれば良くなる。今はそれが必要だ。回復して俺を助けて欲しい」

「やはり何か困っているんだな？どうすればいいんだ？」

「良くなったら教えるよ。いつも好奇心が強かったな、君は。元気になってからだ！」とニューマンは断固とした活発さで答えた。

ヴァランタンは両眼を閉じて長い間無言であった。眠りに落ちたとすら他の人が見たら思われるくらいだった。しかし三十分ほど経過すると、また話し始めた。

「あの銀行での地位についてはすまないと思っている。もしかすると僕はロスチャイルドのような銀行家になったかもしれない。でも実際は銀行家なんて向いてなかったのさ。銀行家というのはこうもやすやすと殺されやしない。僕はそうじゃなかったかい？僕はそんな真面目な男じゃないからね。実に遺憾なことだ。招待してくれた女主人に、本当はもっといたくてどうかここにいてほしいと言ってくれるのを期待しつつ、結局相手は何もしないから暇を告げるしかないようなものさ。『本当、こんなに早く？まだ来たばかりなのに！』まあ僕の人生はそんなちょっとした丁寧な挨拶も許してくれないみたいだけどね」

ニューマンはしばし何も言わなかったが、やがて切り出した。

「困った、困った、今までの人生で最悪なことに今直面しているんだ。不愉快にさせるようなことは言いたくないけど、どうにもならない。人が目の前で死にそうになったのを見たことあるして、そして撃たれたのを見てきた。でも今回に比べればもっと自然なことのように思える。彼らは君ほどは賢くはなかった。忌々しい、実に忌々しい！君ならどうにかうまくやってのけたはずだ。人の人生をこんな感じで締めくくってしまうなんて、これほど卑しむべきことなんてあるのか！」

ヴァランタンは弱々しく手を振った。

「言うな、言わないでおくれ！それは卑しい、とっても卑しい。君がワインの漏斗の先のように小さい空間の奥底では、君の意見に同意している！」

そして少しすると、医者は半分開いたドアから頭を覗き込んでヴァランタンが起きているのを見ると、入ってきて彼の脈を測った。彼は頭を振って、喋りすぎた、許容量の十倍喋りすぎた、とはっきり言った。

「そんな馬鹿な！死を宣告された男がしゃべりすぎるなんてことがあるものか」とヴァランタンは言った。「死刑についての説明を新聞で読んだことはないのかい？死刑にあたって弁護士や記者や牧師をたくさん牢獄に入れて、死刑囚と話させたりするじゃないか。でも僕が話しすぎたのもニューマン氏のせいじゃないよ。彼は死んだようにそこで黙っているからね」

医者は患者の負っている傷の手当てを改めて施さないといけない時間だと言った。その手当ての細々とした慎重な処置をすでに見ていたグロジョワヨー氏とルドゥ氏は、医者の助手としてニューマンと入れ替わった。ニューマンはそこから下がって、仲間の看護人たちから、ユルバン・ド・ベルガルドからユニヴェルシテ通りで彼らからの電報を受け取ったが、朝の汽車に乗るにはもう間に合わないので母と一緒に晩に出発するとの連絡が来ていると伝えられた。ニューマンはまた村の中をぶらぶら歩き回って、足を止めることなく二、三時間歩き続けた。その日は異様なまでに長いと感じた。日が暮れると彼は戻ってきて、医者とルドゥ氏と一緒に食事をした。ヴァランタンの傷の処置は、とても危険なものであった。再度の処置に彼が耐えられるのかどうか、医者にはとても判断がつかなかった。そして医者として、ニューマン氏は目下のところベルガルド氏と席を共にすることを諦めなければならないと伝えた。そして他の誰よりも、どうもニューマン氏は彼を興奮させるという、喜ばしいがこの場にそぐわぬ悪い特権をお持ちのようだとも言った。ルドゥ氏はこの言葉に対しては、ただ無言のまま葡萄酒を一杯飲むだけであった。ベルガルドの奴がどうしてこのアメリカ人にここまで興奮するのは一体なぜなのかと疑問に思っているに違いなかった。

ニューマンは夕食後に彼の部屋へと行って、その火が灯されていた蝋燭をじっと長い間見つめていて、ヴァランタンは下の階で死にそうにあったことを考えた。そして蝋燭が燃えてだんだん低くなっていくと、ドアに小さな音でノックされた。医者は蝋燭を持って立っていて、肩をすくめていた。

「全然じっとしない！君に会いたがっていると何度も主張し、どうやら君に来てもらうしかないようだ。どっちにみち、今晩かもって明日の朝まででしょうな」

ニューマンはヴァランタンの部屋へと戻り、そこには炉辺に細長い蝋燭が明かりとして灯されているだけだった。ヴァランタンは彼に大きな蝋燭をつけてくれとせがんだ。

「君の顔を見たいんだ」と彼は言い、ニューマンが彼の要求に応えると続けた。「彼らは君と一緒にいると僕が興奮するって言うんだ、そして実際に興奮していることを正直に言う。でもそれは君が直接興奮させるのではなく、あくまで僕の考えによってなんだ。僕はずっと考えていた、考えていたんだ。どうか座ってもう一度君の姿を見せてくれ」

ニューマンは座り、両腕を組み、ジロジロと友人を見つめた。どうも彼は何かの痛ましい喜劇で機械的に一人の役を演じているかのようだった。ヴァランタンはしばらく彼を見た。

「やはり今朝の僕は正しかった、今朝の君は単にこのヴァランタン・ド・ベルガルドだけでなく、それ以上に深刻なことについて何か悩んでいる。さあ、僕はもう死にゆく人間で、そんな僕を騙すのは酷いことじゃないか。僕がパリを去って何かあったんだな。僕の妹がこんな時期にフルリエールへと出発するなんて決して只事じゃない。一体なんだ？どうにも分からない。何度もそのことについて考えたのだが、教えてくれないのなら、一つ推測を立てるしかないな」

「君に教えない方がいいよ、決して君にとって益のあることじゃない」

「言わない方が僕にとって益になるだなんて、そんなの大きな間違いだぜ。結婚に何か問題が生じたんだろ」

「そうだ。結婚に問題が生じたんだ」

「だろうな！」そしてヴァランタンはまた沈黙した。「あいつらが妨害したんだな」

「あいつらが妨害したんだ」

そしてニューマンがこう言ってしまった以上、その話をすればするほど自分に満足感を覚えて言った。

「君の母と兄が約束を破ったんだ。結婚が決して行われないようにしたんだ。結局彼らは俺がふさわしくないと判断したんだ。自分たちの言葉を撤回したんだ。さあ君の望み通り、全部言ってしまったぜ！」

ヴァランタンはある種のうめくような声をあげて、手を少しの間振り上げたらまただらりと落とした。

「彼らについて悪いことばかり言うしかないのは申し訳ないと思っている。でも俺のせいじゃないんだから。君の報せが届いた時、俺はとても不幸な思いを実際にしていたんだ。完全に気が動転していた。そして俺の気持ちが立ち直ったかどうかの判断は君に任せるよ」

ヴァランタンは自分の傷が疼いているかのように、喘いで呻いた。

「約束を破った、約束を破った！」と彼は呟いた。

「そして僕の妹は、僕の妹はどうなったんだ？」

「あなたの妹はとても不幸な状態にありますよ。彼女は俺と結婚するのを断念するのに同意したんだ。彼らが彼女に何をしたのかはわからない。どうしてかはわからない。彼女に何をしたのかはわからない。相当ひどいことだったに違いない。彼女に公平に期するために、言っておくよ。彼らは彼女を苦しめたんだ。俺は彼女と会う時、彼女はいつも彼らと一緒で、一人でいるのを見たことがない。昨日の朝、彼らと実際に会ったんだ。彼らは遠慮することなくペラペラとはっきりと言ってきた。自分のことに専念したらどうだと言うんだ。とてもひどいことだ。ムカつくし、気分が悪いし、メチャクチャになりそうな気分だ」

ヴァランタンは相手を見つめながらそこに横たわっていた。彼の両眼はより一層輝いており、上下の唇は音を立てることなく分かれていて、その蒼白の顔に赤らみができていた。ニューマンがこれほど多くのことを訴えるような調子で述べたことは未だかつてなかった。しかし今では彼は困難に陥った時に祈りを捧げる対象である神に面前しているかのような気分も感じながら自分の不満を述べていて、その怒りを迸らせる行為も何処か精神的な特権のように思われた。

「そしてクレール、クレールは？彼女も断念したのか？」

「俺も信じられないね」

「信じるな、信じるな。彼女は時間を稼いでいるんだ。彼女を許してやるんだ」

「彼女を気の毒だと思っているよ！」とニューマンは言った。

「哀れなクレール！」とヴァランタンは呟いた。

「それにしてもあいつらは、あいつらは」。そしてニューマンはまた言葉を止めた。

「彼らと会ったんだよな。そして彼らから面と向かって追い払われた、と？」

「そうだ、真っ向正面からだ。全く明確な態度だった」

「彼らはなんて言ったんだ？」

「彼らが言うには、商業的な人間は我慢がならないと言っていた」

ヴァランタンは手を差しのべて、それをニューマンに腕に当てた。

「そして彼らとの約束、結婚の取り決めに関しては？」

「はっきりと区別してた。マダム・ド・サントレが俺を受け入れるまでに引き伸ばすと言ってきた」

ヴァランタンはしばらくじっと見つめていて、顔にあった赤らみは消え去った。

「それ以上言うな」とやがて彼は言った。「恥ずかしいからな」

「君が？君は名誉の塊みたいな存在さ」とニューマンは素直に言った。

ヴァランタンはうめいて顔を背けた。しばらく彼はそれ以上何も言わなかった。そして彼は再び顔をニューマンの方へと向けて、ニューマンの腕を握りたくなるようなある種の力を感じた。

「それはとても悪いことだ。とても悪いことだよ。僕のところの人間が、僕の一家の人間がそんなことをするようになったんだったら、もう僕は身を引かなければいけない。僕は妹を信じている。彼女がきっといつか説明するよ。彼女を許してやってくれ。もし彼女が説明できないなら、説明できないなら、大目に見てやってくれ。彼女は苦しんだんだ。しかし他の人たちにとってとても悪い、とても悪いことだ。君にそう言うしかないのはやはり恥ずべきことだ」

彼は再度両眼を閉じて、辺りは沈黙が支配した。ニューマンはほとんど畏れに近いものを感じていた。彼は自分で思っていた以上に厳粛な精神状態に駆られていた。やがてヴァランタンはもう一度彼を見上げて、相手の腕から自分の手を離した。

「すまないな。理解してくれたか? 僕は今、死の床にあるんだ。家族については申し訳ない気分だ。私の母について、私の兄について。ベルガルド一家の代々の家系について。*Voila!*[50]」

と優しい調子で付け加えた。

ニューマンは答える代わりに、相手の腕をとって優しさいっぱいで握りしめた。ヴァランタンは静かなままでいて、三十分経過すると医者がそっと部屋に入ってきた。彼の後ろには、半分開いたドアからグロジョワヨー氏とルドゥ氏二人のもの問いたげな顔が見られた。医者はヴァランタンの手首に手を当てて、座りつつ彼をみていた。彼はなんら合図をすることなく二人の紳士が入ってきて、ルドゥ氏が合図をして外にいる誰かに合図をした。その人は司祭であり、その手にはニューマンにとって見慣れぬ何かを持っていて、白いナプキンが被せられていた。司祭は背が低く、丸くて、顔が赤かった。彼は自分の被っている小さい黒帽子を脱ぎながらニューマンへと進んでいき、手に持っていたものを机の上に置いた。そして一番質のいい肘掛け椅子へと腰掛けて、腕を体の上に組んだ。他の紳士たちは互いがちょうど良いタイミングにきたのだと言わんばかりに互いを見遣った。しかし長い時間、ヴァランタンは話すことも動くこともなかった。後になって、ヴァランタンの容態を見た司祭はその間寝ていたのだろうと思い返した。

やがて突然、ヴァランタンはニューマンの名前を呼んだ。ヴァランタンの友人ニューマンが彼のそばに行って、フランス語で言った。「お前は一人じゃない。お前と二人だけで話したい」ニューマンは医者の方を見て、医者は司祭を見て、その司祭は医者を見返した。そして医者と司祭は一緒に肩をすくめた。

「二人だけ……。五分間、二人だけにさせてください」とヴァランタンは繰り返した。司祭は机においたものを取り上げて、同行者がそれを追う形で部屋を出ていった。ニューマンは彼らが出ていくとドアを閉めて、ヴァランタンの傍らへと戻った。ベルガルドはこの一連の出来事をじっと見ていた。

「とても悪いことだ、とても悪い」と彼はニューマンが自分のそばに座った後に言った。

「考えれば考えるほどにひどい」

「考えるなよ」

しかしヴァランタンは相手を構うことなく続けた。「たとえ彼らが考えを改めたとしても、恥、低俗さ、それは決して消えることがない」

「あいつらが考え直すものか！」

「いや、そうさせることはできるぜ」

「そうさせる？」

「一つ教えておきたい。ある深い秘密だ、途方もない秘密だ。それを彼らに使え、あいつらを怖がらせろ、強制させろ」

「ある秘密！」とニューマンは繰り返した。ヴァランタンがその死の床で彼に「途方もない秘密」を打ち明けさせるのは彼にしばらく衝撃を与え、身を退かせた。情報を得るにしても、このような状況で探るのは不法であり、鍵穴に耳を澄ますような感じと漠然と似てすらいた。そして突然、マダム・ド・ベルガルドとその息子を「強制させる」という考えに魅力を感じるようになり、ニューマンはヴァランタンの唇に自分の頭を屈んで近づけた。しかししばらくの間、瀕死のその男はそれ以上何も言わなかった。彼はただ横たわっていて自分の友人をその輝いて開きつつ、濁ったような目をニューマンに向けていた。そしてニューマンはおそらくさっきの言葉は精神錯乱からくるものだと信じ込んだ。しかしやがて彼は言った。

「何かあったんだ、フルリエールで前に何かあったんだ。犯罪だ。僕の父に何かが異変が生じたんだ。具体的には知らない。知ることが恥だと感じたからだ。しかし何かがあることは知っている。母が知っている、そしてユルバンも知っている」

「君の父に何かあったのか？」とニューマンは切迫する口調で言った。ヴァランタンは彼を見た。目はまだ開いていた。

「結局良くならなかった」

「良くならなかった、って何が？」

しかしこれらの言葉を口から発することを決意して実際に喋るにあたって彼が払った多大な労力はどうやらそれが最後の力であったみたいであった。彼はまたもや無言になり、ニューマンは彼を座りながら見ていた。

「理解したか？」とやがてヴァランタンは再び口を開いた。「フルリエールだ。そこでわかる。ミセス・ブレッドが知っている。彼女に僕が聞けと言ったと伝えておくれ。そして彼ら二人にも同じように言って、相手の様子を見るんだ。助けとなるさ。でなければ誰にも彼にも言ってしまえ。それは、それは」ここでヴァランタンの声は極限までか弱い呟きへと沈んだ。「お前の復讐を果たしてくれる！」

その言葉は長くて柔和なうめき声となって消え去っていった。ニューマンは立ち上がり、深く心が打たれて、何と言えばいいか分からなかった。彼の心臓は力強く鼓動していた。やがて言った。

「ありがとう、大いに恩に着るよ」

しかしヴァランタンは彼の言葉を聞いていないようだった。彼は無言のままでいて、その沈黙はずっと続いた。やがてニューマンはドアのところへ行って、それを開いた。司祭が再び入ってきて、聖なる器を手に持っていた。その後ろから三人の紳士とヴァランタンの従僕が続いた。ほとんど行列のようだった。

第二十章

ヴァランタン・ド・ベルガルドはちょうど冷たく儚げな三月の夜明けが彼の周りに小さく集まって寄り添った友人たちの顔を照らしながら、穏やかに死去した。その一時間後、ニューマンは宿を出発してジュネーヴへと向かった。彼はマダム・ド・ベルガルドとその長男がそこに顔を出すのに自分が居合わせるのを厭うのは必然であった。ジュネーヴにしばらく滞在した。まるで高みから落っこちて、自分が負ったその傷を調べてみたいと思っている人のようだった。彼はすぐにマダム・ド・サントレに手紙を書き、彼女の兄の死について、特定の事柄を除外した上で、その際の状況をそこに記して、その上で彼女が自分と会ってくれるもっとも早い時期はいつになるのかを尋ねた。ルドゥ氏はヴァランタンから遺言を受け取っていて、それは彼が高級な所有物を多数生前有していたのであり、フルリエールの墓地にある父の墓の側で埋葬されたいと要求しているという旨を含んでいたが、自分がその遺言を聞いているのには訳があったとニューマンに伝えた。ニューマンはベルガルド一家との現在の関係にあってもなお、世界で最もいい奴である彼にこの世での最後の敬意を払う手伝いをすることになんら妨げを感じなかった。ヴァランタンとの友情関係はユルバンとの敵対関係よりも早くからあったものであり、葬式において人目につかぬようにするのは容易いことであった。マダム・ド・サントレからニューマンの手紙への返信が届いたが、それによってフルリエールに便宜のいい時間に到着することができた。返信内容はとても簡潔であり、以下の通りであった。

「手紙を送ってくださったこと、そしてヴァランタンに付き添っていただいたことをありがたく思います。私が彼の死の床に付き添いできなかったのは筆舌に尽くせぬ悲しみです。あなたとお会いすることは私にとってただ苦しいだけのことになるでしょう。なので、あなたの言葉にあるように輝かしい日々というのをわざわざ待つ必要はございません。どの日ももはや同じなのであり、私にとっては今後輝かしい日などないでしょう。お好きな日時に来てください。ただその日程は最初に私に伝えてください。私の兄はこちらで金曜日に埋葬される予定でして、私の家族もこちらに滞在します。C・de・C」

この手紙を受け取る否や、ニューマンはすぐにパリとポワティエへと赴いた。彼は遥か南を下っていき、緑のトゥレーヌを通って遠くまで輝いているロワール河を渡った。そして彼が進んでいくにつれ早い春が深まっていくような地方へと入っていった。だが今回の彼のこの旅ほど、彼が地勢と呼んだものを観察しなかったことはなかった。彼はポワティエにある宿に泊まって、その翌朝に数時間でフルリエールの村へと向かった。しかしフルリエールでは、確かに彼は頭がいっぱいいっぱいな状態ではあったが、それでもその場所の美しさを感じずにはいられなかった。フランス人が「*petit bourg*」[51]と呼んでいたところだ。それは巨大な丘の麓にある村であり、丘の頂には封建時代の半ば崩れたような城の廃墟があって、その城の頑強な素材の多くは、集合している家々を丘を下っていく形で守るように取り囲んでいる壁と同じく、村そのものと融合していると言っていいほどに溶け込んでいた。教会はかつての城の礼拝堂からそのまま引き継ぐ形で使われていて、その教会と直面する形で草がたくさん生えた庭があったが、その庭はその古風な趣のある隅を小さな墓地として活用できるくらいの広さを有していた。草の中で傾いている墓石は、それ自体が眠っていると思ってしまうものがあった。城壁の頑丈そうな肘の部分がそれらの墓石を片方でまとめて支え、その前方のそれらの苔で覆われていた鮮蓋の遥か下まで緑の平野と青い景色が縹渺と広がっていた。丘を登った先にある教会への道のりは、乗り物で向かうには無理があった。通りの両側には二つか三つの列をなしている農民たちがいて、老マダム・ド・ベルガルドが長男の腕に寄りかかりながら、棺を担いでいく人たちの後ろをゆっくりとその坂を登っていくのを見守っていた。一般の会葬者たちは自分たちの前を歩く背が高く黒のヴェールをかけた人物を「伯爵夫人」と囁いていて、ニューマンはそれら一般会葬者たちの中に入って身を潜めた。葬式が執り行われている間は、彼は薄暗い小さな教会の中で立っていたが、陰気な墓のそばまでくると、彼は後ろを向いて坂を下っていった。彼はポワティエへと戻り、落ち着きと焦燥が奇妙な形で混ざった状態で二日過ごした。三日目に彼はマダム・ド・サントレに報せを送って、午後に訪問する旨を伝えて、それに応じる形で再度フルリエールへと向かった。

彼は村の通りにある飲み屋で乗り物から降りて、城へと到着するための簡素な指示に従ってそこに向かっていった。「あのすぐ向こうですよ」と地主は言って、反対側の家々の上に見られる庭園の木の頂の方を指した。ニューマンは最初の十字路を右側へと曲がって――そこには崩れがかった小屋が両側にあった――少し歩いたら塔の尖った屋根が見えてきた。さらに進むと、彼は広い鉄の門を目前に見つけて、それは錆び付いていて閉ざされていた。そこでしばらく彼は足を止めて柵の間から中を覗き込んだ。城は通りの近くにあった。それが長所でもあり短所でもあった。しかしその展望はとても印象深いものであった。ニューマンは後になって、その土地の案内本から、その城がアンリ四世の時代からのものだったことに気づいた。そこは前面にある広々とした舗装された区域へと繋がっていて、みすぼらしい農家に縁取られていて、時の経過による汚れを見せている黒い煉瓦製の広々とした正面を見せているオランダ風の小さな建物があって、その屋根は風変わりなものであり、その両側に二つの低い翼が設置されていた。その後ろには二つの塔が聳えていて、塔の後ろにはかすかに緑になったばかりのニレやブナが密集していた。しかし何よりの特徴は、大きく広がった緑色の川であり、それは城の礎を洗うようにして流れていた。その建物は四方を川が囲んでいる島から聳えていて、その流れは全き堀を形成していて、それは欄干に弓形の橋が二つかかっていた。あちこちに大きな勢いよくできた直線のある鈍い色をした煉瓦製の壁、翼にある醜くて小さな丸天井、深く落ち窪んだ窓、苔むした粘板岩の尖塔、これらは全て静かな川の水面上に映っていた。ニューマンは門で鐘を鳴らしたが、自分の頭上にある大きくて錆びついた鐘の鳴った音にほとんど怯えた状態になった。門衛所から年をとった女性が出てきて、彼が通れるように門を軋らせながら開いたのであった。そして彼は中に入っていって、乾いた草のない庭と、さらに堀の畦道の少しヒビの入った白い厚板を通っていった。城のドアの前で彼はしばらくそこで待機して、その際にフルリエールは決して「手入れの良い」場所ではないことを観察し、住むには侘しい場所だということを考えたのであった。

「どうもここは、中国の刑務所のようだ」と彼は自分に言ったが、その比較が適切かどうかは判断を差し控えたい。やがてドアが開いたが、それを開いたのは彼がユニヴェルシテ通りで見た覚えのある従僕であった。その男の鈍そうな顔は我らが主人公を見るにつれどんどん明るくなっていったが、理由はわからないのだが、ニューマンは同じ種類の服を着る従僕たちから好かれるタチにあったからだ。従僕は真ん中に植物が植えられた鉢がピラミッドの形で積み重ねられていて四方にはガラス製のドアが一面に付いている広々とした中央の玄関を通って、やがて城の中での最上と思われる応接間へとたどり着いた。ニューマンは巨大な大きさの部屋の敷居を横切っていったが、そこにいると自分がガイドブックを抱えた旅行者で、今案内してくれている案内人として謝礼を待っているかのような気になった。しかし彼の案内人が彼を置いておそらくマダム・ド・サントレを呼んで来る為に彼を一人にさせると、ニューマンはその客間に何か特徴的なものといっては、せいぜい奇妙に彫られた垂木が添えられた暗い天井、精巧に織られて古めかしい綴織によるいくつかのカーテン、そして暗い色をしていて鏡のように磨かれた樫の床くらいしか感じなかった。数分間、行ったり来たりしつつ待った。だがやがて、部屋の端に着いて振り返るとマダム・ド・サントレが遠く離れた位置にあるドアから入ってきたのを見た。彼女は黒い衣装に身を包んでいて、彼を佇みながら見ていた。彼らの間には途方もない広がりがあったので、お互いにその中間点で近づくまでに彼は彼女を見るだけの十分な時間があった。彼女の外見の変化にニューマンは狼狽えた。顔は蒼白で、眉を顰めていて、ほとんどやつれてすらいて、その衣装にはどこか修道女のような厳格さを見受けられた。彼が今まで彼女の優雅さを賛美していた痕跡としては、一般の女性と共通した点においてしかわずかに見受けられず、彼女のその独特な気品はもはや感じられなかった。彼女はその両眼を彼のそれに注いで、彼に自分の手を取らせた。しかし彼女の両眼は秋の雨の日に見られる二つの月のようで、その手触りはゾッとするほどに生命力が感じられなかった。

「あなたのお兄さんの葬式に出席していました」とニューマンは言った。「そして三日ほど待ちました。しかしそれ以上は待っていられなかったのです」

「待っているだけでは何かを失ったり得たりすることはできませんわね」とマダム・ド・サントレが言った。「しかしあれほど不当な取り扱いを受けたのに、待たれたなんて思慮深いですね」

「私が不当な取り扱いを受けたと思ってくださるのは嬉しいことです」とニューマンはしば

しば非常に真剣な意味合いを持つ時に話す、あの奇妙でユーモア感のある口調で話した。

「私がわざわざ申し上げる必要はありますか?真面目に言うと、私はそれほど多くの人を不当に扱ったとは考えておりません。意図的に取り扱ったことがないのは当然です。私が今回の惨たらしい辛い目に合わせたあなたに対して、私がその償いとして言えることといったら、『私にもあなたの苦しみをわかっております、この身で感じております!』ということだけ。そんな償いというのはあまりに瑣末なものです!」

「それでもそれは大きな一歩ですよ!」とニューマンは励ますように優しげな笑みを浮かべた。椅子を彼女の方へと押して、それを押さえたまま彼女を迫るように見た。機械的に座らせて、彼女の近くに座った。しかしやがて彼は落ち着かない様子で立ち上がって、彼女の前に立った。彼女は座ったままで、焦燥する段階は通り過ぎた困惑した人物のような様子をしていた。「あなたとこのようにお会いしても何もいいことはないのですよ」と彼女は続けた。「なのにあなたが来てくださっていただいて嬉しいのです。私が今どういう気持ちでいるのか、ようやくお伝えできます。これはわがままな楽しみですが、そういった類の楽しみは私の人生でこれが最後となるでしょう」。そして彼女は言葉を止めて、その霞んだ目を彼にじっと注いだ。「私がどれほどあなたを欺いて、傷いたのかは分かっております。そして私がどれほど残酷で臆病だったかのかも存じております。あなたがそれを痛感しているように、私もまた痛感しているのです。私の指先にまで全身で感じております」

そして彼女は膝の上に一緒に置いていた両手の握りを離してはあげて、また彼女の傍らに落とした。

「あなたが私に最大級の怒りの感情を込めながら言った言葉も、私が自分自身に向かって言った言葉に比べればなんでもありません」

「私が最も怒っているときでも、あなたに辛くあたったことは一つもありませんよ。私があなたに対して言ってきた今までの言葉の中で最悪だったのは、あなたは世界一可愛らしい女性だ、ということですよ」

そして彼は彼女の前で突然座り込んだ。彼女は少し顔を赤らめたが、その赤みですら蒼白さがあった。

「そう思うのは、私があなたとまた一緒になれると思っているからですよ。しかし私は戻りません。私が戻ってくるだろうと期待されてこちらへ赴いたのでしょう。私には分かります。とても気の毒に思います。あなたのためにならできる限りなんでもやります。このような言葉をあれだけのことをやった私が申すのは、傲慢そのものと思われるでしょう。しかし今の私に、傲慢でないことなんて言えるでしょうか。あなたを不当に取り扱いそれに謝ること、それは簡単なことです。あなたを不当に取り扱うべきではありませんでした」。彼女は一瞬話を止めて彼を見て、自分に続けさせてほしいことを訴えるような素振りをした。「そもそも最初にあなたと出会った時から、あなたの言葉に耳を傾けるべきではありませんでした。あれこそが不当な扱いだったとも言えます。耳を傾けた段階で、それがよき結果をもたらすはずなどありませんでした。私はそう予感していましたが、それでもあなたの言葉に耳を傾けていました。あなたのせいです。私はあなたにあまりに好意を持ちすぎました。あなたを信じていました」

「今は信じてくれないのですか？」

「いや、これほど信じていることは未だかつてありませんでした。しかし今となってはどうでもいいことです。もう私は諦めましたから」

ニューマンは自分の拳を握りしめ、膝を強く叩いた。「どうして、どうして、どうして？」と叫んだ。「理由を教えてほしい、ちゃんとした理由を。あなたは子供じゃない、未成年でも馬鹿でもない。君のお母さんが命令したからというだけの理由で、私を棄てていい義務なんてあるもんか。そんなの君らしくない」

「私らしくないというのも分かっています。でも私が言える理由はそれだけなのです」とマダム・ド・サントレは腕を差し出した。「だから、結局私のことを馬鹿だと思って忘れてしまってください！それが一番簡単な方法でしょうから」

ニューマンは立ち上がって、自分の訴えがどうにもならぬと言う打ちひしがれた思いから歩き去っていったが、同時に戦いを諦めきれない思いも同じくらいあった。彼は部屋に多数あった大きな窓の一つのところに行って、そこから堅固に土手で盛り上がった川とその向こうにあった整然とした庭を見た。彼が振り向いた時には、マダム・ド・サントレは立ち上がっていた。彼女はそこに無言に消極的な状態で佇んでいた。

「君は素直じゃない。正直じゃない。君は自分が馬鹿だと言う代わりに、他の人々が歪んでいると言うべきなんだ。君の母と兄が騙していたのであって、残酷だったんだ。俺に対してそうだったんであり、君に対してもそうだったんだ。どうして彼らを庇うんだ？どうして彼らのために俺を犠牲にするんだ？俺は決して騙していないし、俺は決して残酷ではない。君は何を断念しているのか分かっていない。このことは確かだと言える、君はわかっていないんだ。あいつらが君をいじめて、君を材料にして悪企みをしているんだ。そして俺は、俺は」。彼は言葉を止めて、両手を差し出した。彼女は後ろを向いて彼から離れようとした。

「以前君は、母が怖いと言っていた」とニューマンは彼女について言った。「あれはどういう意味だったんだ」

マダム・ド・サントレは頭を振った。「覚えているわ。後で申し上げるべきではなかったと後悔しています」

「彼女が君を叱って、ひたすらいじめ抜いたからそう思うようになっただけでしょう。一体彼女はあなたに何をしているのですか？」

「何も。あなたが理解してくださることは何もないわ。そしてあなたを諦めた今、彼女に関しての不満はあなたに言うべきではありません」

「そんな勝手な理屈があるか！」とニューマンは叫んだ。「逆に、彼女についての不満を言ってくれ。素直に正直に全てぶちまけてくれ。そうするべきだ。そしてとことんまで話し合って、君が俺を諦めないようにするんだ」

マダム・ド・サントレは少し下をじっと見たあと、再度目を挙げていった。「少なくとも一つだけ良いことがありました。あなたが私をもっと公平に判断してくださるようになったと言うことです。あなたは私のことに関して、とても名誉に判断してくださっていました。どうしてそうあなたが判断されたのかは、私には分かりません。しかしあなたから逃げ出すための抜け穴はありませんでした。私は一般のか弱い女性になるための機会はもうなくなっていたのです。私のせいではないのですそれは。初めに警告していたはずです。しかしもっと警告すべきではありました。私と一緒になると、あなたを幻滅させてしまう宿命を私が負っていることを、あなたが納得するまで言い聞かせるべきでした。しかし私はある種、とても誇り高かったのでしょう。私の誇り高さががどういう結果をもたらすのか、分かっていただけることでしょう！」と彼女は続けたが、声を震わせながらさらに大きくしたその様子はニューマンにとって美しいとすら感じた。

「私は正直であるためには誇りが高すぎるし、かといって不実でいられるほど誇りが高いわけではありません。私は臆病で、冷淡で、わがままです。私は平穏でいられなくなるのが怖いのです」

「そして結婚することが平穏でなくなるというわけですか！」とニューマンは相手を見つめ

た。

マダム・ド・サントレは少し顔を赤らめて、まるで言葉で謝るのは失礼で、少なくとも無言の表情で自分の行為は忌々しいものだとは完全に理解していると言わんばかりの様子であった。

「平穏でなくなるのはあなたと結婚するからではありません。むしろそれに付随する様々なこと全てです。決裂、反抗、私なりのやり方で幸福になろうと主張することです。私に幸福になる権利はあるのでしょうか、もし、もし、もし」そして彼女は言葉をやめた。

「もし、なんだ?」

「他の人たちがとても不幸な思いをしていたのならば」

「他の人たちってなんだ?俺以外の他の人たちが俺となんの関係があると言うのです?大体、たった今君は幸福になりたくて、母に従うことによってそうなれると言ったばかりじゃないか。言っていることが矛盾しているよ」

「そうです、矛盾しています。それで私は頭がよろしくないと言うことをお分かりいただけるでしょう」

「笑っているんだ!馬鹿にしているんだ!」

彼女はそう叫んだ彼をじっと見て、この場面を第三者が観察していたならば、彼女はあえてニューマンを馬鹿にしていると白状してお互いの苦痛をさっさと終わらせた方がいいのではないかと自問していると判断したかもしれない。だがやがて彼女は言った。

「いえ、決して」

「仮に君の頭が良くなくて、弱い存在であり、どこか卑俗的なところもあって、俺が君を信じていた通りの存在ではなかったとしても、別に英雄的な努力を要求しているわけではない。ただ極めてありふれた努力をしてくれとお願いしているだけだ。私の方にもそのような努力を多大にする必要がある。結局のところ、あなたは私のことをそんなに思っていないから、そういった努力をしようとしないというそれだけの話でしょう」

「私は冷たいわ。あそこに流れている川のように冷たいわ」

ニューマンは持っていた杖で床を叩いて、厳しい様子で長い間笑った。

「よろしい、よろしい」と彼は叫んだ。「君はあまりにも遠くに行きすぎている。目標から大きく外れている。この世界で、あなたがおっしゃっているような悪い女なぞ一人もいませんよ。君の企んでいることがわかったよ。私が言った通りだ。君は他の人を白とするために自分自身を黒くしているんだ。君は俺を全然諦めたくないんだろう。あなたは私を好きでいてくれている、好きでいてくれている。分かっているよ。そう見せてくれたんだから。そしてそう俺が感じた。そうした後に、君はそんな冷たい態度をとっているとでも言うのかい?あいつらが君をいじめた、と俺は言うね。あいつらが君を拷問したんだ。それは憤慨すべきことで、そんなあいつらのために君が寛容の力を極度に消費することなんてさせやしない。もし君の母が要求したなら自分の腕も切り落とすのかい?」

マダム・ド・サントレは少し怯えた様子だった。

「この前のあの日、母について盲目的に話しすぎました。私の主人は私であり、それは法律によっても母によっても認められています。彼女は私に何もできません。そして何かしたということもありません。私は母について悪いことを申し上げましたが、母の方はそれに値するようなことは何一つ行っておりません」

「彼女は君にそう感じさせるようなことはしたんだ、間違いない」

「そう感じてしまうのは私の良心ゆえにです」

「どうも君のその良心は、ごちゃ混ぜになっている気がするな！」とニューマンは情熱的に叫んだ。

「私の良心は大きな苦難を迎えましたが、今は晴れ晴れとした状態にあります。私は世間的な出世利益や世間的な幸福のためにあなたとの結婚を断念するなんて致しません」

「そりゃあ、俺よりもディープミア卿を優先させて結婚するとは思ってはいないよ。優先させると考えているふりをしたり、それで君を怒らせたりしようとも思っていないよ。しかし君の母と君の兄はそうして欲しかったんだろ、そして君の母があの忌々しい舞踏会で、あの舞踏会は当時好きだったけどその事情を正に理解すると思い返してみると気がおかしくなりそうだ、ディープミア卿を推して結婚しようとさせたわけだね」

「一体誰がそんなことを？」とマダム・ド・サントレは穏やかに言った。「ヴァランタンではないです。私が考察したのです。推論したのです。当時私は考察していると自分でも思っていなかったけれど、私の記憶から離れなかった。そして後になって、君も覚えているように、君が温室でディープミア卿と一緒にいるのを見たんだ。そしてあの時、彼が君になんて言ったのか別の機会に教えてくれるって言った」

「それは前、それより前のものです」

「関係ないよ、それに知っている気がする。あいつは小柄な正直なイギリス人だ。彼が私のところにやってきて、君の母が何を考えているのか君に教えた、商売人ではない私の代わりに彼が君と結婚するとね。もし彼があなたに求婚するのなら、母はあなたを説得して、私との結婚をうまく交わせるように仕向けるのでしょうね。ディープミア卿はあまり頭のいい人ではないので、いちいち細く説明する必要があった。彼はあなたを『どこまでも』尊敬していて、それをあなたに知って欲しかった。しかしそんな不正めいたやり方に彼が何かしら関わるのは好まなかったので、あなたのところにやってきて事の次第を聞かせたわけ。とまあ、こんな感じですか?そしてあなたはそれでとても嬉しいとおっしゃっていた」

「どうしてここでディープミア卿について話さなければならないのか、分かりません。そのためにあなたがここに参られたのではないのでしょう。そして母についても、あなたが何を疑念に思っているのか、何を知っているのかも関係ありません。一旦私が決心したなら、と言うよりもう決心しましたが、そういった事柄については話したりする必要はありません。何かについて今議論することは、とても甲斐のないことです。私たちは各々できる限りの生活と努力をしなければなりません。私はあなたがまた幸福になれるものと信じております。たとえ、私のことをたまに考えてくださっても、です。そういう時、次のように考えてくださいませ。あなたが求婚を申し出た時からそれは前途多難なものであったこと、そして私もできる限りのことをやりましたということ。あなたが知らないようなことについても考えなければならないのです。つまり、私には感情というのがあるのです。私はその感情が強制させることをやらないといけないのです。必ず、必ずです。さもなければ、さもないと私は苦しんでしまうのです」と彼女はとても激しく叫んだ。「その感情に殺されてしまいます」

「あなたのお気持ちはわかります、そんな迷信めいたお気持ちはね！結局あなたのお気持ちとやらは、私はいい人だけど、商売していたということでしょう。母の表情が法律で、兄の言葉が福音というわけです。あなたがたは結局一家ぐるみで行動している、そしてあなたがやることなすことに一家全員が手出しをするという永久不変の掟がその一部を成しているというわけだ。私の血が沸き立ってしまう。そしてそれは冷たい。確かに君の言っていることは正しい。そして今私が感じていることといえば」。そしてニューマンは自分の胸をうち知らぬうちに詩的になっていた「激る炎だ！」

マダム・ド・サントレの気が動転した求愛者よりも平静な状態でこの場面を観察する者がいたら、彼女のその訴えるような落ち着いた態度は暴力的とも言えるほど激しい努力な果実によってもたらされたものであり、さらに彼女の興奮する潮は次第に上がってきているにも拘らずその平穏さをとっていたことにすぐに気づいただろう。

ニューマンのこの最後の言葉によってその潮がついに氾濫してしまったが、それでも最初の彼女の言葉は、自分の本心を曝け出さないように低い声であった。

「いいえ、私は正しくはなかった、冷たくもなかった！もし私が何か悪い事のように思えることをしていたのなら、それは決して単なる弱さや不実からやったものじゃないわ。ニューマン氏、それは宗教みたいなものよ。言えない、できないの！そんなことを命じるようにいうなんて、ひどいわ。どうしてあなたに信じて欲しいって言えないのか、そして私を憐れんでくれって言えないのか、自分でもわからないの。家には呪いがあるの。どんな呪いがあるのか、どうしてあるのか、わからない。私に聞かないで。私たちは背負わないといけないの。わがますぎたわ。そこから逃げ出したかった。あなたはそのためにとてもいいチャンスを与えてくれましたし、さらに私はあなたのことが好きになったのです。完全に自分の身の上を変えてしまうのがいいと思ったのです、遠くへと離れてしまうのがいいと思ったのです。そして私はあなたを尊敬しました。でもできないの、呪いがどこまでも追いかけてくるの、そして私を呑み込んでくるの」

彼女は自己の制御をもはや完全に失ってしまい、その言葉は長いすすり泣きで途切れるようになった。

「どうしてこんなひどいことが私たちに起きるの、どうして私のお兄さんのヴァランタンは獣のように殺されないといけなかったの、まだ彼は若くて、彼の陽気さも明るさも他にも私たちが愛していたこともたくさんあったのにどうして？私が聞くのが許されないことが、知るのを恐れてしまうようなものがあるの？私が見られないような場所がどうしていくつもあって、聞けないような音もこんなにあるの？今回のようなとても辛くて悍ましいことに、どうして私が選んで、決めないといけないの？私はそんなことに向いていないわ、私は大胆であったり挑戦するようなことはとても向いていないわ。私は静かに自然なやり方で幸福になるようにできている女なのよ」

彼女のその言葉に対してニューマンは最も表情に富んだうめきを上げたが、マダム・ド・サントレは続けた。

「私は喜びを覚えられるようにできていて、受けることは感謝して受けるようにもできています。私の母はいつも私にとても良くしてくれていました。私が言えるのはそれだけです。母を私が判断するわけにはいきません、批判することもいけません。もしそうなら、それらは全て私に跳ね返ってきます。私は自分を変えられないの！」

「いや」とニューマンが苦々しく言った。「私が変わらなければいけないのです。そのための努力で私の体が真っ二つになろうとも！」

「あなたは別です。あなたは男です。いつかまた元通りになるでしょう。あなたを慰めるあらゆるものがあります。あなたは変化を受け入れるように、生まれて、そして教育されてきたのです。それに、それに、私はあなたのことをずっと考えています」

「そんなことはどうでもいい」とニューマンは叫んだ。「あなたは残酷だ、ひどいくらいに残酷だ。天よ、彼女に許しを！あなたはこの世で最も優れた理性と最も優れた感情をお持ちでしょう。しかしそんなことはこの際関係ない。あなたは私にとって謎だ。それほどの上品さがありながら、それほどの厳しさが併存できるなんて理解できない」

マダム・ド・サントレはしばらく泳ぐような目をしながら彼を見た。

「ということは、私を手厳しい女だと思っているということ？」

ニューマンは彼女の目線に応える形で切り出した。

「あなたは完全に欠点のない人間だ！私と一緒にいてください！」

「もちろん私は手厳しいですよ」と彼女は続けた。「私たちは人に苦痛を与えるときは手厳しいのです。そして苦痛を与えなければならないのです。そういう世界です、最も悍ましく哀れな世界！ああ！」そして彼女は深いため息を長く続けた。「私はあなたと知り合いになれたことを喜んでいることすら言えないのです、実際は嬉しいのに。それもあなたにとって不当と言えばそうでしょう。私は残酷ではないことはいうことができないのです。だからこれ以上はやめて、もうお互い別れましょう。さようなら！」そして彼女は手を差し出した。

ニューマンは佇んだまま差し出されたその手に応じることなく彼女を見て、両眼を彼女の方へと見上げた。彼は自分が怒りの涙を流したい気分に駆られた。

「一体何をするつもりだ、どこへ行こうというんだ？」

「もう苦痛もなく悪とは縁のないところへ。世間の外へとでていきます」

「世間の外へ？」

「修道院に行きます」

「修道院へ！」

ニューマンはこの上なく狼狽しながらその言葉を繰り返した。それはあたかも彼女は病院へと行くのと等しい意味だった。「修道院に行く、君が！」

「私があなたと別れるのは決して世間的な利益や喜びのためではありません」

しかしその言葉をニューマンはほとんど理解しなかった。

「君は衣と白いヴェールを被って、質素な個室で一生の間中、修道女になるってことかい」

「修道女に、カルメル会の修道女になります。一生の間、神様のお許しの下」

この考えをニューマンが信じるにはあまりに陰鬱で恐ろしいものと感じられ、まるで彼女がニューマンに自分の美しい顔を傷つけたり彼女を狂わせるような何かの毒を飲むというようなことを伝えたような衝撃を受けた。彼は手を握り合わせ、明らかに体も震いていた。

「マダム・ド・サントレ、だめだ、だめだ！お願いする！跪いてでもなんでも、どうかそれはやめてくれ」

彼女はその手を、優しく憐れむようなほとんど安心してほしいと言わんばかりの仕草で彼の腕に当てた。

「あなたはわかっておられません。間違った考え方をされています。私のやろうとしていることは決して恐ろしいものではありません。それは平和で安全以外の何でもありません。こうした不安や問題がどんな無垢な人にも、どんな優れた人にも生じ得るこの世間から、私は出て行くのです。そして一生の間……それこそが祝福なのです！もう不安なことは起こらないのですから」

ニューマンは椅子に落ちるような形で座り込んで、判別できぬ呟きを長い間しながら彼女を見ていた。この人間の備え得るあらゆる気品と家政の力を持っているこの極上な女性が、自分と、自分が提供する財産と将来と忠誠というあらゆる輝かしいものをその全てに背を向けて、禁欲的なボロ着を纏い修道院の質素な部屋に自分を埋めるなんて、無慈悲であり馬鹿げた組み合わせである。そしてその印象が彼の前で深まって行くにつれ、その異様さが拡大していき、どこまでも広がっていくかのようであった。彼が今その身に受けていた試練のばかばかしさへと収束していったのである。彼は叫んだ。

「君が、君が修道女に！君の美しさも損なわれ、部屋に鍵がかけられて鉄格子に閉じ込められた！だめだ、絶対にだめだ、俺がそれを止められるのなら！」

そして彼は暴力的なまでの笑いを上げると共に飛び上がったのである。

「無理です、あなたには止められません。そしてそれもあなたを、少し、満足させるでしょう。私があなたと結婚しない状態であなたの側にいることなんて、これからも世間で生きていけるなんてお思いですか?全ては決まったことです。さようなら、さようなら」

今度は彼は彼女のその手をとって、両手で握った。

「永遠に?」と彼は言った。彼女の唇は言葉を発さないまま動いて、一方彼の唇は深い呪いを発した。彼女は両眼を閉じて、あたかもその呪いを苦痛を伴いつつ聞いているかのようだった。そして彼は彼女を自分の方へと引き寄せて、自分の胸に抱きしめた。彼は彼女の白い顔にキスした。一瞬、彼女はそれに抵抗したが、それでも少しの間抵抗をやめた。そして力を込めて彼から自分を離し、長くて光っている床の上を駆け抜けていった。その次の瞬間ドアが閉まり彼女はいなくなった。ニューマンはなんとかかんとかそこを出ていった。

第二十一章

ポワティエには、小さな町がその周囲に集まっている高い丘の頂上に、生い茂った木々が植えられている美しい公道があり、そこからその昔イギリスの貴族たちが百年戦争で己の権利のために戦い守り抜いた場所である肥沃な平野が見下ろされた。ニューマンはその静かな通りを一日の大半歩き回ることに費やしていて、自分の目をこの歴史的な景色に彷徨わせた。しかし後になってその場所が炭田か葡萄園だったかを彼に聞いたとしても、残念なことに答えに窮しただろう。彼はただ自分の悲しみに精一杯な状態にあり、何をどれだけ考えても決してその辛さは和らげられることはなかった。彼はマダム・ド・サントレをもう取り戻すことができないものと絶望していたが、それでも彼は心のどこかで彼女を諦めきれないと自分に言い聞かせていただろう。フルリエールとそこの住民たちに背を向けるのは不可能だと感じた。彼には何かしらの希望や埋め合わせの可能性がどこかに潜んでいるように思えて、自分がその場所に腕を差し出しさえすればそれを掴めるのではないかと考えた。あたかもドアのノブに手を当てていて、それを握りしめている状態にあった。彼はドアを打ち叩き、名前を呼んで、力強い膝で目一杯押して、全力でそれを揺らしたが、それに応えたのはただ何一つ音のない沈黙に過ぎなかった。それでそこには何か彼を留まらせるものがあった。何か彼の指を強めるものがあったのだ。ニューマンの満足感はあまりにも激しいもので、彼の計画全体はあまりに入念に熟されていたものであり、幸福への展望はあまりに豊かで全てを包括するものであったので、その素晴らしい精神上の建物は一撃程度で崩れてしまうはずがないわけであった。その建物の基底部分は致命的なまでのダメージを受けたが、それでもなお彼は建物を救おうという望みを頑固なまでに持っていた。今まで味わったことがないほどの不当な扱いを受けたことを痛ましいまでに全身で感じ取っていて、とても現実味を感じなかったくらいである。自分の受けた傷を受け入れ、後ろを振り向かずに歩き去って行くのを納得するような、そんな程度が甚だしいくらいのいい人でいられるのは不可能であった。自分の後ろを熱心に何度も何度も見たが、彼が見たもので自分の怒りを和らげるものは何もなかった。自分を信頼できる、寛大で、自由で、忍耐強くて、気楽で、苛立ったりしてもそれを外には表さず、限界を知らぬ謙遜さを他人に見せていたのであった。甘んじて屈辱を受け、軽くあしらわれ恩を着せられ皮肉を受けて、それを一種の取引としてその身に受けるのを同意したということ、これだけの条件を自分が相手に差し出しながら相手からは何一つ受け取らなかったということ、当然それは抗議するだけの権利があるというものだろう。そして拒まれた理由がその人が商売人だからとは！一体、自分がベルガルド一家とお近づきになって以来自分が商売について話したり夢見たりしたことがあっただろうか、自分が少しでも商売についての状況を作り上げるようなことがあっただろうか、ベルガルド一家が自分に悪巧みをほんの僅かでもしなくなるのなら自分は商売についての悪口を一日五十回いうことに同意しなかったことがあっただろうか。たとえ商売をしていることが他人にペテンをかけることとして立派に正当化させられるとしても、彼らは商売人という名高い階級や、つまらぬことに拘泥しないその行動力の逞しいやり方をどれほど知らなかったことだろう！ニューマンの過去で示した忍耐の重さが今はあまりに重く感じられたのは、今自分が害されたことを基準にしたからである。彼が当時忍耐によって感じていた腹立たしさは、彼の目前に控えている求婚とその上に広がっている雲一つない青空と溶け込んでいたのでそれほどでもなかったが、今は屈辱の怒りはとても深く、恨みへと変わり、絶えずその思いがつきまとっていたのだ。彼は自分が善良な人間でそんな人物が不当に取り扱われたのだと感じた。マダム・ド・サントレの振る舞いに関しては、彼をどこか畏敬の念を起こさせるものがあり、彼女のそれを理解したりその動機の現実性を感じ取ることができないほどに自分は無力な存在だという事実が、彼が彼女に向けていた想いの強さが更に深まるだけであった。彼女がカトリックだという事実は決して彼に問題を起こしたことはなかった。彼にとってカトリックというのは所詮名前だけのもので、彼女の信仰心が作り上げていたその形式的なものを信頼しないことを表明しても、それはただ自分の持っているプロテスタントの熱意をどちらかというと気取って装っていると思われてしまったことだろう。カトリックという土壌においてあれほどの素晴らしい白い花が咲くことができるのなら、その土壌が不健全なものであるはずがない。しかしカトリックであることと、修道女になること、しかも自分の意思で、は別物である！ニューマンの即時的な楽観主義がこのような曇った旧世界のやり方と邂逅したということには悲痛なものでありながら滑稽味もあった。自分のために、そして自分の子供の母親になるために作られたような女性が、この悲劇芝居においてあっさりと連れ去られていったというその光景、それは自分の目を疑わせるものであり、悪夢であり、幻であり、悪戯であった。しかしその事実を否定できないまま時間は刻一刻と過ぎ去っていき、彼にはただマダム・ド・サントレに対して抱擁するように抱いた熱意のその余韻だけが残っていた。彼は彼女の言葉と外見を覚えていた。彼はそれらをひっくり返してそこにあった秘密を探り出して、何とかしてそこに永続的な意味合いを見出そうとした。自分の感情は宗教的なものだという彼女の言葉はどのような意味だったか。それは単に彼女の一家の掟だったのであり、彼女の容赦ない小柄な母が大司祭を務めるような宗教だったというわけだ。そのことについて彼女の寛大さに合わせてこねくり回しても、ただ一つ確かなのはあの一家が彼女に圧力をかけたということである。彼女の寛大さは彼らを守ろうとする。だがニューマンの心はあいつらがこのままんまと無事に逃れられるかと思うと腑が煮え返る思いだった。

二十四時間が経過し、そういった印象も薄まっていった。そして翌朝ニューマンはフルリエールへと戻りマダム・ド・ベルガルドとその長男ともう一度会おうと決心し飛び起きた。彼はすぐにそれを実行に移した。ポワティエの宿で雇った四輪馬車に乗って立派な道を駆け抜けていって、こう表現していいなら自分の心の奥底に隠していたあの哀れなヴァランタンがその最期に教えてくれた情報について引っ張り出し考え始めた。ヴァランタンはその情報があれば何かしらの策を取ることができ、手元にいつも持っておくのがいいだろうとニューマンは考えていたのであった。もちろん、このことに注意を払ったのは何も今が初めてではない。その情報は大雑把であり、つかみどころがなく謎めいていた。しかしニューマンは決して無力でも怯えていた訳ではなかった。ヴァランタンが彼に強力な道具を与えようとしているのは明らかであった。とはいえその取手をきっちりと握れるようにできたとは言えなかったが。しかしその秘密の真相を暴露しないにしても、少なくとも何らかのヒントは教えてくれた、あの変わり者の老人ミセス・ブレッドが謎を解くためのもう一つの鍵を持っているヒントを。彼女はニューマンと接するたびに彼にまるで事の真相をわかっているかのように接していた。そして彼がミセス・ブレッドから尊敬されているようであるのを思い起こすと、彼女が自分にその真相についての知識を教えてくれるかもしれないと考えた。相手にしないといけないのがミセス・ブレッド一人である限りは気楽であった。その詳しい内容がなんなのかはまだわからないが、彼が唯一恐れていることがあった。つまりその内容がベルガルド家に対してそこまで致命的なものではかもしれないということだ。そして侯爵夫人とその長男の姿がお互い並んで老婦人がユルバンの腕を取りながら再度自分の脳裏に浮かんできて、各々のその冷たい無愛想な目で自分をじっと見つめているのを感じたら、自分の恐れは全くの無根拠なものだと自分に叫んだ。その秘密には隅から隅まで血生臭いものがあったのだ！彼はほとんど歓喜しているくらいの気持ちでフルリエールへと到着した。彼は暴いたその秘密をあいつらに曝け出したら、彼が心の中で表現したように解けてしまったバケツのようにガタガタ音を鳴らすだろうと理論を立てて自分を満足させた。彼はまず自分の獲物となる兎を実際に捕まえなければならなかった、つまり暴けるものは一体なんのかを確証することだ。しかしそれさえしてしまえば、自分の幸福がまたもや新品同様にならないことなんてあるだろうか？母とその息子はその美しい犠牲者を恐怖しながら捨てて何処かに身を隠してしまい、一人の残されたマダム・ド・サントレは間違いなく彼の元に戻ってくるだろう。機会さえ与えれば彼女は表面にまた浮かんで、世界の光へとまた戻ってくる。ニューマンの家にいたら、修道院の中で最も快適な場所ですらそれには及ばないということを彼女が認識しないことなんてあるだろうか？ニューマンは以前したように、宿のところに乗り物をおいて、邸宅に残る短い距離を歩き始めた。だが彼が門のところに来たら、不思議な気持ちが彼を捉えた。その気持ちは奇妙ではあったが、底知れぬ善良さを根源としていた。彼はそこにしばらく佇んで、鉄格子の間から時の経過により汚れのついた建物の正面に目を向けて、陰気でありながら華やかな名前を持つあの老いた家が罪に対してどのようないい機会を与えてくれるのかに思いを巡らせた。それは結局、最初から最後まで、圧迫して苦しめるだけの十分な機会を与えたのであったと言い聞かせた。そこは住むのには邪悪に見える場所であった。やがて突然、次のような考えが浮かんできた。これからなんと恐ろしいゴミの山を探らないといけないことだろう！調査官の態度はその卑しい顔を振り向かせて、同じような動作でニューマンはベルガルドのやつらにもう一度機会を与えてやろうとはっきり述べた。彼は彼らの恐怖心にではなく、正義にもっと直接訴えてやろうと思った。そして彼らが道理を理解してくれるのなら、ニューマンが彼らの悪に関して今知っていること以上のことを知る必要はないのであった。

今知っているだけでも十分に悪だった。門番は以前のように何とか通れる程度の広さに門を開けて彼を通した。そして中庭を通って行って、堀の上にある小さな丸太橋の上を歩いていった。ドアは彼が着いた頃にはすでに開いていて、ベルガルド家へ萌していた慈悲の心を叩き潰す絶好の機会がいまだと言わんばかりにミセス・ブレッドが彼を待ち構えてそこに立っていた。彼女の顔はいつものように、波によって現れた海の砂のようにどうにもならぬほど虚なものであり、彼女の黒い衣装はより黒い色を素材としたものでできているようだった。ニューマンはすでに彼女の奇妙なほどの無表情っぷりはそれを媒介として感情を表明するものであることはすでに知っていて、彼女が「また来ていただけるものと思っておりました、旦那様。あなたのことを探していました」と抑制されながらも生き生きとした調子で囁いたのを見ても彼は決して驚かなかった。

「会えて嬉しいですよ」とニューマンが言った。「あなたは私の友人ですので」

ミセス・ブレッドは彼を不可解な目で見た。

「あなた様のよき将来のために祈っていましたが、今ではそれも無駄なものとなりました」

「それじゃあ、あいつらが私をどう取り扱ったかは知っているということですね？」

「ええ、恐れながら私めは全て知っております」とミセス・ブレッドは淡々と述べた。ニューマンは少し尻込みした。

「全て？」

ミセス・ブレッドはもっと意図が読み取りやすいような表情をした。

「まあどれほど少ないものと見積もっても、あなたにとっては十分すぎるくらいのものでございましょう」

「人が十分すぎるほどに知ることができるなんてあり得ないですよ。とても結構なことです。マダム・ド・ベルガルドとその息子に会いにここに来ました。彼らは在宅ですか？そうでないのなら、待ちましょう」

「奥方様はいつもご在宅でいらっしゃいます。そして侯爵様もやはりほとんどの時間彼女とご一緒しております」

「それでは彼らに伝えてください、片方のどちらかに、あるいは両方に、私がここに来ていて彼らと面会したい気持ちでいると」

ミセス・ブレッドはためらった。「失礼ですがよろしいでしょうか、旦那様？」

「君がそういった失礼な態度を取ることには必ず相応の理由があることはもう知っているよ」

とニューマンは如才のない礼儀で言った。ミセス・ブレッドはシワできた瞼をあたかも会釈しているかのように落とした。しかし彼女の会釈はそこで止まった。状況はとても重々しかったのだ。

「また皆様がたとお話になるために来られたというわけでございますね、旦那様?おそらくこのことをご存知ないでしょうが、マダム・ド・サントレが今朝方パリへと戻られました」

「そうなのか、彼女はもうここにはいないのか!」そしてニューマンはうめきながら、持っていた杖で舗装を叩いた。

「彼女はそのまま修道院へと直行なさいました、カルメル会という名前でした。ご存じのようですね。奥様と侯爵様はそれをとても不快なものと考えておられます。彼女が彼らに自分が修道院へと参る旨を申したのは、ほんの昨晩のことでですから」

「なるほど、じゃあ彼女は誰にも言わなかったということですね、それまで。よろしい、よろしい、それで彼ら二人は怒っているというわけだね?」

「喜んではおられません。恐ろしいことだとおっしゃっていました。それも無理のないことで、カルメル会というのは修道女として入るキリスト教修道院の中でも最悪なところです。そこにいる人たちは人間ではないと言ってもよろしいでしょう。あらゆることを完全に断念させてしまうところです、永遠に。そしてそんな場所にあの方が行かれるなんて!私が泣くような女でしたら、泣いてしまいますよ」

ニューマンは少し彼女を見た。

「私たちは泣いてはいけませんよ、ミセス・ブレッド。行動しなければいけません。行って彼らを呼んでくるんです！」

そして彼はさらに奥へ入ろうという動作を示した。しかしミセス・ブレッドはそっと彼を制止した。

「もう一度失礼してもよろしいでしょうか？旦那様は私めの最愛のヴァランタン様の最期の時にあの方と一緒に過ごされたと聞いております。あの方について何か一言教えていただければと思います！あの可哀想な伯爵様は私の息子と言ってもいいくらいでした。あの方が生まれた最初の一年は私の腕からほとんど離されることはなかったのです。私はあの方に言葉の話し方を教えました、そしてあの方はとても飲み込みが早かったものです。あの方が成長して楽しいことで遊んでいた時も、この哀れな老いぼれのブレッドにいつもその上手な親切な言葉をかけてくださったものでした。それなのにあの方があんな野蛮に死んでしまうなんて！あの方がワインの商売人と決闘なさったという話を私は聞いております。信じられませんよ、旦那様！そしてあの方はとても苦しんでいたのですか？」

「あなたは賢くて親切な老婦人ですよ、ミセス・ブレッド。私も子供ができたら、あなたの腕に抱かせてあげるのをこの目で見たい気分です。多分そうしてもらえることでしょう」

そして彼は手を差し出した。ミセス・ブレッドは彼の開いた掌をしばらく見て、そして相手の珍しい身振りに魅了されたように、貴婦人らしい自分の指を差し出した。ニューマンは彼女の手を固くゆっくりと握った、両目を彼女にじっと注いだ。

「ヴァランタン氏に起こったこと全て知りたいというんですね？」

「そうしていただくと嬉しいですが、やはり悲しい気分になることでしょう」

「全てお教えできます。この場所から多少離れてもいい時はありますか？」

「この邸宅ですか？実際はわかっておりません。そうしようと思ったことはございませんから」

「それならそうしてみてください、とても強い気持ちで、今晩薄暗くなったらそうしてみてください。あの丘にある古い廃墟のところに来てください、あの廃墟の教会の前にある庭に。そこであなたを待ちます。あなたにお伝えしないといけない非常に重要なことがあります。あなたのような老婦人は、好き勝手に身軽に動けるものと思うのですがね」

ミセス・ブレッドはニューマンを見つめて、口を開けたまま考え込んだ。

「その重要なことというのは伯爵様からのものですか、旦那様」

「そうですよ、伯爵の死に際からのものです」

「では参りますよ。今一度、彼の方のために私は打って出ましょう」

彼女はニューマンにとってすでに来たことのある広い客間へと案内して、彼の命令を果たすために出て言った。ニューマンは長い間待った。やがて彼は呼び鈴を鳴らして自分の要求をもう一度繰り返そうとして、あたりを見回した。その時侯爵が彼の母を自分に腕に寄せながらやってきた。ニューマンがヴァランタンが彼に伝えた暗い暗示の結果により、自分の敵対者がひどく邪悪な存在だと心の底から自分に強く言い聞かせたといえば、彼が論理的に考えられる状態にあったといえるだろう。

「もはや間違いない」。彼らが近づいてくるにつれ自分に言った。「彼らは悪い奴らだ。奴らは仮面を被るのをやめたんだ」

マダム・ド・ベルガルドとその息子は確かにその顔に極度の狼狽を示していて、まるで眠れぬ夜を過ごしたかのような人を思わせた。それどころかすでに処理が終わっていた面倒事にまた直面したと考えて、それなのに彼らがニューマンに優しい眼差しを送るというのは不自然であっただろう。ニューマンは彼らの前に立ち、彼らも奮い起こせるだけの目線を相手に注いだ。ニューマンは墓の扉が突如開いたかのようで、湿った闇がそこから流れてきたかの感覚に襲われた。

「この通りまた来ました、また言ってみたいことがあります」

「私たちがあなたと会えて嬉しいとか、あなたの訪問が私たちの好みに合うか合わないかとかを問題にしないとか、そのように振る舞ったりするのは滑稽なものと言えるでしょうね」とベルガルド氏が言った。

「好みについては話さなくてもいいですよ、さもないとあなた方の好みに関しての話になるでしょうからね、結局は！単に私の好みの問題なら、間違いなくここに来てあなた方を訪ねることはなかったでしょう。それにあなた方にも便宜を図る形で、手短に終わらせますから。封鎖を取り除いてください、それでマダム・ド・サントレを自由にさせてください、そうしていただければすぐにでもここから去りますよ」

「私たちはあなたとお会いするかどうか躊躇したものです。そしてその光栄を辞退しようとしていたところです。しかし、私たちは、今までそうであったように、礼節を持った態度で振る舞うべきと考え、私たちの物事を受け取るやり方には、一度だけですがある種の弱点に陥ってしまうということをあなたにお知らせして満足を得るべきと思ったのです」

「あなたは一度だけなら弱いかもしれませんが、図々しく大胆になったことは何回もあるわけですよね。しかし私は別に世間話をするためにきたのではありませんよ。ただ次のことを伝えるためだけに来ました。もしあなた方が娘さんに彼女の結婚の反対を取り消す旨をすぐに伝えていただけたなら、残りについては私が責任を持って世話します。彼女を修道女にはしたくないでしょう、修道女になることの恐怖を私以上にご存じのことでしょう。商売人と結婚するのはそれよりはましですよ。彼女宛の手紙に結婚反対を撤回して私との結婚を祝福する旨を書いてそれを私にください、署名と封をした上でね。これはあなた方にとってのチャンスですよ、簡単な条件だと思いますが」

「私たちとしてはその条件に別の見方を致しまして、応じるにはとても困難な条件と感じます」とユルバン・ド・ベルガルドは言った。彼らは三人とも厳しい様子で部屋の真中に佇んでいた。

「私の母は娘がミセス・ニューマンになるより修道女のカトリーヌになることの方が好ましいとおっしゃることでしょうがね」

しかし老婦人は、巨大な権力を持っている人が見せる落ち着きを保ったまま、自分の息子が自分の警句を言うのを黙って聞かせていた。彼女はほとんど甘美なくらいに微笑みばかりであり、頭を繰り返し振っていた。

「一度だけ、ニューマンさん、一度だけ！」

ニューマンが今まで彼女を見たり聞いたりしてきた中で、これほど大理石のような堅固さを感じさせるような動作とそれに付随する口調を感じたことはなかった。

「何かあなたに強制させるものがあるのでしょうか。何か強制されることに思い当たることはあるのでしょうか？」

「死別や別離の悲しみに悶えている方にそのような言葉遣いをなさるとは、全てにおいて言語道断ですよ」

「マダム・ド・サントレが今考えおられることが時間を貴重なものにすると言うのなら、ほとんど場合においてあなたがたの反対意見はある程度の重さを有することでしょう。しかしあなたがたのおっしゃったことについても今まで考えてきて、その上で本日ためらいなしにここに参ったのは、あなたの弟と兄であるあなたは全く違う家族に属しているものと考慮してもいいと判断したからこそです。ヴァランタンと兄のあなたには何のつながりもないのです。ヴァランタンは兄のあなたを恥じていました。傷ついて死にそうに横たわりながら、かわいそうなあの人はあなたのとった態度を申し訳ないと私に謝っていました。母親の行いにも謝っていました」

しばらくの間、これらの言葉はあたかもニューマンが相手二人に物理的な一撃を与えたような効果をもたらした。マダム・ド・ベルガルドとその息子の顔にさっと赤みが浮かび、剣が煌めくが如く目線を取り交わした。ユルバンは言葉を二つ発した。ニューマンが半分しか聞こえなかったが、それは『*Le misérable!*』[52]と言う音が響いたような気がした」

「あなたは生きている者には敬意を十分に払いませんね」とマダム・ド・ベルガルドは言った。「しかし死んだ者には少なくとも敬意を払いましょう。私のあの無垢な息子の記憶を汚さないで、辱めないでください」

「ただ真実を言っているだけですよ。そしてそれには目的があるのです。もう一度、はっきりと、繰り返しますよ。あなたの息子はとても不愉快でした、私のために彼は謝ったのです」

ユルバン・ド・ベルガルドは不吉とも言えるようなしかめ面をして、ニューマンとしては彼が哀れなヴァランタンの不快な姿を想像してそういう顔をしているのだなと考えた。不意をつかれた形で、彼の弟への乏しいとはいえその愛情が一時的に己の不名誉へと譲歩したのだ。だが、母の方はほんの僅かでも旗を下げるようなことはしなかった。「あなたは間違っておられますよ。私の息子は時折軽薄なこともしたことありますが、不作法なことをやったことは一度もありません。冠っているその名前にふさわしく、彼は死んでいったのです」「あなたは不可能なこ「あなたはただただ彼を誤解しておられる」と侯爵は冷やかし始めた。とを主張されているのですよ」

「哀れなヴァランタンの謝罪云々が問題などではない。それは喜ばしいどころか遥かに苦痛な者であった。このような野蛮なことは決して彼のせいではない。彼は私を傷つけたことは一度もないし、他の誰かも傷つけたこともやはりない。彼は栄誉そのものであった。しかし彼が最後に謝罪したことは彼がこの件をどのように受け取ったのかを示すものだ」

「私の可愛そうな弟がその最期の時におかしくなってしまったことを証明したいのなら、そのような悲しい状態にあったのは極めてありふれたことだと申し上げるしかありません。しかし、そのように思うのでしたらそれはそれで結構ですよ」

「彼はしっかりと正気だった」とニューマンは穏やかながら揺るがぬ口調で言った。「あれほど彼が聡明で生き生きとしていたことはない。あれほど機知に富んだ有能な人物が、あのように死んでゆく姿を見るのはとても恐ろしいことだ。私があなたの弟がとても好きだったかはご存知でしょう。そして私としては彼があの時正気であったことの更なる証拠を持っているのですよ」。そうニューマンは締めくくった。侯爵夫人は威厳を込めるような形で身を緊張させた。

「あまりに不快だわ。あなたのお話など聞き入れられる者ではありません、認めません。ユルバン、ドアを開けなさい」

彼女は振り向いて、横柄な態度でそのように息子を促して、部屋を早い速度で歩いていった。侯爵も彼女と一緒に歩き、ドアを彼女のために開けた。ニューマンはそこに佇んだままであった。彼はベルガルド氏に合図をする形で指を上げて、相手は母が出ていったドアを閉めたままニューマンを待つ形で立っていた。ニューマンはゆっくりと彼にまるで死者のように静かに近づいていった。二人の男は面と面を向けて立っていた。するとニューマンは奇妙な感覚に襲われた。彼は自分の屈辱感があまりにも溢れていて滑稽にすら感じられるようになった。

「君、君の私への振る舞いは不当なものだ。少なくともそれくらいは認めたまえ」

ベルガルド氏は彼を頭から足まで見下ろし、そして最も上品でこれ以上ないくらいに育ちのよさを感じさせるのがないくらいの声で言った。

「私は一人の人間としてあなたのことが大嫌いだ」

「私も同じようにあなたのことを思っていますよ、ただ礼儀作法に則るために口にしませんがね。そんなあなたの義理の弟になりたいなんて望むのは変ではあるけれど、しかしそれでも諦め切れない。もう一度やらせてくれ」。そして彼は言葉をやめた。

「君には秘密がある、あなたがた一家には世間に知られたくない秘密を隠しているんだ」

ベルガルドは彼をさらにジロジロと見ていたが、ニューマンは相手のその目が何を訴えているのかは読み取れなかった。彼の目はいつも異様なものだったからだ。ニューマンはまた言葉を止めて、さらに続けた。

「あなたとあなたの母は罪を犯したんですよ」

この言葉を聞くと、ベルガルド氏の両眼は明らかに変わった。それらは茶色の蝋燭のように灯火のようにチラついたのであった。ニューマンは相手が不意の一撃を深みまでに食らったことは確実に見てとれた。しかし相手のその自制心には感嘆の念を感じさせるものがあった。

「続けたまえ」とベルガルド氏は言った。

ニューマンは指を上げて、少し宙に回した。

「続ける必要はあるので？震えているぜ」

「一体どこで面白げな情報を手に入れたので？」とベルガルド氏はとても穏やかに訊いた。

「厳密な正確さでお教えしよう。知らないことを知っていると装うとはしない。俺が今知っているのはそれだけだ。お前たちは何か隠さないといけないことをしたのであり、それが暴露されたらお前たち一家が、お前たちがあれほどまでに誇りを抱いている一家の名前の名誉が辱められるような破滅を迎えてしまうのだ。具体的な内容はわからないが、見つけ出すことはできる。今のままの態度を続けるなら、俺が必ず探し出してやる。態度を変えて、妹を束縛から解放するというのなら、探るのはやめにする。取引としてどうだ？」

侯爵は面を食らったのをほとんど感じ取られないように耐えた。彼の器量の良い顔が歪んでいくのは、必然的に徐ろとしたものであった。だがニューマンが穏やかながら一語一語強調して話していくことが、相手を押していき、圧力をかけていって、ついに侯爵は目を逸らして、考えあぐねるようにしばし立ち尽くした。

「弟がそう言ったんだな」

ニューマンは顔を上げて、しばし躊躇したが答えた。「そうだお前の弟が言ったんだ」

侯爵は器量よく笑みを浮かべた。「彼はもう気がおかしくなっていたと申したではありませんか」

「俺がお前たちの一家の秘密を探って何も見つからなかったら、気がおかしかったんでしょうね。もし見つけたら正気を平常通り保っていたということになる」

ベルガルド氏は肩をすくめた。

「ふん、そういうことでしたら探るなり探らないなり、どうぞご自由になさってください」

「怖がっていないか？」

「その判断をするのはあなたですよ」

「いや、判断するのはお前だ、都合のいい時にね。あらゆる側面からこのことを考えてみるんだな。一時間か、二時間、猶予を与えよう。それ以上はだめだ。というのもそうやってぐずぐずしている間にマダム・ド・サントレが修道女にいつなってもおかしくないのだから。母と話すがよろしい。彼女がこのことを聞いて怯えるかどうか彼女に判断させるんだ。とはいえ彼女の平素の振る舞いを見れば、お前ほどは簡単に怯えることはないだろうが。ともかく伝えてみるんだ。俺は村の宿に行ってそこで待つ。そして具体的にどういう判断をしたのか、すぐに教えに来るんだ。三時までとしよう。紙切れに、はいかいいえが書かれた返事でも構わない。ただはいと返事する場合は、今回こそ取り決めに従ってもらうことを強く期待する」

そしてニューマンはドアを開けて、そこから出ていった。侯爵は不動のままでいて、ニューマンは立ち去りながらもう一度相手を見て、「村の宿で」と繰り返した。そして彼は完全に彼に背を向けて、家から出ていった。

彼は自分が今しがたとった振る舞いに極度に興奮していた。というのも千年も続いている一家に恥辱の亡霊を召喚するのは、ただならぬ感情を湧き起こすのは間違いないことだったからだ。しかしともかく彼は宿へと戻って次の二時間は落ち着いた態度で過ごすことに努めた。ユルバン・ド・ベルガルドが何も返事をしてこない可能性が遥かに高いと考えていた。返事の内容如何にかかわらず、自分の挑戦に応じること自体、罪があることを白状しているようなものであったからだ。ニューマンが期待していたのは沈黙であった、つまり反抗であった。とはいえ、やはりニューマンとしては自分の一撃があいつらを打ち崩してくれたらいいのに、と頭で思い描いていた。そして実際に、三時になると、従僕から手紙が届いた。その手紙はユルバン・ド・ベルガルドの達筆な文章が英語で書かれていた。内容は以下の通りであった。

明日、母と一緒にパリへと戻ることを知らせることに私が満足を覚えていることを否定できません。パリに戻り、私の妹と会って彼女の決意をより確固なものとさせることがあなた様の執拗な厚顔さに対する最も実りある答えとなるのですから。

アンリ＝ユルバン・ド・ベルガルド

ニューマンはポケットに手紙を入れて、宿の談話室をうろうろした。彼はここ一週間、あちこちウロウロする形でそのほとんどを過ごしたということになる。宿「アルム・ド・フランス」の小さな *salle*[53] の端から端を日が暗くなりミセス・ブレッドとの約束の時間になるまで歩いた。丘の廃墟までへと続く通りはすぐに見つかり、さして時間もかからず彼は頂上へと辿り着いた。彼は城壁の凸凹が多いアーチの下を通っていき、薄暗くなった辺りを見回しながら黒い衣装に身を包んだ女性を探した。城の庭には誰もいなかったが、教会の入り口である扉は開いていた。ニューマンは教会の小さな身廊へと入ったが、当然内部は外よりもさらに暗かった。しかし祭壇には数本の蝋燭が光を放っていて、柱の一本の傍に一人の人間が座っているのを見出すことができた。その人間にもっと近づいて見ればそれがミセス・ブレッドであり、彼女がいつもとは違う華やかな格好をしているにも関わらず、ニューマンはそれがわかった。彼女は派手な茶色の蝶リボンをつけた大きな黒色の絹のボンネットを被っていて、古い繻子の黒の衣装が彼女の周りにかすかに輝く襞を放っていた。彼女はこの場は堂々とした衣装で赴くのが相応しいと考えていたのだ。彼女は地面に目をじっと見据えたままそこに今まで座っていたが、ニューマンが彼女の前に来た時は彼女は彼を見て立ち上がった。

「あなたはカトリックなのですか、ミセス・ブレッド?」と彼は尋ねた。

「いえ旦那さま、違います。私はイギリス国教の、低教会派の熱心な一信者に過ぎません。しかし外よりもここで待ち合わせた方が安全だと思いました。今まで晩になって外出したことはありませんので」

「誰にも聞かれることがない方が、さらに安全だと思いますよ」

そして彼は彼女を案内して城の庭へと戻っていき、教会の傍らにあった道を、廃墟の別の場所へと導くものと確信しつつそこを辿っていった。彼のその確信は正しかった。その道は丘の頂に沿って曲がりくねっていき、かつてはドアがあった凸凹の穴が開いている、崩れかかった城壁の前へと辿り着いていたのであった。その穴を潜っていき、ニューマンは二人で会話するのに適した場所と見出したところへと来たのであった。そこは静かなところで、ニューマンたち以上に異種的な組み合わせの二人組でもやはり会話に適切な場所として好んだことだろう。丘は急な坂を形成しており、頂の残りの箇所には二、三の石の欠片が転がっていた。丘の麓にある平原には、その付近にある邸宅から放たれている二、三の微かな光と織り交ざる形で、黄昏時の光が一面に漂っていた。ミセス・ブレッドは自分の案内者の後ろを衣擦れの音を立てながらゆっくりとついて行って、ニューマンの方は崩れ落ちた石の一つが安定しているのを確かめてから、彼女にそこに座るよう提案した。彼女は慎重な態度でそれに応じ、そして彼女のそばで自分も同様な石に座ったのであった。

「来ていただいことに感謝します」とニューマンは言った。「何か面倒ごとに巻き込まれないといいのですがね」

「私めがいなくなってもあの方たちは気づかれないでしょう。奥方様はここ最近、私が彼女の周囲に居合わせるのを嫌がっておられますから」

この言葉は確かに性急めいた熱心さで語られていたので、ニューマンは老婦人の信頼を勝ち得たという気持ちを一層強くした。

「あなたも知っているでしょうから、初めて会った段階からあなたは私の将来について関心を持っていました。そして私の方の味方をしていました。それは私にとって嬉しいことでした、そのことは保証します」

「彼らの行ったことは立派な行いとは思えません、そのことは述べておかなければなりません。しかしあの可哀想な伯爵夫人さまを責めたりしてはいけません。彼らがあの方に強く迫ったのですから」

「あいつらが彼女にどんなことをしたのか分かったらいくらでもお金を払うのに！」

ミセス・ブレッドは鈍いような横目で邸宅の光をじっと見つめた。

「あの方々は彼女の感情に働きかけたのです。それが効果的なのをわかっていたのです。彼女は繊細な人なのですから、あの方々は彼女を自分が悪いことを行っているという気持ちにさせたのです。彼女はあまりに善良すぎるのです」

「自分が悪いという気持ちにさせた、なるほど、自分が悪いという気持ちにさせた、と」。そうニューマンはゆっくり一回述べて、さらに繰り返した。

それらの言葉を捉えると、彼はそれには悪魔的な創意工夫が生き生きと働いているのを感じた。

「あの方はあまりにも善良なので、ついに諦めてしまったのです、ああ可哀想な優しいお方！」とミセス・ブレッドは付け加えた。

「しかしどうも彼女は私よりもあいつの方に心を傾けていたような気がしますが」

「彼女は怖がっておられたのです」とミセス・ブレッドが自信を持って言った。「いつも怖がっていらっしゃいました、少なくとも随分と前から。それが本当に困った点だったのです。可愛らしい桃のようで、たった一つの微かな傷があっただけです、という表現もできます。彼女にはその傷の若く、ほんの小さな傷口があるばかりです。あなた様が彼女を日光に晒して、ほとんどその傷口が消えたはずだったのです。あの方々が彼女を日陰へと引きずり戻されて、かつてあったその傷口が広がり始めたのです。そのことに私たちが気づくころに、彼女はもう去っておられたのでした。彼女は繊細な方なのでした」

マダム・ド・サントレの繊細さについての奇妙な証言に関して確かに奇妙であったにせよ、彼女の言葉を聞くとニューマンが抱えていた傷がまたもや疼き始めた。

「なるほど」とやがて彼は言った。「彼女は母について何か都合の悪いことを知っていたということか」

「いいえ、彼女は何も存じておりませんでした」とミセス・ブレッドは頭をじっと動かさないまま、その両眼を邸宅の微かに光る窓へと向けていた。

「じゃあ何か推測したのか、あるいは何かにを疑い始めたのか」

「彼女は知るのが怖かったのです」

「しかしあなたは知っているわけですよね、いずれにせよ」

ミセス・ブレッドは朧げな目をニューマンに向けて、両手を握りしめた上で膝の上に当てた。

「どうも当初の話とはかなり違うかと思いますが。旦那さまは私をこちらに呼んだのはヴァランタン氏について教えくださるかと思っていたのですが」

「ええ、ヴァランタン氏について語れば語るほど結構なことですよ。それこそがあなたを呼び寄せた理由です。私は彼の臨終の時に居合わせたのです。彼はとてもひどい苦痛を感じていはしましたが、正気は十分に保っていました。それが何を意味するのかはわかるでしょう。彼は生き生きとしていて、いつもの聡明な知性を働かせていたということですよ」

「ええ、彼はいつも聡明ですよ。そしてあなたの直面している苦しい状況についてもあの方は存じていたのですか？」

「はい、こちらから言わずとも気付きました」

「そしてそれにあの方はなんとおっしゃいましたか？」

「それは自分が受け継いでいる一家の名前への屈辱だと述べました。しかしそれが初めてのことではない、とのことでした」

「まあ、そんなこと！」とミセス・ブレッドは呟いた。

「彼は母と兄が示し合わせてもっとひどいことを以前行ったと述べていました」

「それに耳を傾けるべきではありませんでした」

「そうかもしれませんね。しかし私は耳を傾けたのであり、決して忘れたことはありません。そして今、私はあいつらが何をしたのかを知りたいのですよ」

ミセス・ブレッドは低いうめき声を漏らした。

「それでそのことを、旦那さまに伝えさせようと私めをこんな人目のつかない場所に呼び寄せたというわけですね？」

「そう警戒しないでください。あなたにとって不快をもたらすことは何一つ言いません。都合のいいように、そして都合のいい時に教えてください、しかしあなたが話すことがヴァランタンの最後の願いだったということは覚えて置いてほしい」

「あの方がそんなことを？」

「息を引き取る時の最後の瞬間に言いました。『ミセス・ブレッドに尋ねるように、と自分が言ったことを彼女に伝えてくれ』とね」

「どうして彼自身が、真相を言わなかったのでしょうか」

「瀕死の男にとっては、あまりにも話が長くなるからですよ。もはや一息吐く余力すらない状態だったのですから。彼としてただ私にこのことを知ってほしい、とつまり私は不当な扱いを受けたので私にそれを知る権利もまたあると、この旨を言うだけで精一杯だったのです」

「しかしそれがどう旦那さまの助けとなるのですか？」

「それを決めるのは私です。ヴァランタン氏としては私にとって助けになると信じたのであり、だからこそ私に言ったのです。あなたの名前はその最後の言葉のほとんど最後の単語に発せられました」

ミセス・ブレッドはその発言に明らかに畏敬の念に打たれていた。彼女は握っていた両手をゆっくりと上下に振った。

「大変失礼なことを申し訳ございません。しかしあなたのおっしゃっていることは厳粛たる真実でしょうか？そのことを尋ねなければなりません。そうですよね、旦那さま？」

「いいえ、お気になさらず。厳粛たる真実です。厳粛に誓いましょう。ヴァランタン氏自身はもし可能であったならば、もっと詳しい話を伝えたことでしょう」

「そうですね、もしあの方がもっとたくさんのことを知っておられたら、ですが」

「そうは思わないのですか？」

「あの方が何をどのくらい存じていたかはもはやわからないことです」とミセス・ブレッドは穏やかかなに頭を振った。「あの方はとても頭のよい方でして、実際はなかったことをあたかも知っているかのようにあなたに信じ込ませるように伝えることはできましたし、知らない方が良かったことをあたかも何も知らないように他人に思わせることもできる方でした」

「私としては、彼は侯爵に関して何か知っていたのであり、そのために侯爵は彼に対して丁重な態度を崩せなかったのだと疑っています」。話を切り出してみた。「侯爵に自分の存在を意識させようとしたのです。彼がしたかったのは、私を彼の一家での位置づけとして代わりに置いてみようとしたのです。彼は私という存在を侯爵に意識させる機会を与えたかったのです」

「ああなんと言いう！それほどまでに私たちは悪い存在なのでしょうか？！」と老婦人は泣いた。「それは分かりません。確かに中には悪い人もいますよ。私はとても怒っていて、とても癪に触っていて、とても惨くて復讐の気分にいますが、かといって私が悪に染まっているかは分かりません。私は残酷なほどに傷ついたのです。彼らは私を傷つけ、そして私は彼らを傷つけたいのです。そのことは否定はしませんよ。逆に、それだからこそあなたの知っている秘密を利用してあいつらをやっつけたいと言うことを正直に述べておきますよ」

ミセス・ブレッドは息を呑んだかのようだった。

「あの方々を白昼の下に晒したいと、晒して辱めようということですか？」

「奴らを潰したい、潰す、潰す、潰す！偉そうな態度を崩してやりたい。私を辱めたように、あいつらを辱めたい。あいつらはこの俺を高いところへと連れて行ってそこに社会全体が俺を見るように仕向けたのに、そうしたらあいつらは俺の後ろにこっそりと忍び込んできて底なしの大穴へと突き落としやがったんだ。そして俺はその穴で横たわって喚きながら歯を軋ませているんだ！俺はあいつらの友人たち全員の前で馬鹿にされたんだ。だがあいつらにはもっとひどい目に遭わせてやる」

このニューマンが今までの人生でここまで大声であげたことがなかった情熱的な言葉をさらに強い熱意で言って、それがミセス・ブレッドの相手をじっと注いでいた両眼に二つの小さな煌めきを点火した。

「旦那さまがお怒りなのはもっともなことです、しかしそうすることでマダム・ド・サントレもまた辱めることにもお考えになってください」

「マダム・ド・サントレは生きながら埋葬されてしまった。今更辱めもへったくれもあるか。彼女の入る墓のドアはこの瞬間にも閉まりかけている」

「はい、本当に恐ろしいことでございます」とミセス・ブレッドは呻いた。

「彼女は兄のヴァランタンと同じように、私が行動するために身を引いてしまったんだ。まるでわざとやったとすら感じさせるものがある」

「確かにそうでございます」とミセス・ブレッドは相手の思慮に富んだ考えに感心したようであった。彼女はしばらく無言だったが、さらに付け加えた。「だとするならば侯爵夫人様を裁判所の前に引っ張り出すのですか？」

「裁判所は侯爵夫人だろうとなんだろうと、彼女が罪を犯したというのなら邪悪な老婆にすぎない存在としか認めませんよ」

「そして彼らは奥様に絞首刑を下すのですか？」

「彼女が何をしたか次第といった所でしょうね」とニューマンはミセス・ブレッドをじっと見た。

「それだと一家をもっとひどいやり方で崩壊させてしまいますよ！」

「ならそうするのに今がちょうどいいタイミングだ！」とニューマンは笑った。

「そして私めもこの年齢で居場所がなくなります！」とミセス・ブレッドはため息をついた。

「貴方のことは私が世話をしますよ！私と一緒に来て共に生活すればよろしい。私の家政婦か、何か好きなのになってくれればよろしい。年金を上げて一生の間困らないようにしますよ」

「まあ、まあ、なんにでも配慮してくださります」。そして彼女は何やら考え込んだ様子をした。

ニューマンはしばらく彼女を見て、やがて言った。「ミセス・ブレッド、貴方は私の妻が随分と好きなようですね」

彼女は彼をチラッと見た。「そのようなことはどうか仰らないでくださいまし。奥方様を好きになることは私めの仕事の一部としては割り当てられていないものと考えております。私めは彼女を長い年月の間に忠実に奉仕してきました。しかしもしあの方が明日にでも逝去されるという場合、誓いますが私めは彼女のために涙を一つも流すこともないと考えております」。言葉を一旦やめて続けた。「私が彼女を愛さねばならない理由はどこにもないのです！あの方が私めにして頂いた最良のことは私めを家から追い出されなかったことです」

ニューマンは自分の相手がいよいよ自分に対する信頼の念を強めてきたことが明らかであり、贅沢が人を堕落させるのなら、ミセス・ブレッドの保守的な習慣はこの予め奇抜な場所で面会し億万長者と無礼講で話すという状況において感じていた精神的な居心地のよさによってすでに弛緩されてきているのを感じた。彼の先天的な抜け目のなさによって、今はただ彼女に時間をかけるだけの余裕を与え、この場の魅力にことを委ねればよいことを察知していた。故に彼は何も言わなかった、そして彼女を優しい眼差しでただ見ていた。ミセス・ブレッドは痩せたその両肘を労わるようにして座った。やがて彼女は続けた。

「老侯爵夫人様は一度、私をとてもとても不当に扱うことがございました。彼女はイライラしたておられる時は言葉遣いがとてもひどくなるのです。もう何年も前のことでございますが、決してあの時のことを忘れたことはございません。この件に関しては他の誰かに伝えたことはありません。その恨みは私自身にだけ秘めていました。私が悪に歪んでいるからでしょうが、私の恨みは年と共にどんどん強くなっていきました。とはいえ無益なままで強くなっていきましたが。しかしともかく私が生きていくことと共にその想いも私の中で生きていたのでした。それが消滅するのは私自身が消滅した時です。それより早くなくなることはあり得ません！」

「それで、君の恨みというのはなんだ？」

ミセス・ブレッドは目を下に落として躊躇した。

「私めが外国人でしたら、そう訳なく貴方様にお伝えできることでしょう。しかし慎み深いイギリス女にとっては難しいことでございます。とはいえ、私めも外国人的なやり方も随分とこの身に備えるようになったとは考えております。私が申し上げていたことは私がもっと若く、外見も今とは全然違う時のことでした。私はとても血色が良かったのです、信じてくれるでしょうか。そしてかなり生意気な娘でもありました。奥方様も当然今より若くて、何より亡くなられた侯爵様が一番若かったのでした。つまりその方の生き方についてのことですが。あの方はとても元気いっぱいな様子でして、大変素晴らしい方でした。あの方はほとんどの外国の方のように遊ぶことが大好きで、時々自分にご身分にはふさわしくないことにも手を出されたことは認めなければなりません。奥方様はそれにしばしば嫉妬し、信じないかもしれませんが、私めですら光栄にも嫉妬していただくことがございました。ある日私は帽子に赤いリボンをつけていましたが、奥方様は大変お怒りになられてそれを外すように命じました。あの方は私が侯爵様の気を惹こうとしているのだと捉えたのでしょう。当時私は生意気だったかもしれませんが、私は娘らしく正直に憚ることなく言葉を喋りました。たかが赤いリボンのことで！侯爵様が私のその赤いリボンを気に留めようなどと！奥方様は後になって私は品行方正な女性だということをお分かりになられましたが、そう考えておられることを示すような言葉をあの方が仰ったことはありませんでした。しかし、侯爵様はそう考えておられることを仰ったのです！」ミセス・ブレッドは続けた。「私は赤いリボンを取り外して引き出しへと仕舞い込みましたが、それは今でもその引き出しの中にあります。もう色褪せてしまい、淡いピンクになってしまいました。しかしそれでもまだそこにあるのです。私の恨みも同じように色褪せてしまいました。その赤さは全てなくなってしまいました。しかしそれでもまだ私の中にございます」

そしてミセス・ブレッドは自分の黒い繻子の服を叩いた。

ニューマンはその慎み深い話し方に興味を持って耳を傾けていたが、その話は相手に記憶の深淵を覗き見させようとしているかのようだった。そして彼女は無言のまま、自分が完全に品行方正であったということについて振り返るように瞑想して我を忘れているかのような状態にあったが、自分の目標へ一気に近づくために思い切って切り出してみた。

「つまりマダム・ド・ベルガルドは嫉妬していたということですね。そしてベルガルド氏は綺麗な女性が身分問わず好きであったという訳ですね。しかしあまり彼に対してそんなに責めるべきとは思いませんね、貴方のようにそこまで品のある振る舞いをそもそも彼らがするわけではなさそうですからね。しかしそれから何年も後に、マダム・ド・ベルガルドがその嫉妬が原因で罪を犯したとはとても思えませんがね」

ミセス・ブレッドは重々しい溜め息をついた。

「私たちは今恐ろしいことを話していますが、もう私めにとってはどうでもいいことです。貴方様には貴方様の考えがありますが、私めにはもうなんの意志もございません。私は私の意志は私の子供の意志としていますが、今でも子供もこの世にはいません。彼らは死んでしまったのです、お二人ともそうなったと申してもよろしいでしょう。そして今更私が生きていて気を煩うようなことなんてあるでしょうか？今あの家にいる人たちが一体私にとってなんだというのでしょう、私が彼らにとってなんの意味があるのでしょう？奥方様は私を気に食わないのです、三十年の間ずっと気に食わないのでした。若いマダム・ド・ベルガルド様に何かお役に立てることがあれば私にとって嬉しいことではありましたが、他方で今の侯爵様を育てる役目を負ったことは一度もございません。あの方が赤ちゃんの時は私はあまりに若かったのでした。ですので、あの方々は侯爵様を育てるには未熟だと考えました。しかし侯爵夫人様はどういうわけかご自分の侍女であるクラリスに私に関して彼女が抱いていた考えを侯爵夫人様に伝えました。それを聞いてみたいと思うことでしょう」

「ええ、とても」

「彼女はもし子供たちの教室に私も一緒に座ったら、ペン拭きとしてとてもお似合いだろうと言ったのです！これだけのことが言われたらもはや礼儀作法などに構っていられないのはお分かりでしょう」

「もちろんそうですな。続けたまえ、ミセス・ブレッド」

しかしミセス・ブレッドはまたもや当惑して押し黙ってしまい、それをみたニューマンができることと行ったら腕を組んで待つだけであった。やがて彼女は自分の記憶をうまく整理できたようであった。

「亡くなられた侯爵様が年老いていて、あの方の長男が結婚されて二年経過した時のことでした。マドモアゼル・クレールの結婚の時が近づいてきた頃のことでした。ここではこのように表現いたします。侯爵様の健康状態は思わしくなく、ひどく衰弱されていました。奥方様はマダム・ド・サントレ様の初めての夫であるサントレ様を結婚相手として選択しましたが、そこには合理的な理由が私には何一つ見受けられませんでした。とはいえ、私の理解を超えた理由があることは私めも十分承知していましたし、それは身分が高くないと決して理解できないことでございましょう。最初の夫であるサントレ様はとても身分が高く、奥方様はご自分とほとんど同様の身分だとみなしたのでございます。随分とあの人を高く買われたものです。ユルバン様はご自分の母上の考えを平素のように支持しました。しかし問題だったのは、奥方様が持参できる金はほとんどなく、他の男性の方はもっと多くのものを要求したことと私は考えております。そして奥方様の持参金で満足していたのはサントレ様だけだったということです。

神様はあの方の弱点をそのように作られたのです、そして唯一のものでした。あの方はとても生まれの身分が高く、挨拶や話ぶりにおいてもそれを窺わせるものがありました。しかし高貴なのはそれくらいのものでした。私が耳に挟んでいた喜劇役者というのにも似ているかと思います。とはいえその喜劇役者を直接は見たことはございませんが。しかしあの方が顔に化粧を施していたのは知っていますし、そしてどれほど化粧したところで私はあの顔をついぞ好きになったことはありません！侯爵様はあの方に我慢がならず、すぐにあんなやつと嫁ぐくらいならクレールは誰とも嫁がない方がましだときっぱり言いました。そして侯爵様と奥方様は大きな諍いをおこしまして、その凄まじいことといったら召使用の部屋にいる私たちにまで口論の声が響いてきたのでした。真実をいえば、あの方たちが口論するのは何も初めてという訳ではありません。決して愛し合っているような夫婦ではございませんでしたが、口論したりすることはあまりありませんでした。それはおそらく、双方とも互いの行いは自分の妨げにはならないものと判断したからでしょう。奥方様の嫉妬はとうの昔になくなっていて、もはや無関心になっていました。この点に関して、お二人ともとてもお似合いだったと申さなければならないでしょう。侯爵様はとても気楽な方で、いかにも紳士らしい気質の持ち主でした。彼はせいぜい年に一回程度しかお怒りになることがありませんでしたが、お怒りになられた時はそれはひどいものでした。そしてお怒りになられた後は、すぐにベッドに入ってしまわれました。今回においても彼はいつものようにベッドに入られたのですが、二度と起き上がることはありませんでした。あの哀れな紳士様は今までの放蕩の報いを払うツケがやってきたのでしょう。人が老いると、そういった方々はその報いを受けるものではないでしょうか？奥方様とユルバン様は平静を保っていましたが、奥方様がサントレ様に手紙を書いたことは私めは知っております。侯爵様の体調は次第に悪化していき、ついに医者も匙を投げました。奥方様も諦めて、真実を言わなければならないとしたら、とても嬉しい気分で諦めたのです。侯爵様さえいなくなれば、ご自分の娘を好きなように扱えるからで、結局私の可哀想な無垢な子であるあのかたはサントレ様の手に委ねられように何もかも手配されたのでした。その時のあの子の気持ちがどんなものであったかはお分かりにならないでしょう。あの方はフランスで最も可愛らしい若い女性であり、屠殺者のやろうとしていることを羊が分からないことと同様、あの方は自分の身の回りで何が起きているのかもほとんど分からないのでした。私は侯爵様の看護を当時していまして、彼の部屋に常にいる状態でした。それはここフルリエールの秋でのことでした。パリから医者を呼び寄せて、彼は家に二、三週間滞在しました。そしてさらにもう二人の医者も来て医者たちが彼ら二人だけで相談されて、先ほど私が申したように彼らは侯爵様はもう助からないとはっきりと言いました。その後、診療代をせがんだ上で立ち去っていったが、最初の一人はそのまま滞在してできる限りのことを侯爵様に尽くしました。侯爵様ご自身は死んでなるものか、死にたくない、もっと生きて自分の娘を世話すると叫んでおられました。マドモアゼル・クレール様と子爵様は、つまりそれはヴァランタン様のことですが、お二方ともご在宅でした。居残った医者が賢い男性だというのは私の目にも明らかであり、その方は侯爵様がもしかすると回復に向かうかもしれないと考えました。私たちは彼をよく世話し、彼と私との間である日、奥方様がご自分の喪服をご注文なさるところでしたが、ご病人の体調が快癒し始めました。侯爵様は次第に病態が回復へと向かい、ついにお医者様は侯爵様が危機は脱したとすら言いました。侯爵様の命を縮めていたのは、腹の恐ろしい発作の痛みでした。しかしそれも少しずつ収まっていき、可愛そうな侯爵様はまた冗談を言い始めたりもしました。お医者様は何か侯爵様を楽にされる薬を見出したようでした。何かの白いもので暖炉の前面の飾りに大きな瓶の中に納める形で置いておきました。私はそれを侯爵様にガラスのチューブを介在して飲ませました。そうするといつもあの方は楽になりました。そしてお医者様は私に侯爵様の体調がよろしくない時は調合したその薬を与えるように命じて家を去っていきました。その後、ポワティエから小さなお医者様が毎日来るようになり、こうして家は私たちだけになりました。奥方様とその哀れな旦那様とあの方々の三人の子供たちに。若きマダム・ド・ベルガルド様は小さい娘さんを連れて実家の方へと行ってしまわれました。ご存じのように彼女はとても活発な方で、彼女の女中が人が死んでいる場所にいたくなかったと教えてくれました」

ミセス・ブレッドは一旦言葉を止めて、また再度同じ穏やかさを保ったまま続けた。

「察知されたことでしょうが、侯爵様が回復に向かわれるようになって、奥方様は落胆してしまわれたのです」。また彼女は言葉をやめてニューマンの方に顔を傾けたが、その顔は辺り闇が深まっていくにつれより白くなっていくかのようであった。

ニューマンは熱心に耳を傾けた。それはヴァランタン・ド・ベルガルドの最期の言葉に耳を傾けていた時以上の熱心さですらあった。時々、相手が彼の方を見上げると、ニューマンはその姿は皿の牛乳を飲む楽しみを後へ後へと先延ばしにするトラネコを思い起こさせた。彼女の勝ち誇った態度ですら、慎みがあり上品さが感じられた。久しく感じたことがなかったゆえに、今の歓喜も本来の感情よりも冷却していたのであった。やがて彼女は続けた。

「ある夜の遅く、私は侯爵様の部屋であの方の側に座っていました。西側の塔にある赤い大きな部屋でした。あの方は少し苦しいと仰っていましたので、お医者様が処方されていた薬をスプーンひと匙分与えました。奥方様はその部屋に晩の早い時間からおられました。侯爵様のベッドのそばに一時間以上座っておられました。しかしその後奥方様はその部屋を退出し、私は一人になりました。深夜を過ぎると奥方様はお戻りになられて、一緒に長男のユルバン様もいらっしゃいました。あの方々はベッドの方へと行き侯爵様へと目を向けて、奥方様は侯爵様の手を取りました。そして彼女は私の方を向いて侯爵様はあまりいい状態ではないと仰いました。私はその時、侯爵様が何も語らないまま、彼女の方を見ていた時の様子を覚えております。侯爵様のあのベッドのカーテンに囲われた真っ黒な大きい四角い空間の中でのあの方の白い顔を今でもありありと思い浮かべることができます。私は、侯爵様はそこまで悪くないと思いますと伝えました。すると奥方様は自分が彼の側にしばらく座るから私にベッドに行けと命じられました。侯爵様は私が部屋を出ていくのを見るとうめきのような声をあげて、自分を置いていかないでくれと私に仰いました。しかしながらユルバン様が私のためにドアを開けて外へ行くように指をさしました。現在在命の侯爵様は、おそらく旦那様もお気づきかと思いますが、とても傲慢な態度で命令を下しますし、私としても召使という身分である以上従う他に選択肢はございませんでした。私は自分の部屋へと戻りましたが、気分は落ち着きませんでした。どうしてそうだったかは説明できません。着替えることもなく、ただ待機して耳を澄ましていただけでした。何を聞いていたのか、と尋ねるでしょうが具体的にはわかりません。あの可哀想な紳士様も奥方様とその息子とご一緒でしたらおそらく事態は良くなるだろう、と考えていました。もしかすると当時私は侯爵様がもう一度私に向かってうめき声を上げるのを期待していたのかもしれません。そして耳を傾けましたが、結局何も聞こえませんでした。とても静かな夜でした。これほど静かな夜があるのかとすら思いました。やがて、その静けさそのものが私を怖がらせようとしているかに思えて、部屋を出てはとてもゆっくりと階段を降りていきました。侯爵様の部屋の外にあった控えの間でユルバン様が行ったり来たりしているのを見かけました。どうしたのかとユルバン様が私に訪ね、奥方様に代わろうと申し出ました。するとユルバン様が代わりになると仰り、自分の部屋でもう寝るようにと命令されました。しかしそれでも私は戻りたくなくその場で佇み、そうしている間に侯爵様の部屋のドアが開き奥方様が出てこられました。彼女の顔が蒼白であるのに気が付きました。そしてどうも奇妙な様子でもありました。私と伯爵様の方を一瞥して、そして伯爵様の方へとご自分の腕を差し出しました。伯爵様も奥方様の方へと近づいて、するとあの方は伯爵様の方へと身を崩していき、顔を埋めました。私はすぐに彼女たちを側に部屋へと入っていき、侯爵様のベッドへと近づきました。侯爵様はそこに横たわっておられて、顔はとても白く、両眼は閉じていて、あたかも死体のようでした。侯爵様の手をとって話しかけましたが、やはり死んだ人間を想わせました。私は振り返りました。奥方様とユルバン様がそこにおられました。

『可哀想なブレッドや。侯爵氏は亡くなってしまったのです』そう奥方様が仰るとユルバン様はベッドの側で跪いてそっと仰いました。『*Mon père, mon père*』[54]

私はこの場面はとても異様なものと思い、奥方様には一体何が起きたのか、そしてなぜ私を呼ばなかったのかを尋ねました、彼女は何も起らなかった、ただ侯爵様の側でとても静かに座っていただけだと仰いました。彼女は目を閉じて、眠気を感じて、気づいたら眠った状態にあってどのくらい寝ていたのかわからなかったと仰いました。目が覚めたら侯爵様は亡くなられていたとのことでした。

『亡くなったんだ、お前、亡くなったんだ』と彼女は伯爵様に言いました。ユルバン様はポワティエから医者を至急呼ばないといけないとして、すぐにでもそこへと馬で赴いて彼らを呼んでくると仰いました。彼は父の顔に接吻し、今度は母の顔にも接吻しすぐに外出されました。奥方様と私はベッドの傍で佇んでいました。私が可哀想な侯爵様を見るとこの方はまだ亡くなっていなくて、気を失っているだけなのではないかという考えが浮かびました。そして奥方様は『哀れなブレッドや、亡くなったよ、亡くなったよ』と繰り返しました。それに対して私は『はい、奥様、確かに亡くなっておられます』と、思っていたことと正反対のことを口に出しました。すると奥方様は医者を待たなければならないとして、そこで座って待っていました。その状態が長い間続きました。可哀想な侯爵様は身動きすることも容態が変わることもありませんでした。

『私は死を前に見たことがあるわ。まさにこんな感じだったわ』

『はい、その通りでございましょう』と私は申して、考え続けました。

伯爵様が戻ることなくどんどん更けていきましたが、奥方様は怯え始めました。奥方様は息子が闇の中で事故にあったり、ゴロツキと遭遇したりしたのではないかと心配し始めました。やがて奥方様は気を乱し始め、息子の帰宅を迎えるために庭へと降りていきました。私はというとそこで一人いて、侯爵様は身動き一つ致しませんでした」

ここでまたミセス・ブレッドは言葉を止めて、それはどれほどその人がロマンスを描く才能があったとしてもこれほどうまくは効果を出せないだろうと言えるくらいに効果的なものであった。ニューマンはあたかも小説のページをめくって行くように身を動かした。

「そして彼は亡くなられたというわけですね！」とニューマンは叫んだ。

「その三日後に侯爵様は墓へと埋葬されました」とミセス・ブレッドは教示するかのよう

言った。「少しして、家の正面へといって庭の方を見下ろすと、やがてユルバン様がお一人で馬でお戻りになられるのが見えました。私は少しそこで待機して、彼がお母様とご一緒に階段を登ってくる足音を聞こうとしましたが、実際彼らは下の階に留まっていて、私は侯爵様の部屋へと再度入りました。私はあの方のベッドの側へと身を寄せて灯りを掲げましたが、その際よくもまあ蝋燭を床へと落としてしまわなかったものだと今思います。侯爵様の両眼は開いていたのです、とても大きく！その二つの眼が私をじっと見つめていたのです。私は彼の側で跪いてその両手を握りました。そして生きておられるのか、死んでしまわれたのか教えてほしいとお願いしたところ、侯爵様はまだ私の方をずっと見てらして、私の耳をご自分に近づけるように合図しました。『俺は死んだ』と侯爵様は仰いました。『俺は死んだ。侯爵夫人のやつが俺を殺したんだ』」

「私は全身が震えるばかりで、あの方の仰っていることが理解できませんでした。一体あの方に何が起きたのか見当もつきませんでした。あの方は生きた人間であり、それと同時に死体であると申せば想像できるでしょうか、『でも旦那様、間も無く良くなりますよ』と私はあの方に申しました。そしてまたあの方はあいも変わらず弱々しく囁きました。『俺はどうあろうと良くなることはない。あの女の夫にもう二度となることはないのだ』。そしてさらに言葉を続けたのです。あの方はあの女が自分を殺したというのです。私は侯爵様に彼女が一体何をやったのかお尋ね申したのですが、次のように繰り返されるばかりでした。『殺人、殺人。そしてあいつは俺の娘も殺すつもりだ。かわいそうな子』。そして侯爵様はその野蛮な行いを妨げるように私めにせがみ、そして自分はもう死ぬ、いやすでに死んでいると仰ったのでした。私はそこから動いたり、離れたり恐怖でとてもできませんでした。私自身も死んだのだという感覚に襲われたくらいでした。突然侯爵様は私に鉛筆を持ってきて自分の代わりに描いてくれと命じました。しかし私はそれに対して私めは文字を書けませんと申しました。するとあの方は私めにならば自分が書くので自分の身をベッドで支えてくれと命じましたが、私めはそれに対して文字を書けるような状態では決してございませんと申しました。しかしあの方が抱いていた種類の恐怖がどうも文字を書くための力を授けたようでした。私は部屋に鉛筆と紙切れと本を見つけて、その紙を本の上に置いて侯爵様には鉛筆をその手に持たせ差し上げて、あの方の近くに蝋燭を動かしました。この話を聞いていると、全てが異様なものとお考えになることでしょう。そして実際に異様だったのです。何が一番異様だったのかと申し上げますと、もう死にゆく存在であると考えながらあの方が文章を書けるように熱意を持って手助けしたということです。私はベッドに腰掛けて私めの腕をあのかたに回して、その身を支えました。私は自分にとても力があると感じました。あの方を持ち上げて何処かへと運ぶこともできたと思ったくらいです。あの方がお書きになられたことは驚くばかりですが、実際にあの方は大きな文字をその手で書いていったのです。それは紙の片面を埋め尽くすくらいでした。そしてお書きになっている時間も実際は三、四分なのに随分と長く感じられました。その間ずっとひどくうめいておられました。やがてもう終わったと仰って、侯爵様を枕に頭を寄せた形でベッドに身を落とさせて、その紙を私に下さって、折って何処かに隠して、書かれている内容を実際に実行に移してくれる人物に渡せと命じられました。『一体どなたのことでしょうか?実際に実行に移してくれる人物というのはどなたのことでしょうか?』と私は尋ねました。しかし侯爵様はそれに対してただうめくばかりでした。衰弱しきっていたため、もう話せなかったのです。数分したら、侯爵様は私に炉辺にいって、その前面にある装飾箇所にある瓶を見てみろと命じました。その瓶が何を意味していたのかはわかっておりました。あの胃によく効く白い薬のことでした。そして行って見たところ、瓶は空になっていました。私が侯爵様のところに戻った時、あの方の両眼は開いたままで私の方をじっと見つめていました。しかしすぐに両眼を閉じてもはや何も仰いませんでした。私は自分の着ている衣装に例の紙を隠しましたが、私は文を書けないにせよ読むのはとても得意でございますのに、その紙の書かれた内容については目を通しませんでした。私はベッドの側で腰を下ろしましたが、それから三十分も経過してようやく奥方様と伯爵様がやってこられました。侯爵様は彼らがその部屋を去った時と同じ様子に思えて、実際に起きたことに関しては何一つ申しませんでした。ユルバン様は、お医者様は出産の立ち会いの予定がありましたがすぐにフルリエールの方へと出立する約束をしたと仰いました。もう三十分するとお医者様が到着され、侯爵様を診査されるや否や自分が早合点をしてしまって、この可哀想な方はとても衰弱しているがまだ息はあると仰られました。この言葉を彼が言ったときに私は奥方様とその息子を見て、お互いに見遣るかどうかを窺いましたが、実際はそうではなかったと白状する必要があります。お医者様は侯爵様が亡くなる要素は見受けられず、回復へと向かっているはずだと仰いました。そして侯爵様はこの前ここを退出した時はとても元気であったのにどのようにしてこのように身を崩されたのかを尋ねました。奥方さまはまたもやあの短い話、私とユルバン様に伝えた話を繰り返して、それに対してお医者様は彼女の方を見ましたが何も仰いませんでした。そして翌日も邸宅にて一日中留まり、侯爵様の傍をほとんど離れることはありませんでした。私もまたずっとそばに居ました。サントレ様とヴァランタン様もこちらにやってきてお父様の方を窺っていました。しかし侯爵様は身を動かすことはありませんでした。不思議なほどに、もはや死んだも同然の人事不省に陥っていました。奥方様もいつも側におられたので、あの方のお顔も侯爵様と同様に蒼白ではありましたが、ご自分の命令や願いがしっかりと聞き入れられなかった時にいつも見せるような傲慢な態度がその時見受けられていたのです。まるで侯爵様が彼女に反抗を示したかのようであり、奥方様がそれに応じた時の態度を見て、私は怖くなりました。ポワティエからのお医者様は侯爵様のお側にずっとおられましたが、その間は先ほど申したフルリエールに滞在しているパリからのもう一人のお医者様を待っていました。その医者に今朝早くに電報を彼らが送りましたが、晩になってこちらに到着しました。ポワティエのお医者様たちと外で少し話されてから、一緒になって侯爵様のご様子を窺いにやって来ました。私はその方と一緒でしたし、ユルバン様も同様でした。奥方様はパリからのお医者様を出迎えにいかれたまま、部屋へとお戻りになられませんでした。ポワティエからのお医者様は侯爵様の側に座られて、侯爵様の手首にその手を当てていてユルバン様がその様子を手に小さな鏡を持って見守っていたのを今でもありありとその様子を思い浮かべることができます」

「『確かによくなったでしょうね』と小柄なポワティエからの医者は言いました。『きっと意識を取り戻されることでしょう』」

「この言葉を仰って少ししたら、侯爵様が目を開けられてあたかも起床するようなご様子で、私たちを一人一人一瞥されました。侯爵様が私めに穏やかにその眼差しを向けられるのを見た、と申してもいいでしょうか。同時に奥方様が忍び足で部屋に入って来られました。そしてベッドの方に近づいてこられて、お顔が私と侯爵様の間に入りました。侯爵様が彼女を見て、長くてとても不思議なうめき声を上げられました。侯爵様は何か理解できないようなことを仰って、何かの発作で身を痙攣させたようでした。全身を震わせ、両目が閉じました。お医者様はそれを見て飛び上がり、奥方様の身を押さえました。その押さえ方は一瞬ながら少々粗野なものでありました。侯爵様はついに亡くなられたのです！その場に居合わせていた人たちは全員今度ははっきりと分かったのです」

ニューマンはまるで星空の下で、重大な殺人事件の極めて重要な証言報告を読んでいる気分にあった。「そして紙、紙だ！」と興奮して言った。「一体何が書かれていたんだ？」

「恐縮ですが、申し上げることができません。というのも読めなかったのです、なにぶんフランス語で書かれていたので」

「じゃあ、他に読める人はいなかったのですか?」

「誰にも尋ねたことがないのです」

「見たこともない?」

「もし貴方様がそれを見られたら、貴方様がその初めての人物ということになります」

ニューマンは老婦人の両手を自分ので以て、強く握った。

「それはとてもとてもありがたいことだ、俺がその最初の人物になる。それを俺のものにして、誰にも渡さない!貴方はヨーロッパで最も賢い老婦人だ。そして紙をどうしてしまったんだ?」

今得た情報はニューマンをとても強気にさせた。

「すぐに俺にくれ!」

ミセス・ブレッドはある種の威厳を持って身を起こした。「申し訳ありませんが、事はそう簡単ではありません。紙が欲しいのでしたら、お待ちになる必要があります」

「しかしこんな状況で待つということが恐ろしいことだということは貴方もわかるでしょう」

とニューマンは急き立てた。

「私は今まで十分に待ってきました。もう何年も待ったのです」

「それはその通りだ。貴方は私のために今まで待ったのです。それは忘れませんよ。しかしともかく、どうしてヴァランタンが言ったようにその紙を誰かに見せなかったのか？」

「一体誰に見せればよいというのでしょう？」とミセス・ブレッドは嘆いた。

「それを探し当てるのは決して簡単なことではありませんでしたし、幾多もの夜を寝ずに私は考え込んだものでした。そして半年後、あの方々がサントレお嬢様をあの悪い老いた旦那と結婚させた時に、そのことをほとんど切り出そうとしていた状態でした。あの紙について何かしら策を打つのが私の義務だとすら感じましたが、それでもとても怖いものでした。一体紙に何が書かれていたのかわかりませんでしたし、それがどれほどいけないことなのかも分からず、それについて尋ねることができるほど信頼できる人も誰もおりませんでした。それに侯爵様が奥方様に対して書かれたことをあの可愛らしいお嬢様に知らせるような親切心を示すのは残酷なものだと考えたのです。それはおそらくとても恥ずべきほど悪い内容であり、それこそが侯爵様の意図だったのでしょうから。そのような形でお嬢様が不幸になられるくらいでしたら、まだあの男と結婚して不幸になる方がマシだったと考えたのです。お嬢様とヴァランタン様のためを思って私は例の紙について沈黙を通したのです。沈黙と言いましたが、それはうんざりしてしまうくらいの沈黙でした。私は気が動転するほど不安になり、私という人がすっかり変わってしまうくらいでした。しかしともかく誰にも秘密を漏らさなかったので、今の今までかわいそうな侯爵様と私めの間に起きたことは誰もご存じないのです」

「しかし彼らは気づいていましたね。一体ヴァランタンはどうして察知したのだろうか?」

「あのポワティエからきた小柄なお医者様によってです。彼は何かがおかしいととても不満気な様子で、色々と話したのです。鋭いフランス人で、毎日のようにあの家へと赴いたのですが、他人が考える以上に、事の真相に気づいていたのでしょう。また、実際に侯爵様が奥方様に亡くなる直前に目線を投げかけたのは誰にとっても衝撃的な光景でした。パリからのお医者様は順応して、ポワティエからのお医者様を静かにさせました。しかしどれほど手を打とうともヴァランタン様とサントレお嬢様の耳に何かしら挟まってしまうのが必然でして、お父様の死には何かしらの違和感を勘づいていたのです。もちろんお母様を訴えたりはしませんでしたが、この際申し上げておきますが、私は全くもって言葉を発しませんでした。ヴァランタン様は時々私の方を見ていたのですが、その目は輝いているようにも見えて、まるで私に何かを尋ねようとしているかのようでした。ヴァランタン様が私に話しかけてくるのがとても怖くて、その場合いつも顔を背けて自分の仕事に従事しました。もし私があの方に事の真相をお伝え申したら、後で私のことをお嫌いになるのは間違いないと思い、そしてそれは私にとってはとても耐えられないことだったでしょう。一度私はヴァランタン様の方へと伺って、とても失礼な態度を取りました。私はあの方に接吻したのです、あの方に子供の頃私が接吻したように。『そんなに悲しい様子をなさるものではありません』と私は申し上げました。『貴方のかわいそうな老いたブレッドを信じてください。貴方のような勇ましくて器量の良い若い男性が悲しむようなことは何もございません』。そしてあの方は分かってくださったことでしょう。私があの方に許してくださることをお分かりになられて、あの方なりの決心をお下しになったのでしょう。私が何も伝えなかったかのように、あの方も疑問を抱いていても何もお尋ねにならないままそのまま日々を送りました。私たち二人はこの由緒正しい家系に不名誉なことをもたらすのを恐れていたのです。そしてそれはサントレお嬢様に関しても同様でした。あの方は何が起きたのかは知りませんでしたし、知ろうとも思いませんでした。奥方様とユルバン様は私に質問することはございませんでした。そうする理由がなかったからです。私はといえば臆病者のようにじっとしていました。私がもっと若い時は、奥方様は私のことをお転婆娘と仰っていましたが、今では私のことを馬鹿者とお考えになっていました。そんな馬鹿な人物が何に気づくというのかとでも言わんばかりに」

「しかし君はポワティエからの小さな医者が話したと言ったが、誰も問題にしなかったのですか？」

「何も聞いておりません。この異国の土地では、お気づきのことでしょうが、人の陰口ばかり話されているのでして、マダム・ド・ベルガルド様に何か不平を示すように首を振るようなことはあったかもしれません。しかし結局のところ、彼らが何を言えるでしょうか？侯爵様はご病気になられて、そして侯爵様が亡くなられたのです。あの方もまた、他の人たち同様にお亡くなりになる立派な権利があったというわけです。お医者様にしても侯爵様が身を痙攣させたのはおかしいなどと申すことはできなかったのです。翌年、小柄なお医者様はあの場所を去っていきボルドーで自分の病院を開業しました。そしてフルリエールでのこの件で何かしら噂話があったところで結局は消え去っていきました。それにあの奥方様のことですから、そもそも人が耳を傾けるような噂話も大したことなかったでしょう。何せ、あの方はとても立派な人物でしたので」

ニューマンは最後の断定調を聞いて、辺りに響きほどの大きな笑い声を立てた。ミセス・ブレッドは自分たちが座っていた場所から移動しようとして、ニューマンは彼女に手を貸して城壁の穴をくぐり抜けて、家の方へと向かう道を歩いていった。

「なるほど、私の奥方様が立派な方だというのはとても素晴らしいことだ、だとしたらそれだけこの秘密は暴露しがいがあるというものだ！」

二人は教会の前の何もない空間に来るとそこで足を止めて、より親密な友情が育まれたかのような雰囲気でお互いを見交わした。あたかも、二人は仲のよい共謀者であった。

「しかし一体、一体彼女は自分の夫に何をしたのでしょうかね？刺し殺したわけでも毒殺したわけでもなさそうだが」

「恐縮ながら私めにも分かりません、誰もその場におられなかったので」

「ユルバン氏はいましたよね。彼は部屋の外をうろうろしていたと君が言っていたからね。もしかすると鍵穴を通して見たのかもな。いや、それはないか。彼は母のことは信頼して余計なことはしないだろうからな」

「申すまでもないかもしれませんが、私めもそのことに関して考えたことが何度もあります」とミセス・ブレッドは言った。「奥方様が侯爵様に直接に触ることはなかったことは間違いありません。それらしい痕跡はどこにもありませんでした。私の考えとしては次のとおりです。侯爵様は発作で大きく苦しまれていて、奥方様に例の薬を頼まれたのです。そして薬を侯爵様に渡す代わりに、侯爵様の目の前で持ってきたそれを全部こぼしてしまったのです。そして奥方様の意図を侯爵様は読み取り、とても衰弱していて助けてくださる方も誰もおられなかったのですから、侯爵様は怯えすくんだのです。『お前は俺を殺すつもりだな』と侯爵様は言われました。そして奥方様は『そうよ、侯爵殿、私はお前を殺す』と言われました。そして座り込んで侯爵様にその目をじっと注ぎました。奥方様の目は貴方様もよくご存じでしょう、あの目で侯爵様は殺されたのです。奥方様は侯爵様に恐ろしいほどに強靭とも言えるほどの意志を働きかけたのです。まるで花に霜が降りたようでした」

「まあ、あなたはとても賢い女性です。この件において分別を大いに働かせたと言えるでしょうね。私の家で家政婦としての仕事に従事してくれたらこれ以上にないくらい評価したいよ」

彼らは坂を降り始め、ミセス・ブレッドは麓に着くまでに何も言わなかった。ニューマンは自彼女の傍に軽い足取りで大股で歩き、振り返って星いっぱいの空を見上げた。ニューマンは自分が天の川に沿って復讐を抱えて馬で駆けていたような気分になった。

「恐れながら、仰っている例のことは真面目なことなのですね?」とミセス・ブレッドは穏やかに言った。

「君が私と一緒に暮らすということ?もちろんさ、君が亡くなるまでの間、私が責任とって面倒を見ますよ。あんな奴らと一緒に暮らすことなんてもうできやしない。そしてこうなった以上、君もだ。紙を私に渡して、そしてここを去ってしまうことだ」

「この年齢になったまた新たな就職口を見つけ出すのはとても軽率な感がします」とミセス・ブレッドは悲しい面持ちで言った。「しかしもう家をしっちゃかめっちゃかにしてしまうつもりでいるのでしたら、さすがにここを去りたいと思います」

「いや」とニューマンは選択肢が豊富にあるような男に見られる陽気な口調で言った。「もし私が警察を呼ぶとか考えているのなら、別にそういうつもりではないよ。マダム・ド・ベルガルドが何をしたにせよ、法律では裁けないでしょうね。しかしそっちの方が都合がいい。私の独壇場だというわけだからね!」

「とても大胆不敵な紳士でございますね」とミセス・ブレッドは呟いて、自分の被っている大きなボンネットの端から相手を見た。

彼は彼女と一緒に邸宅まで戻った。すでに晩鐘が働き者のフルリエールの労働者たちの間に鳴りわたっていて、通りの灯は消されていて人気もなかった。ミセス・ブレッドは彼に三十分以内に例の侯爵の紙を持ってくると言った。彼女は大きな正門からではなく、回り道をして曲がりくねっていた小さな道を通り庭園の壁にあったドアへと行って、彼女はそこの鍵を持っていたので邸宅の後ろから入ることができたのであった。ニューマンはその庭の壁の外で彼女と熱望している書類を待つと伝えた。

彼女は中へと入っていて、ニューマンの薄暗くなった小道で待つ三十分間はとても長く感じられた。しかしその間彼にはたくさん考えることがあった。やがて中庭のドアが開いて、ミセス・ブレッドが片手に掛け金をかけて、もう片手に小さく折られた白い紙切れを持って立っていた。そしてすぐにその紙切れをニューマンに渡し、彼はチョッキのポケットに入れた。

「パリで私のところに来てくれ。そこで貴方の将来について取り決めよう。そして気の毒なベルガルド侯爵の書いたフランス語をそこで翻訳しよう」。この時ほど、ニューマンはニオシュ氏の教授をありがたく思ったことはなかった。ミセス・ブレッドの虚な目は消えていくその紙を折っていて、重いため息をついた。

「さあ、これで貴方様は私のことを好きなようになさいました。そしてまた同じことをなさることでしょう。こうなった以上、約束してくださったように私の面倒を見てください。貴方は本当に前向きなお方です」

「今は、とても落ち着かないお方だけどね！」

そしてニューマンは彼女におやすみと言って別れて、宿の方へと急いで戻った。自分の馬車をポワティエにすぐに帰還できるように命じて、談話室へと入ってドアを閉めて、炉辺に一つだけあるランプの方へと身を寄せていった。そして先ほどの紙を取り出し、素早く開いた。鉛筆で何やらたくさん書いてあって、光が弱かったこともあり一目見ただけではっきりと読み取ることができなかった。しかしニューマンの強烈な関心がその震えて書かれた筆跡の意味を解読させるに至った。フランス語で書かれてその内容は次のとおりであった。

「妻は私を殺そうとして、殺した。私は死ぬ、無惨に死ぬ。愛する私の娘をサントレに結婚させるために妻が私を殺す。全身全霊をかけてこれに抗議する、絶対に許さない。私は正気である、医者に、ミセス・Bに聞くが良い。私は今夜一人であった。妻が私を攻撃して死にいたらしめた。これは殺人だ。殺人でなくて何だ。医者に訊け」

アンリ・ユルバン・ド・ベルガルド

第二十三章

ニューマンはミセス・ブレッドと面会してから、その二日後にパリへと戻った。面会の翌日はポワティエに留まり、紙入れに挟んでおいたあの紙切れを何度も何度も読んだ。そしてここまできて、これからどうするべきか、それをどうやってするべきかについて思考を巡らせた。ポワティエは興味を引くような場所であるとはとても感じなかったが、それでも一日がとても短いと感じたのであった。オスマン通りにもう一度住処をおき、彼はユニヴェルシテ通りへと歩いて行き、マダム・ド・ベルガルドの門番の女性に侯爵夫人は戻っているかどうかを尋ねた。その門番はニューマンに彼女は侯爵と一緒に前日に戻ってきていて、もしニューマンが家に入りたいのだったら二人とも在宅であるという情報も伝えた。彼女がこう伝えている間に、ベルガルド家の古い門番小屋から顔を覗かせた小柄な白い顔をした老婆が、どこか悪意のあるような小さな笑みを浮かべた。その笑みはニューマンにとってあたかも「入れるものなら入ってみな！」と言っているかのようだった。彼女は明らかに、この一家のここ最近の事情に精通している様子だった。一家の鼓動を感じられるような場所に配置されていたのであった。ニューマンはしばし佇み、口髭をいじりながら彼女の方を見ていたかと思うと、突然顔を背けた。しかしそれは彼が家に入るのが怖かったからではなかった。もっとも入っていこうとしても、マダム・ド・サントレの血縁者たちの前に何一つ妨げられずにいけたかどうかは甚だ疑わしいものだったが。自信、過剰なほどの自信、それが臆病と同じくらいの程度で彼のその場からの退却を促したのであった。裁きの雷をじっと胸中に温めていた。彼はその雷を大切にしていた。それを放ちたくなかった。それを轟き微かに一閃を放つ空中で、自分が復讐を果たそうとしている犠牲者たちの頭上に直接掲げているような気がして、その光か蒼白へと変容した顔が見えてくるような気がした。人間の顔の種類というのは色々とあるものだが、今描写したゾッとするような顔ほどニューマンにとって喜びを感じさせるものはなく、彼はゆっくりと時間をかけて復讐という盃をたっぷりと味わおうという気になっていた。そして彼は裁きの落雷をその目で確実に見るためにはどのような段取りを厳密に取るべきかについて思案するのにあぐねていたことも付け加えなければなるまい。自分の名刺をマダム・ド・ベルガルドへと送るのは無駄な儀礼であると考えた。無論、彼女は彼の名刺なぞ受け取らないだろう。かといって、そのまま強引に彼女の前へと行こうというのもまた無理というものであった。結局は彼女宛に手紙を書くことで満足するのが限界だということになってしまい、彼はそれには随分とイライラした。しかしそれでも彼は、その手紙によって彼女と面会できるのかもしれないと考えてなんとか自分を慰めた。自分の部屋へと戻り、かなりの疲労を感じた。復讐する気持ちを胸に抱き続けるというのはどちらかというと疲れることであり、その人の体力を大いに消耗させてしまうものであった。そして錦織の肘掛け椅子にぐったりと身をもたらせ、自分の両足をのばし、ポケットに手を突っ込み、大通りの反対側にある家々の華やかな屋根から照らしていた夕陽が次第に薄らいでいくその様を見ながら、マダム・ド・ベルガルド宛の冷静な態度をとった手紙を認め始めた。その仕事に取り掛かっている間に、彼の従僕がドアを開いて「マダム・ブレット！」と儀式ばった調子で彼に知らせた。

ニューマンは期待を抱きながら身を起こして、すぐに敷居にフルリエールの丘の頂で星空の下で有益なことで会話をした、立派な婦人を認めた。ミセス・ブレッドはこの前の外出と同じ衣装で今回も彼を訪問した。ニューマンは彼女の立派な姿に心打たれた。ランプに火は灯されていなかったが、薄暗い部屋で彼女の重々しい広い顔がそのゆったりしたボンネットの影の下から彼を見ていると、この人物が自分についてきて今後召使となることはどこか似つかわしくないことを感じた。彼はとても愛想の良い態度で彼女に挨拶し、部屋に入って座り楽にしてくれと言った。年老いた未婚の女性らしい態度でこの指示に従うようにミセス・ブレッドは努めたが、それには楽しさと悲しさの両方を感じ取らせるものがあった。別に狼狽しているフリをしていたわけではないが、それだと単に滑稽にしか過ぎなかっただろう。彼女はただ慎み深い人物であると見せるために最善を尽くしていたのであり、というのもそうすることによって彼女が狼狽することですらどこか相手を感心させるものが彼女にとってあったからだ。だが、自分が黄昏時に新しい大通りにあるうちの一つの家の劇場のような部屋に住んでいる親切な独身の紳士を訪問する運命が待っていようとは、夢にも思っていなかった。

「失礼ながら自分の置かれた立場を忘れてすぎた振る舞いをしていないものと信じたいものです」と彼女は呟いた。

「置かれた立場を忘れる？」とニューマンは叫んだ。「そんな、忘れてなどいませんよ。ここが貴方の立場で、私にすでに雇われているのですよ。私の家政婦としての貴方の給料はすでに二週間前から払われているのです。全く、私の家には家政婦がどうしても必要だ。ボンネットを外してこのままここにいることにしたらどうです？」

「ボンネットを外す？」とミセス・ブレッドは臆病な態度を憚りなく示した。「失礼ながら、今は帽子を持ってきておりませんし、恐れながらこのような上等な服装では家事の切り盛りを行うことはとてもできません」

「自分の上等な服装は気にしなくてよろしい」とニューマンは陽気に言った。「それよりもさらに上等なものを後で拵えよう」

ミセス・ブレッドは彼をじっと神妙に見つめて、自分の艶の消えた繻子のスカートに手を伸ばして、あたかも自分の置かれた立場が孕んでいる危険性が明示されてきているかのようであった。

「いえ旦那様、失礼ですが、私めのこの服は私のお気に入りなのでございます」と呟いた。

「いずれにせよあの悪い家族からは逃れたのだろうね」

「ええ、ご覧の通りここにいますよ！私に申し上げられるといったらそれくらいでございます。この哀れなキャサリン・ブレッドが今こうしてここに座っているわけでございます。こんな私がここにいるのはとても奇妙な感じがします。自分のことを自分でも理解しておりません、こんなに大胆になれるとは思ってもおりませんでした。でももちろん、失礼ながら私めは自分の力でやれる限りのことはやりましたのです」

「いやいや、そんなに自分をソワソワさせて苦しめてはいけませんよ、ミセス・ブレッド」とニューマンはほとんど愛撫するように言った。「今こそ元気を出す時ですよ」

彼女はまた震える声で喋り始めた。「もっと世間の目から見れば立派なものとみられることでしょう。もし私が、もし私が……」。そして震えていた声が止まってしまった。

「こういったことを全部やめてしまったら、と言いたいのですか？」とニューマンは礼儀正しく、彼女の言おうとしていることを事前に察知しようとして言った。今までの仕事からもう手を引いてしまいたいと願っていたのではないかと考えたのであった。

「全部やめてしまうですって！とんでもございませんよ。ただ新教徒に適った埋葬をしていただきたいたのでございます」

「埋葬！」とニューマンは笑いを噴き出して大声で言った。「そんな、今このタイミングで君を埋葬するなんてそんな贅沢なこと。埋葬されて立派な人物として扱われるようになるなんて悪漢くらいですよ。貴方と私のような正直な人間は死ぬまでしっかりと生きられるのですよ、一緒にね。ところで、荷物は持ってきましたかね?」

「トランクには鍵をかけて、紐で縛りはしましたが、まだ奥方様にはこの件に関して申してはおりません」

「じゃあすぐに申して、さっさと終わらせてくれ。貴方に代わってもいいくらいだ!」とニューマンは叫んだ。

「代われるなら喜んで代わりますよ。奥方様の化粧部屋で重苦しい時間を過ごしたことが今まで何度かあるのですが、今回はその中でも一番長い時間になるでしょう。奥方さまは私のことを恩知らずと言って非難轟々のことでしょう」

「まあ、殺人を犯したのだからというって逆に非難することができるわけだから……」

「失礼ですが、できません、それは私めにはとてもできるものではございません」とミセス・ブレッドはため息をついた。

「じゃあその件に関しては何も言わないということですね?まあそれならそれで結構ですよ。全て私がやりますから」

「もしあの方が私めを恩知らずな老婆と仰ってこられても、私としましては何も申すつもりもございません。しかしそうすることの方が適切でしょう」とミセス・ブレッドは穏やかに言ってさらに続けた。「私めはあの方を最後まで奥方様とお呼びするつもりです。その方が体裁もより良いでしょう」

「そしてその後、貴方は私のところへときて、私が主人となるわけですね。それもまた体裁がいいものだ！」

ミセス・ブレッドは身を起こして目を下にむけ、しばらく佇んだ。そして目をまた上げたら、ニューマンの方にそれをじっと注いだ。礼儀作法がかなり取り乱していたが、それもだいぶ落ち着いてきたらしかった。彼女はニューマンを長い間じっと目を逸らさず、それもどんよりとしていながらも激しさを伴う熱意が感じられたから、ニューマン自身が逆に当惑してしまってもおかしくはなかった。やがて彼女はそっと言った。

「どうもお顔がよろしくないようですが」

「それはそうですよ。顔がよろしくなるようなことは何一つないのですからね。全然無関心でありながら荒ぶるような気持ちを持ち、とてもどんよりとしていながらとても陽気で、とても陰気でありながらとても生き生きとしている、こんなことが同時に、ということなのだから本当にごっちゃになってどうすればいいか分からなくなりますよ」

ミセス・ブレッドは音を立てずにため息をついた。

「お気持ちを一つだけにしたいというのでしたら、さらにどんよりとさせるようなことがございます。マダム・ド・サントレ様のことです」

「彼女について何かあるのですか？まさかあの人に会ったとか？」

彼女は首を振った。「いえ、そうではございません、そしてこれからお会いすることはないでしょう。それこそがどんよりとすることなのでございます。同じく奥方様も、ユルバン様も彼女とお会いになることはないでしょう」

「それほどまでに彼女が閉じ込められているということだな」

「とても、とても」とミセス・ブレッドはとても穏やかに言った。

これらの言葉は、一瞬、ニューマンの心臓の鼓動を止めてしまうように感じられた。彼は自分の椅子にもたれかかり、老いた婦人をじっと見上げた。

「彼らが彼女に会おうとしたのに、彼女は会おうとしなかった、あるいは会うことができなかったということか?」

「サントレ様が拒否されたのです、永遠に！奥方様の女中が奥方様からそう聞いたのを、彼女から聞きました。自分の女中という身分の低い者にすら聞かせるというのはよほどショックだったのでしょう。マダム・ド・サントレ様は彼らと今お会いにならないのですが、その今が最後のチャンスでもあり次はもうないのです」

「それはつまり他の女性たち、修道院の院長、女信徒、修道女、名前の呼び方はわからないが、ともかく彼女と面会させるのを許さないということですか?」

「おそらく、修道院、いや、教団における掟でございましょう。カルメル会ほどそういった掟に関して厳しい所はございません。感化院に入っている女性たちもそこの女性たちに比べれば立派な貴婦人という者です。そこにいる女性たちは、*femme de chambre*[55]が言うには、馬に敷くことにすら使わないようなボロボロの茶色の毛布を着るというのです。可哀想なサントレ様は手触りの柔らかな衣装がとても好きだったのでして、そのような堅いものを着ることはございません。そしてそこでは皆、床に寝ると聞いております」。ミセス・ブレッドは続けた。「まるで、まるで、鋳掛け屋の妻のようです。彼女たちは何もかも放棄してしまうのです、哀れな年寄りの乳母が小さい頃から呼んでいた名前ですらも。母も父も、兄弟姉妹も放棄してしまうのであり、ましてや赤の他人についてはいうまでもないでしょう」。ミセス・ブレッドは静かに続けた。「茶色のガウンの下に白布を身につけ、腰には紐を巻き、寒い冬の夜中に起き上がって聖母マリアへと祈りを捧げると聞いております。聖母マリアというのは随分と厳しい女主人でございます！」

ミセス・ブレッドは虚ろな目をして蒼白になりながら座り、繻子をかけた膝の上に手を組んだ上で、こういった悍ましい事実を細かく長々と話した。ニューマンは憂鬱なうめきを上げて顔を手に埋めたまま前方へと身を崩した。二人とも長い間無言で、聞こえてくるものと言ったら、暖炉の上にある金メッキが施されていた大時計が針を刻む音くらいであった。やがてニューマンは顔を上げた。

「それはどこにあるんだ、その修道院はどこにあるんだ？」

「建物が二つございます。それは探り当ててあります、おそらくご存じになりたいと思いましたので。尤もご存じになったからといって身を慰めるには乏しいものでありますが。片方はメシーヌ街にございます。一家の方たちはサントレ様がそこにおられることをご存じになられたのです。もう一つはアンフェール通り[56]にございます。これは酷い名前ですが、きっと意味はご存じでしょう」

ニューマンは立ち上がって、自分の広い部屋の端まで歩いた。彼が取ってくるとミセス・ブレッドは立ち上がっていて、腕を組んだまま炉辺の傍らに佇んでいた。

「教えて欲しいのだが、彼女と会うことはできなくても彼女の近くにいることはできないのか?鉄格子か何かを覗いて彼女のいる場所を見ることはできないのか?」全ての女性は恋をする人を愛するといわれているが、ミセス・ブレッドは自分の召使という「立ち位置」へと留まらせるためにあらかじめ設定された調和の感覚を持っていたので、ちょうど惑星が周遊する軌道から外れることがないように（とは言っても彼女が意識して自分を惑星へと喩えたわけではなかったが）、片方に首を傾けたまま自分の新たな主人を見ることによって湧いてきた母性的な憂鬱さも和らげられるにはほとんど至らなかった。彼女はおそらく四十年前に彼をその腕で抱いたときのような感情を感じていただろう。

「そのようなことをなされても、失礼ながら甲斐のないことでございましょう。サントレ様がより遠い存在になってしまわれるだけです」

「ともかく、私は行きたいんだ。メシーヌ街と言いましたよね?それから彼らは自分の場所をなんて呼んでいるのでしたっけ?」

「カルメル会でございます」

「しっかりと覚えておこう」

ミセス・ブレッドはしばしば物怖じして続けた。「こう申しますのは私めの義務感からです。その修道院には礼拝堂がございまして、日曜日のミサになるそこに出かけることが許されておりました。中に閉じ込められている状態のあの可哀想な人たちの姿は見ることはできなくとも、彼らが唱和するのを聞くことは可能でございます。彼らにも歌を歌う気持ちがあるというのは実に不思議なことでございます！いつかの日曜日に敢えて参ろうかと考えております。五十人が歌っていようとも、その唱和からサントレお嬢様のお声を聞き分けることができる気がするのです」

ニューマンは自分の訪問者をとても感激した様子で見たのであった。そして手を差し出して、彼女の手を握手した。

「ありがとう」と彼は言った。「もし誰か一人でも入ることが許されているのなら、俺も入ろう」

少しして、ミセス・ブレッドは恐縮した様子で退出する旨を申し出たが、ニューマンは彼女をとどめて、その手に火が灯されている蝋燭を握らせた。

「五、六ほどの使用していない部屋が私の家にある」と開いたドアの向こうを指さした。「行って、好きなのを選んでください。一番気に入ったところでこれから生活してください」

この面喰らうような機会に最初ミセス・ブレッドは物怖じしたが、ついにニューマンの穏やかながら元気づけるような後押しもあって、その言葉に従う形で炎がゆらめく蝋燭を手に持ったまま薄暗い廊下へと出ていった。ニューマンのいた部屋に十五分ほど不在であったが、その間ニューマンはあっち行ったりこっち行ったりと部屋をウロウロして、時々窓から大通りの灯りを覗くために足を止めたが、その後またウロウロし始めた。ミセス・ブレッドの部屋の選択に関して関心はどうやら吟味するにつれ増加していったようであった。しかしやがてまた部屋に戻ってきて、暖炉の上に蝋燭を置いたのであった。

「それで、部屋を選んだのかい？」

「部屋、でございますか？ どれもがとても素晴らしいもので、陰気な老いた身である私にとっては身に余るものでございます。金メッキが少しでも欠けている部屋が皆目ございません」「何、どれも安物ですよ、ミセス・ブレッド。しばらくそこにいたらどれも勝手に剥がれていくさ」。そして彼は陰気な微笑みを浮かべた。

「そう申されると、すでに十分にはがれているのがございます！」とミセス・ブレッドは頭を振った。「ここに参りました以上、辺りをよく見ようと思いました。お気づきではないかと思われますが、隅の状態がかなりひどいです。確かに今私を呼び寄せられたように、家政婦を雇うのが必要でございましょう。箒を手に持ったからといって決して恥ずかしいと思わないような、綺麗好きのイギリス人家政婦が必要でございます」

ニューマンは家の中がどれほど乱雑になっているか、程度はわからないにせよ、ある程度の見当はついていて、それらを修繕していくのは彼女の力量にふさわしいことだと断言した。彼女は再度蝋燭を高く掲げて、広間を同情するような眼差しで見回した。そして彼の言ったその任務に応じ、そしてその神聖な性格がマダム・ド・ベルガルドとの仲の亀裂においても支えてくれると言った。そして会釈して退出していった。

その翌日、彼女は持っているもの全てを持ってやってきて、ニューマンが居間へと行くと、長椅子の前に老いた膝をつけていて剥がれかかっていた縁取りを縫っていた。彼女の前の女主人と告別することについて尋ねたが、彼女は恐れていたよりもあっけなく終わったと伝えた。

「私はとても礼儀正しかったのですが、神様のお助けによって善良な女というのは悪い女の前で身を震わせる必要はないということを思い起こしたのでございます」

「そうだろうな」とニューマンは叫んだ。「そして彼女は君がここにきたのは知っているのですか？」

「彼女は私がどこにいくのかと訊きまして、貴方様のお名前を伝えました」

「それで彼女はなんと？」

「私の方をジロジロと見つめて、顔がとても赤く染まりました。そして私に出ていくように、と言いつけました。私も去る用意は完全に終わっていて、イギリス人の御者に言いつけて乏しいトランクを持って来させた上で馬車を用意するようにさせました。しかし門の方へと私自身が行きますと、そこが閉じているのがわかりました。彼女は門番に私を通らせないように命じて、さらに同じ彼女の命令で門番の奥さんは、その人は恐ろしいほどにずる賢い老婆でしたが、ベルガルド氏がクラブから帰ってくるのを迎えるために馬車で出かけていたのです」

ニューマンは自分の膝を叩いた。「怯えたんだ！怯えたんだ！」と歓喜するように叫んだ。

「私も怯えておりました。とはいえさらに私はとても憤慨いたしました。この家に三十年も住んでいる尊敬すべきイギリス女性に向かって一体そのような暴力的な態度をとるのは何事だ、とその門番にとても迫るような調子で言いました。私の態度はとても堂々としたもので、相手も譲歩するしかありませんでした。彼はかんぬきを抜いて私を出させてくれました。そして御者に早く馬を走らせてくれたら褒美を弾むと約束しました。しかし実際は彼はとても遅く走らせました。まるで旦那様のこの祝福に恵まれた敷居へと永遠に辿り着かないかのようでした。今では私めは体が震えております。ちょうど今、針に糸を通すのに五分もかかりました」

ニューマンは彼女に対して、上機嫌に笑いながら針に糸を通すために小さな女中をお望みなら雇ってもいいといって、そしてあの老いた女性が怯えて、怯えたと再度呟きながらその部屋を出ていった。

トリストラム夫人に対して紙入れに挟んで抱えていた例の紙切れを見せてはいなかったが、彼がパリに戻って以来数回彼女と会い、彼女は彼の様子が変だと言った。悲しい事情があるにせよ、それを踏まえても様子が不自然であった。失望がついに頭をおかしくさせたのだろうか？あたかもこれから病に罹るほど状態が悪いように見受けられるが、それなのに未だかつてないほど落ち着かず、活動的な様子が伺えた。ある時、彼が頭を項垂れて二度と微笑まないように強く決心したかのような様子でいるかと思えば、別の時はほとんど不作法に笑いに耽って、自分にとってすら害をなすような冗談を飛ばしたりした。彼が自分の悲しみを振り払おうとしていたとしても、その様子はあまりにも極端なのであった。彼女は「異様である」ような振舞いを何もしないでくれと強く頼んだ。ニューマンにとってはとても嫌な結果になったがその責任は自分にも幾許かあるものと感じていたのであり、彼の振る舞いはその異様な変人みたいな態度を除けば我慢できた。彼が憂鬱になったり、禁欲的になったりしても構わないつもりであった。受難に苦しんだり、怒りっぽくあってもよかったし、どうして自分の運命に干渉しようとしてきたんだという具合に迫ってきても甘受するつもりでいた。大目に見るつもりでいた。ただ、お願いだから、行動に一貫性を保ってほしかった。それは甚だしいくらいに不愉快であった。まるで睡眠中に本人が喋っているかのようだった。それはいつも彼女を怖がらせた。そしてトリストラム夫人は、今回生じた出来事に関してその道義的な義務の観点において極めて高い立場をとりつつ、マダム・ド・サントレの代わりとして十分に務まる相手を南半球北半球問わずあらゆるところからニューマンに紹介するまで自分が休まないようにする、ということを遠回しながら伝えた。「いえ、私たちにもう貸し借りなんてありませんよ、そしてまた新たな貸し借りも作るべきではないでしょうよ！あなたは私をいつの日か埋葬することはあっても、私に結婚相手を紹介するべきではありません。それは不作法にすぎるというものです。それはともかく、この件について首尾一貫性はしっかりと保たれていますよ。私は次の日曜にメシーヌ街のカルメル会の礼拝堂へと赴くつもりでいます。あなたはカトリックの聖職者を一人知っておられますよね、確か修道院長というのでしたっけ？私がその人とここで会ったことがあるのですよ。太いウエストバンドを巻いた母親のように優しそうな老いた紳士のことです。その方に礼拝堂へと入るには何か特別な許可が必要かどうか聞いてくれませんかね、そして必要だというのなら私にその許可をくれないかお願いしてくれませんか」

トリストラム夫人はこの上なく生き生きとした喜びを表明した。「私に何か依頼してくれるのはとても嬉しいことだわ！」と彼女は叫んだ。「必ずその礼拝堂へと入れて差し上げますよ、たとえその院長の聖職者の資格が剥奪されようとも、ね」

そして二日後、彼女は彼に全ての段取りは整ったと伝えた。その院長は彼に役立てることを嬉しく思っていて、ニューマンが修道院の門で礼儀正しく振る舞いさえすればなんの困難もなく入れるとした。

第二十四章

日曜日まではまだ二日あったが、その間自分の落ち着きのなさを紛らわすために、メシーヌ街へと足を運んで、マダム・ド・サントレが現在住んでいる虚ろな外壁をじっと見つめてわずかでも身を慰めようとした。問題となっているこの通りは、訪れた旅行者のうちの何人かが思い出すかもしれないが、パリのもっとも美しい一角をなすモンソー公園と隣接している。その建物は禁欲的な性質でありながら、現代的な裕福さや便宜という雰囲気を不釣り合いに見えるほどに放っていて、ニューマンはみずみずしくて窓がついていない広い壁をまじまじと見つめて、愛していた女がその背後で自分の人生の残りをここで過ごそうと誓っているのかもしれないと思ったが、陰鬱な様子で苛立っていたニューマンにとってその印象は恐れていたよりは怒りが込み上げてこなかった。その建物は修道院でありながら現代的な改築が行われているものを感じさせ、避難所におけるそこの隠遁生活は、完全に中断されることはないにしても、決して何もかも奪われたわけではなさそうであり、瞑想的な生活も単調ではありながらも、どこか陽気さも孕むようなものと思わせるものがあった。それでもニューマンは、実際はそれとは違う現実なのだということは分かっていた。ただ目下のところはそれが現実とは感じていないだけなのであった。直視することになるはずの現実はあまりに異様であまりに滑稽なものであった、ロマンス小説の中から一ページだけ破り取られ、その文脈を判断するための経験が自分に欠けていたのであった。

日曜の朝、トリストラム夫人が指定した時間に、なんの装飾もない壁の門に彼は呼び鈴を鳴らした。そして門はすぐに開いて、彼を整然としつつ冷淡だと感じさせる中庭へと入らせ、その庭の向こう側には飾り気も見所もない建物が彼を見下ろしていた。陽気な態度で恰幅の良い平信徒が門番小屋から現れて、ニューマンが自分の用事を伝えたら、彼女は礼拝堂の開いているドアへと指をさした。その礼拝堂は中庭の右側に位置を占めていて、正面に高い段差の階段があった。ニューマンはそれを上っていき、すぐに開いていたドアの中へと入っていった。まだ礼拝は始まっていなかった。その場所は微かに照らされていて、中の様子を見て取るのに多少時間がかかった。中は大きな鉄の網戸でその部屋は二分されていたが、各々の面積は不均衡であった。祭壇は仕切りのこちら側にあって、祭壇と入り口の間には幾つかの長椅子や椅子が配置されてあった。そのうちの三、四のものは姿形が鮮明でなく動きのない人影が座っていた。それらの人影はやがて女性であると気づき、己の祈祷に深く没頭していた。その場所はニューマンにとって非常に寒いものと思えた。芳香の匂いですら冷たいと思った。それ以外には、複数の火が灯されている蝋燭と輝いている色ガラスがあちこちにあるだけであった。ニューマンは腰掛けた。祈っている女性はじっとしたままで、背中もこちらに向けていた。自分と同じように訪問者であることを見てとり、彼女たちの顔を見てみたいと思った。というのもマダム・ド・サントレのように無慈悲な勇気を示した他の女たちの、嘆いている母や姉妹であるものと考えたからであった。しかし彼女たちは自分よりはまだましな状態にある。というのも、他の人たちが自分を犠牲にした信仰と何かしら共感しているところがあったのだから。三、四人がさらに入ってきた。そのうちの二人はかなり年長の紳士であった。誰も彼もが静かであった。ニューマンは祭壇の後ろにある仕切りに自分の目をじっと注いだ。あれが修道院であった、真の修道院、つまり彼女がいるところである。しかし彼は何も見えなかった。狭い割れ目からは何も光が差し込んでこなかった。彼は立ち上がって、とてもゆっくりと仕切りの方へと近づいて、中を覗こうと思った。しかし見えるものと言ったら暗闇で、何一つ動いていなかった。自分の元いた場所へと戻り、その後に司祭とミサの侍者が二人入ってきて、ミサを始めた。ニューマンは彼らが跪いて体を動かすのを、激しい静かな敵意で眺めた。彼らはまるでマダム・ド・サントレが自分を棄てた行為を援助して教唆したやつらのように思えて、今は自分たちの勝利を口にして、延々と喋っているようだったのだ。司祭の長く陰気な詠唱が彼の神経に障り、怒りをさらに深めた。そのゆっくりとした上に不明瞭な声の出し方には何かしら自分を挑発しているように思えた。まるでニューマン自身に向けていたかのようであった。突然、礼拝堂の奥底、冷酷な鉄格子の後ろから自分の注意を引くような音が祭壇から鳴り響いた。それは女性たちによって歌唱される、不思議で悲痛な歌であった。それは最初穏やかであったが、やがて激しくなっていき、最終的には物悲しい調べとなり挽歌のようであった。カルメル会の修道女たちによって歌われていたのであり、彼らが放つ唯一の人間らしい言葉だった。それは自分たちの埋葬された愛情や世俗的な欲望の虚しさについて歌った挽歌であった。最初聞いた時、ニューマンは困惑していた。その調べの異様さにほとんど気絶状態にすらあった。しかしその意味合いを理解するにつれ、熱心に耳を傾けるようになり、自分の心臓が疼き始めた。マダム・ド・サントレの声を聞き分けようと耳を澄まし、生気の欠けた調音の奥底から聞こえてきたような気がした（彼のこの解釈は誤っているものとみなす必要がある。というのもマダム・ド・サントレはニューマンにとって姿の見えない姉妹たちの一員になれるほどまだ時間が経過していないのは明らかだったからだ）。歌はその後も続いていった。機械的で単調な調子であり、陰気な繰り返しと絶望させるような拍子の撮り方であった。おぞましく、恐ろしい。歌が続いていくにつれ、ニューマンは全身を集中させて自制する必要があると感じた。彼は自分がどんどん急き立てられていくのを感じた。目に涙が浮かぶのが感じられた。やがて、彼女が棄てた自分や世界はもうあの美しいと思わせる声を聞くことができず、実際にあるのは今聞こえてくる錯綜した人間的でない嘆きの声であるという考えが彼を捉え、もはやそこにいるのは耐えられないと感じた。勢いよく立ち上がってそこを出ていった。しかし出入り口で足を止めて、その侘しい歌声にもう一度耳を傾け、慌ただしく中庭へと降りていった。その時、先ほど自分を案内してくれた血色の良い頬と結い上げた髪に扇のような襞飾りをつけていた親切な女信徒の姿が目に入って、ちょうど今門から入ってきた二人と、門の近くで話し合っていた。再度一瞥すると、その二人というのはマダム・ド・ベルガルドとその長男であり、ニューマンが滑稽な慰めしか見出さなかったマダム・ド・サントレへの接近を彼らもまた試みようとしているのがわかった。ニューマンが中庭を横切っていくと、ユルバン氏が彼に気づいた。母を案内する形で入口の階段の方へと近づいていたのであった。老婦人もまたニューマンの方を見たが、その眼差しは息子のそれと似ていた。二人の顔は両方ともあからさまな動揺が感じられていて、それは卑屈な狼狽に近いものであり、ニューマンが未だかつて見たことがなかったようなものであった。明らかに自分の存在がベルガルドたちを驚愕させていて、彼らの平素のあの威風を放つ仕草をすぐには取ることができなかった。ニューマンは急いで彼らから離れていこうとし、ただ修道院を囲む壁から抜け出したい一心で通りへと出た。門はニューマンが近づいたら自動的に開いた。そこに先ほどまでに留まっていたと思われる馬車がちょうど歩道から離れようとしていた。ニューマンはぼんやりとそれをしばし見ていた。やがて自分の前に漂っている薄暗い霧を見通して、その馬車には自分に会釈している女性がいることに気づいた。彼が彼女の存在を気づいた頃にはすでにその馬車は通りを曲がっていた。幌を一つだけ下ろした古いランドー馬車だ。その女性のお辞儀はとてもわかりやすくて、当人は笑みも浮かべていた。小さな女の子が彼女の傍らに座っていた。彼は帽子を掲げて、その女性は御者に停止するように頼んだ。馬車は舗道のそばで停止して、彼女はそこに座ったままニューマンに合図をした。その合図はとても礼儀正しい上品なものだった。マダム・ユルバン・ド・ベルガルドらしい大袈裟すぎるほどの上品さ。ニューマンは彼女の合図に従うのにしばし躊躇した。だがその間、彼らを逃してしまった自分の愚行について呪った。彼らをどうすればとっ捕まえてやれるのかと頭を捻らせていたのに、一体どうして自分はそこで足を止めなかったのか、なんと馬鹿なことをしたのか！自分の喜びを獲得するための約束として、やつらを牢獄の真っ只中に入れてやることほど適した場所はないじゃないか？彼はあの時あまりにも当惑していて奴らを止めるようともできなかったが、今では奴らを門で待ち伏せしてやるくらいには気分を落ち着けていた。マダム・ユルバンはどこか愛想も感じられる不機嫌を見せた上で、彼に再度合図をした。そして今度は、ニューマンはその馬車の方へと近づいた。彼女は馬車から身を出し、彼を優しく見て微笑んだ上で自分の手を相手に差し出した。

「まさかムシュー、私のことにはお怒りになってないのかしら？私は関係ありませんことよ」

「いえいえ、あなたにはどうすることもできなかったでしょうよ！」とニューマンはわざとらしい慇懃さで答えたというのではなかった。

「あなたのおっしゃることは実にその通りですわよ。だから私の人を動かすほどの影響力を持っていないと言われても、怒ることなんてとてもできないわ。どちらにせよ、許して差し上げます。何せどうも幽霊を見てきたような顔をなさっていますからね」

「その通りですよ」とニューマンは言った。

「そうだとしたら、私はマダム・ド・ベルガルドと主人と一緒に中に入らなくてよかったわ。彼らとお会いになったのでしょう? 愛情のこもった面会だったかしら? 歌唱はお聴きになられて? まるで地獄に送られた罪人の嘆きのように響いてくると聞きましたわ。そういうのはやがていやでもたくさん聞くことになりましょうから、今は私は入りませんわ。可哀想なクレール、白い布と大きな茶色の外套なんかを身に纏っちゃって! それがカルメル会の修道女たちの *toilette*[57] なんですよ。まあ、彼女はいつも長くゆったりしたものが好きでしたけどね。でもあなたの前で彼女のことを話すのはやめておくわ。あなたのことはすごく気の毒に思っているし、もし私に助けられることがあったら助けていたし、誰も彼もみんなとてもみすぼらしいって言わないといけないわ。私は怖かったのですよ、実際に事が起きる二週間前からなんとなくこうなるって感じだったわ。私があなたが義母の舞踏会に出席なされて随分と気楽に振る舞っておられるのを見て、まるであなたが自分の墓の上で踊っているかのようでしたわ。でも私に何ができたかしら? 今はただあなたができる限りよくなることをお祈りするばかりですわ。それじゃあとても足りない、と仰ることでしょうね! ええ、彼らはとても卑劣でしたわ。こういうことを口にするの、全然怖くない。誰も彼もがそう考えています。私たちはあんな人たちとは違います。もう二度とあなたとお会いできないのが残念だと思います。あなたと一緒にいて楽しかったですよ。私が義母を待っている間、その証拠としてあなたもこの馬車に乗り込んで十五分ほど一緒に適当にこの辺を乗り回してもいいくらいです。ただその様子を他の人に見られたら、私でさえも自分が出過ぎたことをし過ぎていると思ってしまいます。何せ今まで起きたこともありますし、全員があなたが拒絶されたことをご存知ですからね。しかしまたいつか、どこかでお会いしましょう。実はね」。最後の言葉は英語で話された。「私たちちょっと面白いことをやろうとしていますの」

ニューマンは馬車のドアに手を置いて、彼女の慰めるような呟きを虚な目で聞きながらそこに佇んでいた。彼は彼女が何をいっているのか、ほとんど耳に入らなかった。彼はただ彼女が何か無益なことをくっちゃべっていることしか意識しなかった。しかし突然、美しい告白する彼女に関して、自分にとって有益なことをさせる方法が思い浮かんだのであった。彼女は自分が老婦人と侯爵と会うための助けとなるかも知れなかったのだ。

「あなたのお連れは、すぐに戻って来られるのですよね?彼らを待っているのですか?」

「ミサが終わるまでは向こうにいるわ。それが終わればあそこにいる理由は何もない。というのもクレールは彼らと会うのを拒みましたので」

「彼らと話をしたいのですが、その手助けをしていただきたい。頼みがあるのです。五分でいいので家へ戻るのを遅らせて、彼らと会う機会を作っていただきたい。ここで彼らを待ちますので」

マダム・ド・ベルガルドは優しく顔を顰めて、両手を強く握り合わせた。

「ねえ、可哀想な方、彼らと会ってどうするというの?あなたの所へと帰ってきてほしいとでもお願いするの？　無駄な努力よ。彼らが戻ってくることなんて！」

「それでも私は彼らと話したいのです。私の頼みを聞いてください。ただ五分間だけこの場を離れて彼らと私だけで面会させてほしいのです。怖がる必要はありません。決して暴力的なことはしませんから。私はとてもおとなしい男ですのでね」

「ええ、あなたはとてもおとなしそうね！　もし彼らに *le coeur tendre*[58] というものがあれば、彼らの心を動かすことができるでしょうね。でも実際はそんなもの持っていないのですよ！　しかし、あなたその頼み以上のことを、やって差し上げます。実は彼らを迎えにきたというわけではなくて、私は自分の小さい娘と一緒にモンソー公園へと散歩しに行くつもりで、私の義母は滅多にこの場所に来ないのですが、この機会に同じく散歩しようということでしたの。私たちは彼女に公園で待つ約束になっていて、そこに私の主人が母を連れてくることでしたの。ついて来て頂戴。門に入ったらすぐのところで馬車からおりますわ。どこかの静かな隅っこの椅子に腰掛けてくれたら、そこに彼らを連れてくるわ。これが私からのあなたへの献身！　Le reste vous regarde[59]」

　この申し出はニューマンにとってこの上なく素晴らしいものと思えた。彼の意気消沈していた精神を蘇らせ、マダム・ユルバンは思っていたほどは間抜けではなかったと考えた。彼はすぐに彼女に追いつくと言って、その馬車は走り去っていった。モンソー公園は造園術が施されているとても綺麗な場所であったが、ニューマンはそこに入ってもそこの春の瑞々しさでいっぱいな雅らかな植物にはほとんど注意を払わなかった。彼はすぐにマダム・ド・ベルガルドを見つけた。彼女が言っていたように静かな隅の一つに腰掛けていて、その彼女の前の小さな通りには従僕と小型のペットの犬が共にいる彼女の小さな娘がいた。その娘はあたかも作法の授業を受けているようにそこを行ったり来たり歩いていた。ニューマンはその娘の母の傍らに座ると、彼女はたくさんのことを話した。どうやら彼女はクレールが、彼にはわからないだろうが、クレールは最も魅力的な類の女性ではないと説得させたがっていたかのようだった。彼女はあまりに背が高くて細く、そしてあまりに堅苦しくて感情に乏しい。彼女の口はあまりに広がりすぎていて、逆に鼻は小さすぎた。彼女の顔にはどこにもえくぼがなかったし、それに彼女は風変わりな女性であった。冷淡な風変わりな人物だった。結局のところ、彼女はイギリス女だったというわけだ。ニューマンはとても落ち着かない様子で、自分の復讐となる対象が現れるのを今か今かと待ち構えていた。彼は無言のまま座り込んで、自分の杖に寄りかかって、小柄な侯爵夫人をぼんやりと無感動に見ていた。やがてマダム・ド・ベルガルドは公園のゲートの方へと歩いて行って連れとそこで会うと言った。しかし実際にそこに行く前に、目を下に下ろして、自分の袖口のレースを遊ぶようにいじってから、またニューマンの方を見上げた。

「覚えていらっしゃいます、あなたが私に三週間前にしてくれた約束を?」

するとニューマンは自分の記憶を辿ったが結局何も思い出せず、彼女にはその約束を忘れてしまったと白状するしかなかったが、すると彼女は彼があの時に自分にとても奇妙な答えをして、その答えは事のその後の成り行きを鑑みれば当然腹を立ててもいいようなものであったと言った。

「あなた、結婚した後に私をビュイエへと連れて行ってくれるって約束したじゃない。あなたが結婚した後に、というのを特に強調なさりましたわ。そしてその三日後にあなたの結婚は破談になりました。私がそのことを耳にした時、私が自分でなんといったか分かります？『ああ、これでもうあの人は私をビュリエへと連れて行ってくれなくなりました！』って言ったのよ。そして私はあなたが実は結婚が破談に成ることを予期していたのではないのかと思ってしまうくらいでしたわ」

「とんでもない」とニューマンは他の人がやってこないかと路に目を下ろしていた。

「私は親切でいようと思います。修道院に入った修道女に恋するような紳士にはあまり言い過ぎてはいけないものですからね。それに、喪に服している間にはビュリエなんて行けるものではありません。でもかといって諦めたわけでもありません。*partie*60 もすでに決められていますからね。エスコートしてくださる方も決まっていますの。誰だと思う？ディープミア卿よ！あの方は愛する故郷ダブリンへと戻られました。でも数ヶ月もすれば、日時を指定すればあの方はこのためにアイルランドからわざわざ来てくださるの。これこそが礼儀作法というものですわ！」

彼女がこう言って少ししたら、自分の小さな娘とそこを歩き去っていった。ニューマンはその場で腰をかけた。待っている時間は非常に長いものと感じられた。彼は修道院の礼拝堂での十五分が、自分の怒りの激らせる石炭をどれほど激しく燃え盛らせたかを感じていた。マダム・ド・ベルガルドは彼を待たせはしたものの、約束を破ることはなく、やがて彼女は路の端で自分の小さな娘とその従僕と一緒にまた姿を現した。彼女の側には自分の主人がゆっくりと歩いて来ており、彼の手には母が寄りかかっていた。彼らはゆっくりと時間をかけて足を進めていて、その間ニューマンは微動だにせず座りっぱなしであった。強く興奮した状態でいながら、彼が燃え滾っているガス灯の炎を消火するかのように自分のその感情を外に向かって表現するのを強く抑制することができたのは、とても彼らしいことであった。彼の生まれつきの冷静さ、利口さ、慎重さ、言葉は行動であり行動は人生の足取りであり、それに従い飛んで跳ね回るというのは四本足の動物と外国人にのみ例外的に許されているという彼の考え方、それらによって、彼は正しい怒りというのは愚かな行動を取ったり壮麗な暴力行為に及ぶこととは全く関係がないと肌で感じていた。そして彼が立ち上がった時には、老マダム・ド・ベルガルドとその息子はもう彼の近くにいて、ただ背筋を伸ばして身が軽いのを感じただけであった。低木の茂みの近くに座っていて、そのために彼は遠くからはその姿が見られることはできなかったわけだが、明らかにベルガルド氏は彼に気づいていた様子であった。彼の母と彼は進路を変えずに進んでいったが、ニューマンは彼らの前へと進み出たので、足を止めざるをえなかった。彼は自分の帽子を軽く掲げ、彼らをしばらくじっとみた。彼らは驚きと嫌悪の様子を示しながら、蒼白な状態にあった。

「お止めして申し訳ありませんね」とニューマンは低い口調で言った。「しかしこうしてお互い出会ったこの場を使いたいと思います。十語ほどお伝えしたいことがございます。聞いていただけますかね？」

侯爵は彼を睨みつけて、母の方へと振り向いた。「ニューマンさんに私たちが耳を傾けるだけの価値のあることを話せるのでしょうかね？」

「きっと価値のあることだと思いますよ。それにそれを私がいうのは私の義務でもあるのです。これは通知です、警告です」

「あなたの義務？」と老マダム・ド・ベルガルドの唇が焼け焦げた紙のように曲げながら言った。

「それはあなたの問題であり、私たちとは関係ありません」

マダム・ユルバンはその間、自分の小さな娘をその手で握っていて、彼女の驚きと動揺を示した身振りが、自分の言葉を話すのに夢中でありながらもその身振りの効力によってニューマンの心を強く打ったのであった。「もしもニューマンさんが公共の場で何か事を起こすのでしたら、私は自分の気の毒な子をその *mêlée*[61] から遠ざけるために別の場所へと行きます。彼女はそういう不謹慎な場面を見るにはあまりに幼すぎますからね！」と彼女は叫んだ。そして彼女はすぐに散歩を再開した。

「私のこれから言うことは聞いた方がいいですよ」とニューマンは続けた。「ここにいようと、あるいは場所を移ろうと、いずれにしても不愉快な気分になるでしょうがね。それでもあらかじめ心構えはできるでしょう」

「あなたが私たちを脅迫しようとかいうことはすでに耳にしていますよ。そしてそれについて私たちがどう考えるかも知っていることでしょう」と侯爵は言った。

「そちらが思っている以上に考えておられるようです。まあこの場は」とニューマンは老侯爵夫人の叫びに応える形で付け加えた。「公の場であると言うのはよく承知していますよ。そしてあなたは私がとても大人しい人物だと言うことも承知しておられる。私はこんな人中であなたの秘密を声に出すつもりはありませんよ。それを語り始めるには、耳にすべき人を厳密に選定した上で行うつもりでいます。私たちに目を向けるものは私たちがあたかも友好的なおしゃべりをしているかのように思い、私はあなたをですよ、奥様、その尊敬すべき徳性について賛辞を呈しているかのように考えるでしょう」

侯爵は持っていた杖で地面を三回短く叩いた。「私たちの通行を妨げないようにそこをどいてください！」と侯爵は低い怒りを込めた声で言った。ニューマンはすぐにそれに応じて、侯爵は母と一緒に歩くのを再開し始めた。

するとニューマンは「三十分もすれば、マダム・ド・ベルガルドは私が言おうとした意味を理解しなかったことを後悔なさるでしょうね」

老侯爵夫人は歩きを再開して数歩進めていたが、この言葉を聞くと彼女は足を止めて、二つの氷の煌めく球体のような両眼でニューマンの方を見た。「まるで何かを売りつけようとしている行商人のようですわね」と彼女は少し冷笑したが、それは彼女の声の震えを部分的にしか表さなかった。

「売るとは言わず、ただで差し上げますよ」。そして彼は彼女に近づいてきて、その目を真っ直ぐに見たのであった。

「あなたは自分の夫を殺しましたね」とほとんど囁くように言った。「つまり、お前は一旦殺そうとして失敗して、今度は労せずに殺すのに成功した」

マダム・ド・ベルガルドは両目を閉じて、少し咳をした。その取り繕ったような態度は、本当に大したものだとニューマンは思った。

「お母さん、彼の言っていることはそんなに驚くようなことですか？」

「残りの話はもっと面白いですよ。これは聞かないといけませんね」

マダム・ド・ベルガルドは両眼を開けたが、先ほどまでにあった煌めきはもう消え失せていた。じっと動かずに死んだ目であった。しかし彼女はその小さな薄い唇で見事な笑みを浮かべて、ニューマンの言葉を繰り返した。

「面白い？私が誰か他に人を殺したというのかしらね？」

「あなたの娘はそれに含まれていませんよ、まあ含みたいところですがね！お前の夫はお前が何をしようとしていたのかわかっていたんだ。証拠はある、お前が予想もしていなかった証拠がね」

そして彼はとても青白い顔をしていた侯爵の方を向いた。その青白さと言ったら、今まで見てきたどの絵画とも比較にならぬくらいであった。

「彼の筆跡で書かれた紙があって、そこにアンリ・ユルバン・ド・ベルガルドの署名が書かれている。奥様、あなたが、彼が死んだ後に彼を残して部屋を出て行った後に書いた。医者を呼び寄せるのにかなり時間がかかっていたからそれだけ不在であった隙に書くことができたんだ」

侯爵は母の方を見た。彼女は顔を背けて、身の周りをぼんやりと見回した。

「座らないといけないわ」と低い口調で言って、ニューマンがさっきまで座っていたベンチへと向けて足を進めていった。

「私だけに話すと言うわけにはいかなかったのですかね」と侯爵は不思議そうな目でニューマンを見た。

「まあそれもできましたね、そちらと母方のお二人だけで話し会えたのならば。しかしそんなチャンスはなかなかなかったので、こんな形で打ち明けることになったのですよ」

マダム・ド・ベルガルドは、ニューマンならば「ガッツ【grit】」と呼んだであろう仕草を存分にみせ、彼女の鋼鉄のような冷ややかな勇気や自分自身を頼みの綱とする本能的な力によって自分の手を息子の腕から離して、ベンチに自分だけで進んでそこに腰掛けた。そして彼女はそのままでいて、手を膝の上に組んで、ニューマンの方を真っ直ぐに見ていた。彼女の顔の表情はニューマンからすると最初は微笑んでいるのではないかと思ったのだが、彼女の前に立ってよく見てみると、彼女の上品なはずの顔つきは気の動転により歪んでいた。しかしそれと同じく、彼女はその弛まぬ意志の力を全力で傾けてその動揺を抑えつけようとしていたのもまた彼には見てとれ、彼女のその石のように凝視している目には恐怖や屈服といったものは何一つ伺わせなかった。彼女は驚いてはいたが、決して怯えていたのではない。このような状態においてもなおニューマンは彼女に後塵を拝するのではないかと、癪に触るような気分になった。女性（犯罪人か問わず）がこれほどの窮地に立ったその姿を見てもなお、自分が心動かされることが全くなかったことを感じて信じられない気分になった。マダム・ド・ベルガルドは自分の息子を一瞥したが、その目線はまるで黙ったまま自分に任せておけと命じているかのようであった。侯爵は彼女の傍らに立ち、両手は背に回していた。

「一体その紙というのはどのことかしら?」と老婦人は、老練の俳優の演技と称賛してもいいほどの落ち着きを払って訪ねた。

「私が言った通りのものそのものですよ。つまりあなたが夫を死んだものとして彼の部屋から退出していった後に書かれたもので、不在から戻ってくるまでの数時間の間に書かれたものです。時間的な余裕があったのですよ。そんなに長い間不在であるべきではありませんでしたね。そこにはお前の殺害の意図がはっきりと書かれている」

「見てみたいわね」とマダム・ド・ベルガルドは言った。

「そう言うだろうとは思っていましたよ、なので模写しておいた」。そしてチョッキのポケットから小さな折られた紙を一枚出した。

「息子にそれを渡しなさい」

ニューマンは侯爵へとそれを渡して、母の方は彼をチラッと見遣りながら素直に言った。

「見てみなさい」

ベルガルド氏の両眼は青白い熱意が込められていて、とても隠せるものではなかった。彼はその紙を薄手のグローブがはめられた指で受け取って、開いた。彼が読んでいる間は沈黙が場を支配していた。読み終わってもなお、彼は一言も話さなかった。ただそれをじっと見つめて佇んでいた。

「原本はどこ?」とマダム・ド・ベルガルドは、焦っている気持ちをまさに否定するかのような声で言った。

「とても安全な場所に保管してあります。もちろんそれを見せるわけには行きませんね。まあ手に入れたいことでしょうが」。さらにニューマンは風変わりな調子で続けた。

「しかしそこに書いてあるのは一字一句完璧に模写したものです、無論筆跡は違いますがね。原本の方は他の人に見せるために保管してある」

ベルガルド氏はついに顔を上げて、その目はまだとても熱気に満ちていた。

「それで一体誰に見せるというんだ？」

「まあ、最初は公爵夫人から始めたいと思っていますよ。この前のあなた舞踏会にいたあの随分とお堅い女性のことです。彼女が私に訪ねてきてほしいと言ってきたのですよ。その時は別に彼女に何か話をしないといけないことはなかったけれど、このちょっとした小さな書類なら結構な話題の種になるかと思いましたよ」

「お前、それは持っておいた方がいいよ」とマダム・ド・ベルガルドは言った。

「ええ、どうぞ、家に戻ったらお母様に見せたらいかがでしょうか」

「それで、公爵夫人に見せた後は？」と侯爵は紙を折って片づけた。

「そうですね、公爵たちへと持っていきます。その後は伯爵と男爵に、私という人間を紹介しながらすぐに残酷に私から奪い上げていった人たち全員に。そういう人物たちのリストを作成しました」

一瞬、マダム・ド・ベルガルドにしろ息子にしろ、一言も喋らなかった。老婦人は目を地面に向けていた。息子の方は、その漂白した瞳が彼女の顔にじっと向けられていた。そしてニューマンの方を見て、マダム・ド・ベルガルドが言った。「言いたいことはそれで全部？」

「いや、まだ少しだけある。俺の言いたいことは完全に理解してくれたものだろうと言いたい。お前たちは俺を世間の前で、まるで高貴な自分たちにはふさわしくない男だと言わんばかりに取り扱った。俺がどれほどくだらない人物であろうと、お前たちはそのことを指摘する資格は持っていないことを世間に教えたいんだ」

マダム・ド・ベルガルドはまた無言になって、そして言葉を発し始めた。彼女は自己を相変わらず最大級の力を払って抑制していた。

「誰がこの件に関して共謀したのかは聞くまでもないわ。ミセス・ブレッドをお前が金を渡して助けさせたんだ」

「金で動かされたからと言って、ミセス・ブレッドを責めないでくださいよ。彼女はこの秘密をあれ以来ずっと胸に秘め続けていたのですからね。彼女は長い間、あなたに猶予を与えてきました。あなたの夫が紙に書かれた言葉を書いたのは彼女の目の前なのでした。夫がそれを公に暴露するようにと彼女の手に渡しつつ粛々と命じたのです。彼女はあまりに善良でしたから、その命令に今まで背いてきたのです」

老婦人は一瞬躊躇した素振りであったが、「彼女は夫の情婦だった」とそっと言った。これが彼女が自己防衛を行うに至った唯一の譲歩であった。

「本当かどうか疑わしいな」

マダム・ド・ベルガルドは腰掛けていたベンチから立ち上がった。「私は別にお前の意見を聞きたくて、今告白したのではない。そして他に言いたいことがないのなら、この場のこの大層な面談はこれで終わりよ」。そして侯爵の方を振り向いて、また彼の腕を取った。

「息子よ、何か言いなさい！」

ベルガルド氏は自分の母を見下ろして、手を自分の額に当てて、そして優しく、愛撫するように、「一体何をいうべきなのでしょうか？」と聞いた。

「言うべきことは一つよ。私たちの散歩を中断するだけの価値なんて全くありはしなかったということよ」

しかし侯爵はそれよりマシな風に言えるのではないかと考えた。「君の紙は偽物だよ」とニューマンに言った。

ニューマンは首を振って、穏やかな笑みを浮かべた。「ベルガルド氏、君の母の方が一枚上手だね。というより、私が君たちと初めてお会いした時以来、彼女はずっとお前より上手だった。本当に、奥さん、あなたはとても勇気のあるお方だ。私があなたの敵になるなんてとても残念なことだ。私はあなたを特に熱烈に崇拝するべきはずだったのに」

「*Mon pauvre ami*[62]」とマダム・ド・ベルガルドは自分の息子にフランス語でいって、そしてニューマンの今の言葉が聞こえなかったように、「私をすぐに馬車へと連れて乗せて頂戴」

ニューマンは後退りして、彼らをなすに任せた。しばらく彼らを見て、そしてマダム・ユルバンが自分の小さな娘と一緒に横道から現れて彼らと合流した。老婦人は足を止めて、自分の孫をキスした。

「クソッタレ、なんて肝の据わった女だ」とニューマンは言って、少し面を食らったような様子で家へと歩いて戻って言った。彼女はとても言葉では表せないほどに挑戦的だ！しかし冷静に考えてみて、彼が目撃したのは決して彼らが安全な状態にあるということを感じていたのではなく、ましてや真実の意味で無罪であるというのでもなかった。要するに、彼女は単に厚顔な様子で毅然として優越感を抱いていただけのことであった。

「まあ紙の内容を読んでみるがいいさ！」と自分に言った。そして彼女からまた間も無く何か言ってくるだろうと結論づけた。そして実際は思っていたよりもさらに早く彼女からの報せがきた。翌日の午前中、彼が朝食を食べるためにその支度を命じたところ、ベルガルド氏の名刺が彼の元へと届けられた。「あの女はあの紙を読んで、眠れぬ夜を過ごしたんだろう」とニューマンは言った。すぐに自分の訪問者を通すように命じたが、入ってきた客はある野蛮な民族に派遣されてきたある強国の使節で、何か馬鹿げたことが原因でこうして送り込まれてきたのでありそれは自分たち使節にとって実に甚だしく差し障るものだと言わんばかりの様子であった。いずれにしても、その大使は寝付けぬ夜を過ごし、寸分も誤らぬ入念な身支度をしていたが、それは目に湛えている厳格な恨みと風格の感じられる体格において斑点がついているのをより際立たせるものであった。その男はニューマンの前に穏やかながら息を切らして立っていて、主人が椅子を指差すと人さし指をそっけなく振っていた。

「私が言いたいことはすぐに終わる、そして礼儀作法も交えずに初めて言えることだ」と彼ははっきり言った。

「多かろうと少なかろうと私はかまいませんよ」

侯爵は部屋を少し見回して言った。「あのボロい紙切れをどういう条件の下なら手放す？」

「どんな条件でもだめだ！」

そしてニューマンは頭を傾げて、両手を後ろに回し、侯爵の混乱したような眼差しに対して次のように応える形でいった。「やはり、わざわざ座り込んでゆっくりと話し合うだけの価値はないね」

ベルガルド氏はあたかもニューマンのその拒否の言葉が耳に入らなかったかのように少し物思いに耽った。

「私と母は昨夜、君の話について話し合った。君はこれを知ると驚くだろう、君のその小さな紙が」。彼は少し言葉を飲んでから続けた。「本物であるということをね」

「君たちといると、いつも驚かざるを得ないことを忘れているよ！」とニューマンは笑いながら叫んだ。侯爵は続けた。

「私の父に対してどれほど我々の尊敬の念が小さいものだとしても、どれほど侮辱されたとしても甘んじて忍耐していたというのが唯一の欠点であったのが彼の妻の世間での評判に対して、あれほど惨い一撃を加えた人物であるのが彼だということは知られたくないんだ」

「なるほど。お前の父のためというわけか」

そして彼はとても愉快な気分にするような笑いをした、音を立てず、唇を閉じたままする笑いを。だがベルガルド氏の真面目な態度が損なうことはなかった。

「父のとったそのような不幸な思いつきを知ったら本当に悲しんでしまうような彼の友人が数人いるんだ。たとえ病熱が原因で、精神が錯乱したという仮定を医学上の見地からはっきりとした証拠で裏付けたとしてもだ、*il en resterait quelque chose*。[63]どう好意的にみても、やはり彼には遺恨となる。とても悍ましい遺恨に！」

「医学的な証拠とかいうものはやめたまえ。医者には何も関わらないことにして、そうすれば彼らもお前とは関わらない。私はあなたが医者たちに手紙を出していないことを知ったとしてもそれはそれで構わないよ」

ニューマンはこの情報がとても要を得たものであるものだと相手の変色した顔の様相をみて推測した。だがその推測は間違っていた。侯爵はその威容を崩さない状態で、まだ言葉を迫ってきたのだ。

「たとえば、昨日君が話していたマダム・ドゥートルヴィーユについてだが、この件ほどに彼女にショックを与えるものはないと考える」

「ええ、むしろ私はマダム・ドゥートルヴィーユに実際にショックを与えるつもりでいます。それも十分あり得るよ。他にも多数の人にショックを与えるつもりだ」

ベルガルド氏は片方の手袋の背の縫い目を少し調べた。そして顔を上げずに言った。「金を渡そうとは思わない、それを君に差し出そうとするのは無駄だと分かっている」

ニューマンは身を背けて、部屋の中をうろうろして歩き回り、また元の場所に戻ってきた。

「では何をくれるのですかね？　とはいえ私の判断したところでは、気前のいいものを提供できるのはむしろ私の方だと思いますが」

侯爵は腕を脇に落として、頭を少し高く上げた。

「私たちが提供できるのは機会だ、紳士ならその良さがわかって感謝するであろう機会だ。確かに欠点はあったが、個人的には決して君を不当に扱ったりはしなかった人物の名声に恐ろしい汚点を加えて苦しめるようなことを差し控えるというチャンスだ」

「それに関しては言うべきことが二つある。まず一つは、君の言う『機会』とやらに関して、君は私のことを紳士だとは認めていない。それがまず重要な点だ。どちらか片方にしか作用されないルールなんてないも同然だ。そして二つ目の点だが、まあ端的に言えば、随分と馬鹿げたことを仰るものだ！」

私は以前、ニューマンはどんなに心苦しい時でも決して暴言を吐かないというある種の理想を眼前に浮かべるようにしていたことは言ったが、今彼が言った言葉に込められた辛辣さにすぐに後悔の念が意識された。しかし侯爵は自分が思っていたよりも冷静にその言葉を受け止めたことに、すぐに気づいた。ベルガルド氏は堂々とした使節らしく、敵相手の応答における不愉快な部分を無視するという政策を取り続けた。彼は反対側の壁にある金メッキを施されたアラビア模様を見つめて、そしてその眼差しをニューマンへと向けた。まるでニューマンのことも室内装飾でしかもやや下品な代物であるような大きなグロテスクな模様であるように見ているかのようであった。

「君自身においてはそんなことを言ってもどうにもならないことは分かっているとは思うが」

「どうにもならないとは一体どういうことだ？」

「つまり君自身の破滅になるということだ。しかしそれも計算の内に入っているようだ。君は我々に泥を投げつけようというのだな、そしてそのいくつかが我々に当たってくっつくものと君は信じているし、そう願っている。しかし我々はもちろん、そんなことはあり得ないと知っている」と侯爵は意識して明快な口調で説明した。「だが君はその機会を取ろうと伺っている、そしていずれにしても君は自分自身が汚い手を見せようとしているわけだ」

「随分と結構な喩えですね、少なくとも半分は。何かをくっつけてやろうとはしています。しかし私の手に関しては、それらは清潔なものですよ。今回のことは私の指先で行いましたからね」

ベルガルド氏は彼の帽子にしばらく目を向けた。

「私たちの友人はみんな我々の味方をしてくれている。今我々がしているのと全く同じことを、彼らもしたことでしょう」

「それは彼らの口から聞いた時に信じるとしましょう。今は、人間性というものを信じることとしましょう」

侯爵は再度彼の帽子に目を向けた。

「マダム・ド・サントレは自分の父を心から愛していた。君が怪しからぬことで使おうとしているあの紙の短い文章の存在について彼女が知ったら、父のために自分にくれと君に誇りを持って以て要求し、その紙の内容を読むことなく破壊してしまうことでしょう」

「十分にあり得ますね。でも実際は知ることはないでしょう。昨日私は彼女のいる修道院へと足を運びましたし、そこで彼女が何をしているのかも知っています。神よ、我々を救い給え！そして彼女のその有様を知って、私が寛大になったかどうかあなたもよく分かることでしょうよ！」

ベルガルド氏はもうこれ以上申し出たいことは何もないかのようであった。しかし彼はそこに相変わらず厳格で気品を以て立ち続けて、自分がそこに存在しているだけでも相手に言い迫れる力を持っていると信じているかのようであった。ニューマンは相手をみて、この件の主要な問題に関しては僅かにも譲歩しなかったものの、相手の気品と風格を保たせた上でこの場を退出させるのを手助けしたいという随分と脈絡にそぐわぬ友好的な衝動を感じたのであった。

「あなたの訪問は失敗でしたね、なにぶんこちらに交換条件として提供するのが少なすぎるのでね」

「だというのならそっちが提案してみるといい」

「ならば、マダム・ド・サントレを私から奪い取った時と同じ状態のままで私に返してください」

ベルガルド氏は頭を後ろに逸らして、青白かったその顔はパッと紅くなった。

「絶対にだめだ！」

「そんなことが呑めるか！」

「譬えできたとしても我々はそんなことには応じない！彼女の結婚を拒絶したあの時の我々の気持ちは今でも変わっていない」

「『拒絶する』というのは随分と結構な言葉遣いだ！自分たちには何も恥ずべきことがないと言いにわざわざこっちにまで足を運んでくるなんて、さぞや大変だったでしょうな。それくらいのことは分かっていましたよ！」

侯爵はドアの方へとゆっくりと歩いて行って、その後ろをついていったニューマンはドアを彼のために開けてやった。

「君がこれからしようとしていることはとても不愉快なものになるだろう」とベルガルド氏が言った。「それは極めて明確なことだ。だが結局はそれだけのことに過ぎない」

「私の理解しているところでは、それで十分ですよ！」

ベルガルド氏はしばらくそこに立ったまま床の方に目を向けて、まるで他にどういうことをすれば父の評判を傷つけないようにできるかと自分の才分を存分に駆使して考えているかのようだった。そして少し冷たいため息をついた後、亡き侯爵はその不品行ゆえに罰せられるという事態になってしまうことを遺憾でありながら承諾するしかないということを示しているかのようだった。そしてほとんど相手には気づかぬくらいに肩をすくめて、小綺麗な傘を玄関にいる従僕から受け取って、紳士的な歩きをしつつそこを去っていった。ニューマンはドアが閉まるまでその場に佇んで耳を澄ましていた。そしてゆっくりと叫んだ。

「さあ、これで俺もそろそろ満足し始めていい頃だな！」

第二十五章

ニューマンはあの滑稽な公爵夫人を訪問すると、彼女は在宅していた。高い鼻をして先が金であった杖を持っていた老紳士がちょうど彼女のところを暇乞いしようとしていたところで、その際にニューマンに対して随分と時間をかけた会釈を行い、我らが主人公は彼を以前マダム・ド・ベルガルドの舞踏会において握手をしたことのある、経歴のわからぬお偉方の一人であるのだと考えた。公爵夫人は肘掛け椅子に座ったまま動こうとせず、片側に大きな植木鉢をおいて、もう片側に表紙がピンク色の小説を大分高く積み上げていて、彼女の膝からは一枚の大きなつづれ織が垂らされていた、彼女は恰幅のいい堂々した姿を前に見せていた。しかし彼女の様子はこの上ないくらいに愛想が良くて、ニューマンが打ち明け話をするにあたってそれを抑制するような要素は彼女に何一つ見受けられなかった。だが驚くような機敏性を以て、彼に対して花や本について語りかけ始め、さらに劇場について、ニューマンの母国における特有の制度について、パリの湿気について、アメリカ人女性の綺麗な顔色について、彼のフランスに対する印象やそこに住んでいる女性に対する彼の意見についてさらに話を続けた。これらは全て、ちょうど彼女の同国人の女性のように物を尋ねるというより主張する具合で、公爵夫人は楽しい一人語りへと収束するのであった。つまり、*mots*[64]を言ってはそれを自分で周りにも流布させ、また、ちょっとした便宜のある意見を上出来なフランス表現という金メッキの紙に丁寧に包まれた形で贈り物として相手に与えるのであった。ニューマンは元々不満を聞いてもらうために来たのだが、実際来てみると不満というのもがとても取り上げられそうにない空気にあったのを見出した。決して不愉快という寒さが入りこむ余地がないものであり、とにかく温和で、甘美で、陳腐でもある知性的な香りが漂っていた。彼はベルガルド一家が開催したあの背徳の宴においてこのマダム・ドゥートルヴィーユをみていた時の気持ちが思い起こされ、彼女が喜劇に出てくる、自分の役を特に卓越し演じる老婦人のように強く思えた。すぐにベルガルド一家に関する共通の友人については何も尋ねてこないことに気づいた。さらに初めて彼女が彼に紹介された時のことに関しても言及しなかった。別にあの時から事情が変わった時のことを知らない振りをするでもなく、かといって彼に哀悼を示そうという素振りをするわけでもなかった。ただ彼女は微笑んで、自分の綴織の素材の穏やかな色合いを比較して話しただけであり、まるでベルガルド一家とその邪悪さなどというものはこの世に存在しないかのようであった。

「わざと避けているんだな！」とニューマンは自分に言い聞かせた。そしてそれを見てとると、すぐに公爵夫人が自分の無関心さをどのようにこれから展開していくのかを観察することにした。彼女は実に巧みにそれを装っているといっていいだろう。彼女の可愛らしさをもっとも形成していると言っても良いその小さくて澄んだ、表情豊かな両目には装っていることを意図している相手に窺わせるものが何一つとしてなかった。自分が避けようとしている領域にニューマンが足を踏み入れようとしていることを、恐れているような兆候は何一つなかった。「実に大したものだと認めるべきだろう」と心の中で言った。「全員一致団結した状態に確固としてあって、部外者が彼らを信頼できるかどうかはともかくとして、彼らはお互いには信頼しあっているのだろう」

　ニューマンはこの推測に基づいて、公爵夫人のその気品ある態度に思わず感嘆してしまった。自分の結婚が破談しようとしなかろうと、彼女は決してその洗練された態度を微塵にも減らないだろうと極めて正確に考えた。しかし同時に、もっと洗練された振る舞いになったとも微塵にも思わなかった。公爵夫人は考えたのだろう、例の彼がきたけれど、あんなことがあったのにどうしてまたやってきたのだろう、ともかく三十分ほどは*charmante*[65]しておこう、でも会うのはこれっきりにしておこう、というわけであった。自分の例の暴露話を切り出す適切な機会を見つけ出せず、ニューマンは想像以上に上の推測を冷静に立てたのであった。いつものように両足を伸ばして、少しクスッと音を抑えて共感的に笑いさえした。それから公爵夫人が話を続けて、自分の母があの偉大なナポレオンをあしらったという **mot** について話して、それを聞いているうちに彼は、彼女がニューマンのもっと興味あるはずのフランス史の章に関して話そうとしないのは、もしかすると自分の今の気持ちをとても慮ってくれているからなのではないかと考えた。もしかすると何かの政策とかではなく、あくまで相手側の心遣いなのかもしれない。彼は何か言おうとしかけたが、彼女に話を切り出すための機会をもっと適切に提供しようとしたが、その時従僕が別の方が訪問してきたという知らせを持ってきた。公爵夫人はその訪問者の名前を聞いて、イタリア人の諸侯であった、ほとんど他人に気づかれないように口を尖らせ、ニューマンに早口で言った。

「どうか帰らないで頂戴、すぐにこの訪問を終わらせますから」

これを聞いてニューマンは、マダム・ドゥートルヴィーユは結局はベルガルド一家について一緒に話し合いたいのだなと自分に言った。

その諸侯は背は小さいが恰幅はよく、また身長とは不釣り合いなほどに頭は大きかった。彼の顔はどこか陰鬱で眉毛は太く、その下にはある目はじっと動かず稀で何らかの反抗の念を示しているかのようだった。自分はビクともしない存在だと言わんばかりに挑戦を相手に挑んでいるかのようだった。公爵夫人は、ニューマンに与えたその命令から判断すれば、彼にうんざりしていることを示しているようであった。しかし彼女が延々と喋り続けるその態度を見ることではわからない物だった。彼女は mots を生き生きと喋り続け、イタリア人の知性とソレントのいちじくの味の特色を極めて言葉巧みに話し、イタリア王国の最終的にたどる運命（つまり野蛮なサルデーニャ王国による統治とそれへの完全な反逆が半島全土に波及していき、ついには聖なる父である教皇による神聖な支配が全体にわたるようになるという運命）について予言し、そして最後にはX公爵夫人の情事に関しての話をした。この話は相手方において多少訂正が必要だと言わしめ、そして彼自身が言ったように、何やらその件に関して知っているかのようだった。そしてニューマンが自分の頭にしろ、他のことにしろ、決して笑わないつもりでいるのを見ると満足して座って、すると先ほどこの男にうんざりしているのを示した時にはニューマンはとても想像できなかったくらいに、公爵夫人と大いに熱心に会話を始めた。そのX侯爵夫人の波瀾に富んだ情事の話から、話はフィレンツェ全般における貴族の恋愛情事に関する歴史の会話へと繋がっていった。公爵夫人はフィレンツェで五週間過ごして、その話題に関してたくさんの情報をあらかじめ収集していた。そして今度はその話題が、イタリア人全般の恋愛心それ自体へと変遷していった。公爵夫人は見事といっていいほどに異端的な見地を示した。そういった類の感情の知覚能力はイタリア人において今まで自分が出会った中で乏しいものであり、その具体例をいくつ語り、最後にはイタリア人というのは自分にとって氷のような存在だとした。相手の公爵は熱気を孕んで彼女に反駁したが、ともかく彼の訪問は実際は魅力を感じさせるものであった。ニューマンは当然のことながら、会話から除外されていたので、首を少し傾げて会話している二人を見守った。公爵夫人は話すにつれ、ニューマンの方に微笑みながら目を向けることがしばしばあって、その際に何か機転の利いたことを言えるのはあなただけなのよというのをフランス人らしい魅力ある様子で言っているかのようだった。しかし結局彼は一切何も言わず、やがて考えが無関係なことに向かい始めた。奇妙な気分に彼は囚われるようになった、つまり彼がここにきた元々の用事が愚かな物だということを突然感じ始めたのだ。結局、この公爵夫人に自分は何と言えばいいのだろうか？彼女にベルガルド一家が裏切り者で、その上あの老侯爵夫人が殺人者であると伝えて何になるというのだろうか？どうも自分の精神が宙返りをしたような気分になり、結果として物事を違った目で見るようになった。彼は自分の意志が突然膠着して、自制が素早く働くようになったのを感じた。公爵夫人が自分を助けてくれるものと思い込み、そして彼女がベルガルド一家のことを悪く思うことによって慰めを得られると見込むなんて今まで何を考えていたのだろう、という気分になった。彼女のベルガルド一家に対する考えが何であろうと、それがニューマンにとって何の関係があるというのか？ベルガルド一家が彼女について考えていることより、彼女がその一家について考えていることはほんの僅かに重要であるということにしか過ぎない。この公爵夫人は自分を助けるって？この冷淡で、随分とぽっちゃりとしていて、取り繕ったようなこの女が自分を助けるだって？今までの二十分間で礼儀正しい会話で彼女と俺との間に壁を築き上げ、明らかに俺がその壁を通るための門など見つけられやしないといい気になっているこの女が？自分は、ここにいる自惚れている奴らにお願いを頼み、自分は何も相手に同情できるものがないのに相手に自分を同情してくれと訴えるためにわざわざここにきたというのか？腕を膝に当てて、自分の帽子を数分間見つめていた。そうしていると彼の耳が疼いて、自分はなんて馬鹿なことをやろうとしているんだと思うようになった。公爵夫人が自分の話を聞こうと聞くまいと、彼はそれを言わないことにした。もう三十分の間、ベルガルド一家の秘密を暴露させるためにわざわざ座り続けるか? ベルガルドの奴らなぞどうでもいいんだよ!彼はいきなり立ち上がって、自分の女主人と握手するために近寄った。

「もっと長くはいらっしゃらないの?」と彼女はとても洗練された様子で訊いた。

「残念ながら無理です」

彼女は少し躊躇して続けた。「どうもあなたは私に何か特別なことを仰りたい気がしたのですが」とはっきり言った。

ニューマンは彼女を見た。少し立ち眩みを感じた。またもや自分の精神が宙返りをしているような気がした。背の低いイタリア公爵は彼のために救いを差し出した。

「奥様、あなたとお会いになればあなたに申し上げたいことは皆あることですよ」とそっとため息をついた。

「ニューマンさんにつまらぬ *fadaises*[66] を教えるものではありませんよ」と公爵夫人が行った。

「その術を学習されてないことが彼のいいところなのですからね」

「ええ、つまらぬ fadaises とやらを言う方法を私は知っておりません。そして不愉快にさせるようなことは何も申し上げたくはありません」とニューマンは言った。

「本当にあなたは思慮の利く方でいらっしゃいますね。」と公爵夫人は微笑んだ。そしてさようならの挨拶として彼に頷き、それを受けてニューマンは退出した。

通りに入ると、その舗道でしばらくの間佇んで、結局自分のピストルをぶっ放さなかったことは馬鹿なことだったのかそうではなかったのかを考えた。そして最終的にはベルガルド一家に関する秘密についてどんな人であれ誰かに話すのはこの上なく自分にとって不愉快なものだと決めた。この状況の下で、最も不愉快でないことは、彼らを自分の精神から払拭させ、もう二度と一家のことについて考えないことにあった。不決断なのは今までニューマンの弱点の一つとして数え上げられていなかったが、今回の場合も長くは続かなかった。その三日後、ベルガルド一家については考えなかった、あるいは少なくとも考えようとはしなかった。彼はトリストラム夫人と夕食を共にし、彼女が彼らの名前をその際口にすると、ニューマンは頼むから彼らのことを口にするのはやめてほしいとほとんど命令するくらいの勢いで頼んだ。そしてこのことが、トム・トリストラムに自分の慰めの言葉を述べる待望の機会を与えたのであった。彼は身を前方に傾け、手をニューマンの腕に当てて、自分の唇を噛み締めて、首を振っていた。

「結局のところ、今回の件は君は首を突っ込んで関わるべきじゃなかったと言うのが事実なのさ。もちろんその元は君にあるのではなく、僕の妻が全ての原因だがね。もし彼女に色々と文句を並べたいと言うのなら、僕は何も手出ししないよ。好きなだけ彼女を殴ったって構いやしないさ。彼女は僕から厳しく非難されたことは今まで一度だってなくて、今回はそういったことも味わう必要があるんじゃないのかと思うんだ。どうして僕の言うことに聞かなかったんだ? こんなことうまく行きやしないってことは初めから僕が思っていたことは知っているじゃないか。せいぜいご丁寧な幻影だって言うのが関の山だったさ。別に僕は自分がドン・ファンだとか放蕩なロザリオだとかそういった類の人間だとは自分で思っていないが、ただそれでも男という性についてある程度は分かっているつもりだ。僕は今まで相手の女といい関係を結べないような女だと分かっても、その人を決して嫌ったことは一度もない。例えば僕の妻のリジーについても思い違いをすることは今までなかった。常に僕は彼女のことをなにかしら疑っていたんだ。君が僕の現在置かれている境遇についてどう考えているのが知らないが、その境遇を僕は目を開いた上でそこへと入り込んで行ったことは少なくとも認める必要がある。そして君がマダム・ド・サントレと一緒にここのボックスのような所へと入り込んだとしよう。かけてもいいが、彼女は手強い相手だということに君は気づいただろうね。そしてこれまた誓ってもいいが、そのような状況において君は心をどうやって落ち着けたものか僕にはとてもわからない。まさか侯爵からではないだろうね、ニューマン君。彼は決して打ち解けた常識ある相手として話せる人物ではなかったさ。彼は自分の家に君を入れようとしたことは一度だってあるかい?さらに言うと君と二人っきりで会おうとしたこともあるかい?彼が君にある夕方に自分のところにきて一緒にタバコを吹かそうと誘ったり、君が婦人たちを相手している時にわざわざ君のところにやってきて何か食べたりしたことが一度だってあったかい?そういった人を相手に、君は何かしら励まされたりすることなんてあるものか。そして例の老婦人にしたって、これまた異常なくらい強烈な薬さ。ここではそういうことに関した素晴らしい表現があるんだ、それはつまり『同情的』と言うやつさ。全てが同情的なんだ、少なくともそうあるべきなんだ。そして例のマダム・ド・ベルガルドはあの辛子入れ程度に同情的な人間だ。とにかくあいつらは洒落にならないくらい冷血な奴らだ。あの時の舞踏会においてもそのことを嫌というほどに味わった。まるでロンドン塔の兵器陳列所をウロウロしているような気分だったよ！ねえ君、こんなことを仄めかすからといって僕を下賤な人でなしだなんて思わないでくれよ。だがこれはまず間違いないことだが、あいつらが欲しかったのは君の財産だけさ。このことに関しては僕もある程度経験があってね、人が誰かの金を欲しがる時のことは分かるんだ！どうして突然彼らが君の財産を欲するのをやめたのかは分からない。もしかすると別の人からより少ない努力で同じものを得られると考えたからなのかもしれない。まあそんなことは考えても埒ないことさ。ひょっとすると最初に手を退こうと考えたのはマダム・ド・サントレではないのかもしれない。あの老婆がそうするように唆したというほうが遥かに現実的だ。彼女とその母は本当に仲のいい親子なんだろうね、違うかい？ともかく君がもう関係を断ち切ったのはいいことだ。そう考えないといけない。僕のこの言い方は辛辣かもしれないけど、それは結局君のことが好きだからこそなんだぜ。そしてせっかくだから言わせてもらうけど、あんな蒼白で偉ぶっているような奴らと関係を持とうと近づくなんて、コンコルド広場にあるオベリスクを見に行くようなもので、そんなの僕にはごめんだよ」

ニューマンはトリストラムのこの長々とした熱弁に対して、生気を欠けた様な目で相手を見ていた。しかしそれでも、今までのようにトリストラムと対等の友情関係でいられるのは今回の件ですでに完全に終わったと初めて思うようになっていた。トリストラム夫人の夫への一瞥には単なる輝き以上のものがあった。ニューマンの方に扇情的な笑みを微かに浮かべつつ向いた。

「少なくともあまりに熱心すぎた妻の無分別をトリストラム氏が償ったという手腕は認めてほしいものね」と彼女は言った。しかしトム・トリストラムの言葉の巧みな助けがなかったとしても、ニューマンはまたもやベルガルド一家のことを考え始めたことだろう。彼は自分の失ったもののことについて考えるのをやめた時だけ、その一家についても考えるのをやめられたのであり、今この時点では自分の被った損失の重みをほとんど軽くしていなかった。トリストラム夫人は元気を出すように、その落ち込んだ顔を見ているとこっちまで惨めな気分になると彼に言ったが、それも無駄だった。

「どうしろというんです?」震える声で相手に訴えた。「妻をなくした未亡人だと自分が思ってしまいます、そしてその未亡人は妻の墓の側で立つという慰みすら許されていないのですよ。喪に服したくとも帽子に喪章をつけることすらできないのです」。さらに彼は続けた。「妻が殺害されて、その殺害者がまだ捕まってない状態にあるような感じがします」

トリストラム夫人はすぐには答えなかったが、やがて彼女は笑みを浮かべたが、その笑みが作り笑い出会ったのなら平素のものよりは下手に繕ったものであった。そして彼に言った。

「もしクレールと結婚して、本当に幸せになれたと確信しているのかしら?」

ニューマンは相手をしばらく見つめて、首を振った。

「そんな風に励まそうとしてもあまり効果がないですよ、無駄ですよ」

「まあ、結婚できたとしてもあなたはそんなに幸福になれなかったと思っていますよ」とトリストラム夫人は勝ち誇ったように勇ましく言った。

ニューマンは少し笑った。「じゃあ私は惨めになったと言いたいのですかね。惨めになったとしてもそれはどんな幸福よりも好んだことでしょう」

トリストラム夫人は考え込み始めた。「実際にどういう状態になったか見てみたかったといえばそうね、とても異様なものだったのかもしれないわね」

「そういう好奇心があったから、私が彼女と結婚するように急き立てたのですか?」

「少しね」とトリストラム夫人は次第に厚かましくなって言った。ニューマンはただ一度だけ相手に向けることが許されていたような怒りの目で彼女を見て、顔をそむけて自分の帽子をとった。彼女は彼を少しの間目を向けて言った。

「私の言っていることはとても残酷なことに聞こえるかもしれないけれど、実際はそこまで意図したものじゃないのよ。好奇心というのは私のとる行動のほとんどに関わるものですよ。実際に今回のような結婚が行われるのかどうかとても確かめてみたかったの。」

「じゃあ信じていなかったと」とニューマンは憤るように言った。

「いいえ信じていましたわ、結婚するということは信じていました、そしてあなたが幸福になることも。そうではなかったら、私の推測だととても薄情な女だと思われていたことでしょうね」。そして彼女は手をニューマンの腕に当てて、真面目そうな笑みを思い切って浮かべながら続けた。「でも、結構今までも大胆な想像力を持っていたと思っていますけど、ここまで高く飛翔したのは初めてですわ！」

そして少ししたら、彼女はニューマンにパリから離れて三ヶ月ほど旅行してはどうかと勧めた。環境が変わればよくなるかもしれないし、あれだけの嫌な出来事をその身で目撃した場から離れれば、その不幸もやがて忘れてしまうだろうという旨を伝えた。「実際確かに、あなたから離れるのは少なくとも私の身にとっていいことでしょう。そしてそのために払う労力もほとんどないときている。あなたはどんどん皮肉な態度を取るようになってきていて、私を動揺させるし害を与えるのだ」

「分かりましたわ」とトリストラム夫人が言ったが、それは好意的な態度によるものか皮肉な態度によるものか、どちらかの態度に由来するものだった。「もう一度いつかお会いすることになるでしょう」

ニューマンはパリから離れたくて仕方がなかった。彼の幸福だった時期に歩いたその輝かしい通りも、当時はより一層輝かしい様相を呈していたが、今は彼の敗北について知っていて輝いてはいながらもまるで自分のことを哄笑しているかのように思ってしまうのであった。彼はどこかへと行こうとしていた。どこでも構わなかった。そしてそのための支度をした。

そしてある朝、無計画なままに電車の方へと馬車を走らせて、その電車はブローニュまで彼を運んで、そこからさらにイギリスの海岸へと向かう電車へと乗り換えた。汽車に身を任せながら、自分の思い描いていた復讐はどうなったのか、それは後回しする形でとても安全な場所に保管されていて、時がくるまでそこに保管したままにすると答えることができた。彼はロンドンに「シーズン中」と呼ばれている時期の真っ只中に到着した。そしてこの場所なら、自分の悲しみ沈んでしまった心を慰めるような環境に身を置くことができるのではないかと最初は思った。彼はイギリスで知り合いは全くいなかったが、その盛んな大都市の光景が自分の陥っている無感覚さから目を覚ますことがある程度できた。何か巨大なものと思われるものを見つけるたび彼は大抵それに好意を寄せて、イギリスの精力的なエネルギーと産業は、彼の鈍かったにせよ活動的でもあった瞑想を彼のうちに湧き起こした。その頃の天候は、最もイギリス的な素晴らしい天気だったとい記録されている。彼は長い散歩をして、あらゆる方向でイギリスを探検した。彼はケンジントン公園やそれに接する馬車道の傍らに腰をおろして、人々や馬や馬車をみていた。薔薇色のイギリス的な美人や、イギリス的な洒落男、華麗な制服を着ている従僕が彼の目に入った。オペラ座へも足を運んでそこをパリよりも上等なものと思った。劇場にも行き、その作品の最良の部分の会話に関しては、自分にとっても理解できたので、それを聞いては驚くような魅了を感じたのであった。ホテルのボーイに勧められる形で地方の方へも何回か遠出して、彼はそれや類似したやり方で彼は新たな親密な関係を築いていたのであった。ウィンザーの森で鹿を見学したり、リッチモンドの丘からテムズ川を見下ろしてはその素晴らしい風景に感嘆したのであった。グリニッジで彼はシラスと黒パンとバターを食べたし、カンタベリーにある寺院の草に覆われた陰を徘徊した。さらにロンドン塔やマダム・タソーの展示館にも足を運んだ。ある日、彼はシェフィールドにも行こうと思い立ったが、再考してやはりやめることにした。どうしてシェフィールドに行く必要があるというのだろう？刃物製造業へと自分を繋いでいたであろう関心も今となっては解けてしまったと自分に予感していた。成功を収めているどのような事業であれ、それを「内側から見たい」という欲求は持っておらず、どれほど「素晴らしい」成功を収めている商売であれ、その商売の機転の利く管理者と事細かな詳細を聞こうという特権を得るためにわずかな金額を払おうとはしなかった。

ある日の午後、彼はハイド・パークへと行き、馬車道に沿って歩いている人々の雑踏をゆっくりと通りに抜けて行った。馬車もまた同じくらいに混んでいて、いつものようにニューマンは堂々としたいくつかの馬車に乗って戸外をぶらぶらしている少し顔色が黒い異様な人々を見ては驚いた。彼らは以前ニューマンが東側や南側の国々について読んだ話を思い起こさせ、奇怪な偶像や呪物が元々あった神殿から取り出され、一般の大衆に乗せるために金の車に乗せて外へと運ばれていることを思い出した。彼は皺になったモスリンが幾重もの波をなしている間を背を低めながら通り抜けていくうちに、鳥の羽を高々と飾った帽子の下に多数の美しい顔を見た。そして巨大に高く聳えるイギリスの木々の下にある小さな椅子に腰掛けながら、静かな眼差しをした乙女たちが何人か目に入ったが、彼女たちの姿は彼に対してその美しさ等の魅力がマダム・ド・サントレと一緒にこの世界から消失してしまったことを改めて思い起こさせるだけであった。他の静かでない眼差しをしている乙女たちについては言うまでもなく、むしろ自分がひょっとしたら慰められるのではないだろうかというニューマンの気持ちを風刺しているのではないだろうかとすら思わせた。彼はしばらく歩いていたが、彼の正面から遠ざかるように聞こえていた素晴らしいパリ人的な表現が夏の微風で運ばれてきた。その言葉が喋られた声色はさらに彼に、以前親しんでいてことについてさらに思い出させたのであり、そして声の方向に目を向けると自分と同じ方向に向かって歩いている若い女性の後ろ髪と肩のよくみられる優雅さに見覚えがあった。その人はニオシュ嬢で、どうやらロンドンにさらに容易く立身出世しようとして来ていたかのようだったが、そして彼女の方にもう一度目を向けると、どうやらそのための近道を見つけたようであった。一人の紳士が彼女の傍らについてぶらぶら歩いていて、彼女の会話にとても注意深く耳を傾けて口を開くにはあまりに魅了されているようだった。ニューマンはその男の声を聞かなかったが、その背中の様子から身なりのいいイギリス人であることがわかった。ニオシュ嬢は周りの注意を引いていた。そばを通り過ぎていく女性たちは振り返って彼女のパリ人らしい完璧な身繕いをジロジロと見るのであった。スカートの襞飾りが若い女性の腰から落ちていってニューマンの足元にまで届いている。それらを踏んづけないようにニューマンは足を避けなければならなかった。それは実際に必要としていた以上の勢いで彼は足をよけたのであった。ノエミ嬢の姿をこのように不十分にしか見なかったのだが、それでも彼は不愉快になるのに十分だった。彼女のその自然な顔だったものに見るものを竦ませる汚点がつけられていたかのようだった。自分の視野に彼女を入れたくなかった。彼はヴァランタン・ド・ベルガルドのことを思い出した。彼はまだ土に埋葬されてそれほど経っていなかった。あのまだ若かった男は自分の人生を謳歌しているこの傲岸不遜な女によって破滅させられた。この女の華美な服装から発せられる匂いは彼に嫌悪感を抱かせた。彼は顔を背けて、歩く方角を変えようとした。しかし人混みの圧力によって彼女の近くにもう数分ほどいないといけなかった。そして彼女の喋っている内容が聞こえてきた。「ええ、きっと彼は私と会えなくて寂しいことでしょうね。彼を置いてきてとても残酷なことをしてしまったわ。きっとあなたは私のことをとても冷血な人間だと思うことでしょうね。あの人は私たちと一緒に来ても何も問題なかったのに。体の具合がだいぶ悪かったみたいね」。さらに彼女は続けた。「今日は、彼はそんなに元気がないように見えましたわ」

ニューマンは彼女が誰について話しているのか考えを巡らせたが、雑踏のうち身の近くにあったところが開けた空間を作ったので、彼は向きを変えてそこを通るように歩き出した。おそらく彼女はイギリス的な礼儀作法に敵う形で自分の父のことを優しく心配しているように装っていたのだろう。あの哀れな老人はいまだになお彼女の後ろをついて悪の道を歩いていたのだろうか?今でもなお自分の人生経験の恩恵を彼女に与えていたのだろうか?そして海を渡って彼女のために通訳をしているのだろうか?ニューマンはさらに彼女から距離を取り、元来た道を戻っていき、ニオシュ嬢とは接触しないように注意した。そして彼は座るために木々の下にある椅子を探したが、席の空いているものを見つけるのに苦労した。諦めたかけた頃、ある席に座っていた一人の紳士が立ち上がるのを彼は見て、ニューマンは周りを見ることなくその席に座った。そしてしばらくの間、周りに注意を払うことなくそこに腰掛けていた。先ほどニオシュ嬢の邪悪とさえ言える活力を見てとってしまったことの苛立ちと苦々しさに彼は呆然としていた。しかし十五分ほどすると、彼は目を下に向けたが、そこで足元の近くにあった道端に小型のブルドッグがうずくまっているのを見つけた。その犬は小さいが、この興味深い種の犬にしては見本と言えるほど立派なものだった。その犬は自分を通り過ぎた流行の服を着ていた人たちをその小さな黒い鼻で嗅いでいたが、とても大きな青色の紐がその大きなバラ結びを飾った首に結び付けられていて、それがニューマンの隣に座っていた人によって握られていたために、そう遠くまでは自分の調査を広げることはできなかった。その人へと自分の注意をニューマンは向けたのだが、すぐに相手が全神経を集中させて自分の方をその小さな白い目でじっとみていたことに気づいた。その両眼は一体誰のものかをニューマンはすぐに思い出した。彼は今までの十五分間ずっとニオシュ氏の隣で座っていたのである。彼は誰かが自分に眼差しを向けていることにほとんど気づかなかった。ニオシュ氏は彼を凝視するのを続けていた。

ニューマンの一瞥から逃れようと思ってもなお、彼はどうやらその場から離れるのを怖がっていたようであった。

「これはこれは！あなたもここにいらっしゃるのですね」とニューマンは言った。そして彼は自分の隣人の途方に暮れたような姿を自分でも気づかないくらいの険しい目線で見た。ニオシュ氏は新しい帽子と小山羊の手袋をつけていた。身につけていたものも以前のものと比べて新しい代物に思える。彼の腕には女性用のヴェールであるマンテラ、軽くて見事な質の紗でできていて、白いレースが縁取っている、がかけられていて、どうやらそれを今まで持っているように言われていたらしい。そして小さい犬がつけている青い紐が彼の手の周りにしっかりと巻かれていた。彼の表情には自分に気づいたということを窺わせるものはない。というより何か弱くて魅せられたかのような恐怖以外は何も浮かべていなかった。ニューマンはその子犬とレースのマンテラに目を向けて、また老人の目に自分の目を向けた。

「私が誰かは分かりますよね、以前私と話したことがあるかと思います」と彼は言葉を続けた。ニオシュ氏は何も答えなかったが、ニューマンは彼の目にはどこか微かに涙が浮かぶのを感じた。我らが主人公は続けた。「よもや、カフェ・ド・ラ・パトリからこんなに離れたところで会おうとは思いませんでしたよ」

老人は無言のままだったが、明らかにニューマンのその言葉は彼の涙を流させる琴線に触れたのであった。彼の隣人は自分を見つめたまま座っていた。ニューマンは続けた。「どうしたのですか、ニオシュさん？　あなたは以前はとても礼儀正しくたくさん話されていたのではありませんか。あなたが私にフランス語の会話を教えてくれたことも忘れましたか？」

この言葉を受けて、ニオシュ氏は態度を改めようと決めた。身を屈めて子犬を取り上げて、それを自分の顔へと持ってきて子犬の小さな柔らかい背で自分の涙を拭いた。そして彼はやがて子犬の肩を見ながら言った。

「あなたに話しかけるのが怖かったのですよ。あなたが私に気づかなければと思っておりました。ここから離れるべきでしたが、離れようと身を動かすとあなたが気づくかもしれないと尻込みしてしまいました。それ故ずっと静かにここで座り込んでおりました」

「どうも私のことを悪く思っているようですね」とニューマンは言った。

老人は子犬を丁寧に自分の膝に置いた。そして首を振って、その目は話している相手へとじっと注がれた。

「いいえ、ニューマンさん、あなたのことはよく思っておりますよ」

「じゃあどうして私の方から離れようとしたのですか？」

「それは、あなたは私の置かれている境遇についてご存知でないからです」

「それは一回私に説明してくれたではありませんか。というより以前よりもましになったとすら思えますが」

「ましに！」とニオシュ氏は小声で叫んだ。「今の私を見て、ましだと言うのですか？」。そして彼は自分の腕に抱えていた貴重な代物に目を向けた。

「でも、あなたは旅行中でしょう? この時期にロンドンへと来るなんて、事は順調だという証だと思いますがね」

ニオシュ氏はこの残酷な皮肉の言葉に応じる形で、子犬をまたも自分の顔へと上げて、その小さく生気の欠けた目玉でニューマンを伺った。その動きにはどこか痴呆的なところすら感じられ、ニューマンは事を逃れるためにわざとそんな風に装っているのか、自分の不面目さを代償として本当に知性が欠けるようになってしまったのか、ニューマンに判断がつかなかった。仮に後者だとしても、前者だった場合に比べてこの老人に対しては少しくらいしか慈愛の心が湧かなかったが。彼自身にも原因があろうとなかろうと、その老人は自分の娘が犯した唾棄すべき不品行な態度の共犯だったことには変わりはない。ニューマンはすぐに彼から離れようとしたが、その時老人のその朧な目線から何か訴えるようなものが発せられたのであった。

「行かれるのですか?」

「ここに居てほしいのですか?」

「私の方から離れるべきでした。しかしあなたがそんな風に行かれてしまうなんて、私のプライドを苦しめます」

「何か私に言いたいことが特にあるのですか?」

ニオシュ氏は自分の周りを見て誰も聞いていないことを確認してから、とても穏やかにしかしはっきりと言った。

「私は彼女を許していない！」

ニューマンは少し笑ったが、老人はしばしそれに気が付かなかったみたいであった。決して娘を許しはしない自分の形而上的なイメージを思い浮かべていた。

「あなたが彼女を許そうと許さなかろうと私には関係のないことです。ただ他の人たちで彼女を許さないとする人はいるでしょうね。それは間違いないことです」

「一体彼女は何をしたというのです？」とニオシュ氏は再度振り向いて静かに尋ねた。「彼女が一体いつも何をしているのか実は知らないのですよ」

「彼女は悪魔的な不品行を犯してしまったのですよ。それが具体的になんであれ問題ではありませんがね。厄介な女性ですよ、彼女は。彼女の行動を止める必要があります」

ニオシュ氏はそっと自分の手を差し出して、それをニューマンの腕にとても穏やかに当てた。

「止めさせる？　そうですね」と囁いた。「その通りです。すぐに止めなくては。彼女は逃げ出しているので、止めなければなりません」。そして言葉を止めて、辺りを見回した。「彼女を止めます、その機会を待っているのです」

「なるほど」とニューマンはまた短く笑った。「彼女は逃げ去っていって、そしてその彼女を追いかけていると。だとするなら随分と長い距離で追いかけたのですね！」

しかしニオシュ氏は執拗なくらいに相手を見つめた。「私は彼女を必ず止めますよ！」と静かに繰り返した。彼がそう語るや否や、正面にいた雑踏が開けて、あたかもお偉いさんに道を譲るような衝動に駆られていた。やがてその開けたところから、ニオシュ嬢がやってきて、彼女はニューマンが先ほど観察した紳士を連れていたのであった。彼の顔が、今度はニューマンにその容貌を見せるように向けられて、ニューマンは相手の不整然として顔貌、それと同じくらい不調和な顔色、そしてディープミア卿の愛想のよういい表情を見た。ノエミ嬢は、自分がニューマンとばったり出会したのを見て、席から立ち上がったニオシュ氏がしたように、ほとんど動揺した様子を見せなかった。彼女はまるで彼に昨日会ったように小さく頷いて、そして愛想のいい笑みを浮かべて、「*Tiens*[67]、よくお会いしますわね」と彼女は言った。

彼女は申し分なく綺麗で、衣装を正面から見るとそれは素晴らしくくらいの芸術作品といえるものだった。彼女は父の方へと近づいて、子犬に手を差し出して父がそれに服従するように子犬を彼女の手に渡した。そして子犬にキスして、それにささやくように言った。

「この子を独りでいさせるなんて、なんて悪くて恐ろしい主人だとこの子は思っていることでしょう！この子はとても具合が悪かったのよ」。そして彼女はニューマンに、目には針先のように鋭くてとても傲岸な光の煌めきを発しながら、説明するように言った。「どうもイギリスの気候はこの子にとって肌に合わないようね」

「主人様にとってはとても肌に合うようにお見受けしますが」

「私のこと？こんなにいい気分なのは今までなかったことだわ、どうもありがとうね」とノエミ嬢はきっぱり言った。「でもこの方とご一緒だと」。先ほどまで連れていた相手の方をキラキラした目で見て続けた。「いい気分になれないなんてことあるのかしら?」

彼女はさっきまで父が座っていた椅子に座り込んで、子犬のバラ結びをまた整え始めた。

ディープミア卿はこの品格の劣った男性とブリトン人と不意に出会したことで抱いたであろう当惑をうまく表面に露わさないように努めているみたいだった。彼は相応に顔を赤らめて、体調の悪い子犬の主人とは別に、自分の恋敵だとさっき一瞬だが思い込んだ人物に会釈したが、その頷きはぎこちなく同時に叫び声も不意にあげたものだった。その叫び声はイギリス人の英語をしばしば理解できなかったようなニューマンにとっては意味を感じられないものであった。そしてその若い男は尻に手を当てニヤニヤ笑いを取り繕ってそこに佇んだまま、ノエミ嬢を横目で見つめた。

「彼女は知っておられるので?」

「はい、知っています。あなたは彼女を存じていないと思っていましたが」

「いえいえ、知っていますとも!」とディープミア卿はまたニヤニヤ笑った。「彼女は亡くなった親戚のヴァランタン・ド・ベルガルドが紹介してくださったのでね、あの可哀想な彼は知っていましたよね、彼女のことを?彼があんな風な目を遭ってしまったのも、元はといえば彼女が原因なのですよ。とても悲しいことではありませんか?」と若い男は、その単純な性格が許す限り喋り、自分の感じていた当惑を表に出すまいとした。「彼は教皇のために死んだという話が世間から作り上げられました。別の男が教皇の品行について何か悪く言ったという話も含めてね。世間というのはいつもそうするのですよ。いつも教皇のせいにするのでして、何せヴァランタンはかつて軽歩兵隊員でしたからね。しかし実際は彼の品行が問題でした、それこそが教皇だったのですよ！」

ディープミア卿はこの冗談めいた言葉を続けながら、その輝いた目をニオシュ嬢へと向けていた。彼女は自分の膝においた子犬にお上品に身を屈めていて、どうやらそれとの会話に夢中であったようだ。

「多分ですね、どうもあなたは私が彼女と未だに交際を続けていることに関して奇妙だと思っておられるのでしょう」。若い男は再び続けた。「しかし彼女としてどうにもならないのですよ、ベルガルドとは血縁関係があるといってもほとんど血は混ざってないほど遠い関係なのですからね。そして私が彼女と一緒にハイド・パークへと来たことは生意気だと思われるでしょう、まだ世間で知られていないですし、あんなに元気で綺麗な状態なのですからね」

ニューマンは顔を背けた。もう彼女の話は十分だった。ニオシュ氏は娘が近づいてきた時にほんの少し脇にどいてそこに佇みながら地面の方をずっと見ている。これほど彼が自分の娘を許そうとしなかったことを記録にとどめておくのに適切な時は、彼とニューマンとの間では、なかったのであった。ニューマンがそこから立ち去ろうとすると、顔を上げて彼の方に身を寄せてきた。ニューマンはその老人がどうやら何か言いたげだということを見て取って、少しの間頭を屈めた。「いつか新聞でお分かりになるでしょう」とニオシュ氏は囁いた。

我らが主人公は思わず浮かんだ笑みを隠すためにそこを立ち去って、そして今日に至るまで、新聞が彼の愛読書の一つであったが、老人のあの言葉の意味をわからせるようなことを何か知らせるような文章は何一つとして目に入ることはなかった。

第二十六章

先程私が描写した壮大なイギリス生活を彼は目の当たりにして観察したが、そういう経験が今までなかったので、ニューマンはとても生気に乏しい日々を長い間過ごしたと思われる。しかしそういった怠惰な日々は心地いいものであった。彼の憂鬱さ、それは今では癒される傷のように第二の時期へと入りかかっていたが、ある種の痛さがありながらもそれには快い甘美さが付随していた。自分の考えを相手としていて、目下のところは他に誰とも相手をしたくはなかった。誰かと知り合いを作ろうという気もなく、トム・トリストラムから送られてきたいくつかの紹介状についても開封することはなかった。彼はマダム・ド・サントレについて何回も考えた。時々、ほとんど自我の忘却と言ってもいいほどの平穏さを執拗なまでに保っているかと思われるほどの様相を十五分ほど続けることがあった。そしてあの最も幸せだった時間を、午後に相手を訪問し自分の理想をもたらすだろうと思っていたことを続け自分の上機嫌をある種の精神的な陶酔にまで昇華したほどのあの銀の鎖のようにつながっていた日々のことを思い起こした。そして彼はそういった夢想状態から現実へと立ち戻り、どこかくぐもったような衝撃を受けるのであった。彼はそろそろ今の変わることのない現実を受け入れる必要があるのを感じた。ある時は現実はまたもや屈辱へと変わり、不変なものは欺瞞であり、我を失うほどの怒りに困憊するまでに自分自身を委ねた。しかし全般的にはどこか思惟的な態度へと耽るようになった。自分でも意図することも考えることもなく、自分の辿った異様な不幸から教訓を読み取ろうとした。比較的心が落ち着いている時に彼は自身に、結局自分は人付き合いよりもビジネスを行う方がやはり性に合っているのではないかと思った。我々がすでに知っているように、遥々ヨーロッパへと足を運んだのは美的な娯楽を享受するためであり、それはビジネスだけ専ら許されているような環境への強い反発に由来するものであった。そしてそれ故に、人はあまりにビジネスに重みを置きすぎるということも彼が理解できたのも尤もなことだと言えるだろう。彼はそれを認めるのに殆ど躊躇はなかったが、彼の場合、そのことを認めるに当たって何か恥の心を感じて心が疼いたりするようなことはなかった。もしあまりにビジネス的すぎた場合、彼はそのことを難なく忘れ去ることができた。というのも彼は容易くは忘れられないくらいに誰かを不当に傷つけてしまうようことはなかったからである。少なくとも、自分の「卑賤さ」を思い起こさせるような記念碑が世界のそこかしこに打ち立てられている訳ではないことを冷静に静かに考えることができた。事の本質において、自分がビジネスと深く繋がっていたことがとても品位が高い女性との絆に、譬えその絆が断ち切られたとしても、影を投げかけたるものだとしても、その事実を自分の今後の人生に完全に抹消することになんの躊躇もなかった。しかしそれはあくまで可能性の問題であった。その類の人のようにはそのことを深く感じることは間違いなく、そのような考えへと飛翔するくらいに自分の翼を強く羽ばたかせるだけの価値はあるとはとても思えなかった。しかしまだ犠牲にしないといけないことについては、喜んで犠牲にするつもりであった。そして今、どんな犠牲を払わなければいけないのか、ということを考えたら、ニューマンは影が時折ちらつくにしても何も描かれていない壁の前で足を止めないといけなくなった。彼は自分の人生の今後を、マダム・ド・サントレが自分のものであった場合に送ったであろう人生を送ろうと考えた。つまり彼女が嫌っていたことに関しては何もしないことを信仰的な戒律とすることである。この場合、もちろん払わなければならない犠牲は何もなかった。だが斜めから差してくる青白い一条の光はあった。それは孤独な楽しみであろう、より良い話し相手がほしいがために鏡に映る自分と話し合うようなものである。しかしニューマンは三十分もの間このように考えていると、無言のままに座った状態で精神が高揚したのであった。その際、衰えぬイギリスの黄昏の光を浴びながら彼はポケットの中に手を入れて両足は伸ばして、高価だが味はひどい夕食の残骸の前に座っていたのである。しかしもし、彼のビジネス的な想像力が枯渇したとしても、そこから得られた現実的なものに関して軽蔑は覚えなかった。彼は自分が裕福になり、ビジネスに関して小粒ではなく大家になったことには嬉しく思っていた。彼は自分が金持ちなのをこの上なく喜んだ。彼は自分の持っていたものを全て売り払って貧しい人たちに与えるというような衝動を感じることはなく、また節制して瞑想的・禁欲的な生活へと退こうということもなかった。彼は自分が金持ちで、まだまだ若いことを嬉しく思った。買ったり売ったりすることを必要以上に考えることが可能なら、逆にそれらについて考えずに済むだけの人生の期間がまだ多く残っていることはありがたいことだった。それで、今は彼は何を考えるべきなのだろうか？何回も何回も考えたが、結局ニューマンが行き着くのは毎回毎回一つだった。その際、彼の感情は興奮してしまい、肉体的に突然身が築き上げられて窒息してしまうような気分になるので、彼は身を屈めて、その際給侍は部屋から出るのだが、両腕を机の上において、自分の困惑した顔を埋めるのであった。

真夏までイギリスに滞在して、その際地方に一ヶ月逗留して、聖堂や城や遺跡を見て回った。何回か宿泊していた宿から牧草地から公園へと足を運んだことがあって、その際擦り減ってしまった柵の側で足を止めて、早い夕暮れ時に向こうにある灰色の教会の塔を見た。その際に燕の群れが薄暗い後光に見えるような小さい円を形づくっていて、こういった光景が自分が結婚した場合のハネムーンで楽しんだ光景かもしれなかったことを思い起こした。今まで彼は、これほど一人ぼっちになったり行き交う人たちと会話することが殆どなかったのはこれが初めてであった。トリストラム夫人によって定められていた休息期間はやがて終わり、これからどうするべきか自問した。トリストラム夫人は彼に手紙を書いて、ピレネー山脈への遠出に加わらないかと尋ねた。しかし今はフランスに戻りたい気分ではなかった。最も簡単にできたことはリヴァプールへと行って、最初のアメリカ行きの蒸気船に乗ることだった。ニューマンはこの著名な港へと向けて出発し船室の予約をした。そして船が出発する前日の夜に、ホテルの自室で座り込んで、虚ろにぐったりしたように床においてある開けた旅行鞄を見つめていた。そこには目を通そうと思っていた書類が何枚かおいてあったが、何枚かは破ってしまった方が都合がよかったことだろう。しかしやがて粗雑にそれらを一つにまとめ、鞄の中の隅に押し入れた。それらは商売上の書類であり、それらを詳細に目を通そうなどという気分にはとてもなれなかった。そして彼は紙入れを取り出して、今しがた片づけたものよりも小さめのサイズの紙を取り出した。だがそれを彼は広げなかった。ただ座ったままその紙の裏側を見ただけであった。僅かにもその紙を破ってしまう考えを浮かべたとしても、その考えはすぐに頭から消え去ったことだろう。その紙が暗示していることは彼の心の最奥に潜んでいた感情であり、それはどれほど快活な気分が自分に蘇っても決して長くは抑えられない感情、つまり自分という善良な人間は最終的に何と言っても不当な扱いを受けたのだという感情である。そしてそう思うと、彼はベルガルドの奴らがニューマンの奴がこれから何をするつもりなのかと不安で心苦しい状態にあってくれたらという心からの望みだった。自分の復讐を長引かせれば長引かせるほど、あいつらは苦しくなるんだ！確かに彼は踏ん切りがつかずに復讐をやめてしまった。もしかすると、今の奇妙な心持ちだと、また復讐に踏み切ろうと思うようになるかもしれない。しかしその小さな紙切れを自分の紙入れにそっととても丁寧に戻して、ベルガルド一家の不安な気分を思い浮かべては気分がせいせいした。その後、夏の海を渡っている時もそのことを思い、その度に毎回せいせいしたのであった。彼はニューヨークに上陸して、大陸を横断してサンフランシスコへと着いたのだが、善良な自分が不当な扱いを受けたのだという苦々しい気分を和らげるのに貢献するものを見てとることはなかった。

彼は他の善良な人間たち、つまり昔ながらの友人たちと多数会ったのだが、彼らの誰一人にも自分が嵌められた策略について語らなかった。ただ自分が結婚しようとしていた女性の考えが変わったと伝えて、相手がニューマン自身は考えが変わらなかったのかと聞くと、「話題を変えようか」と言ったのであった。

自分の友人たちにヨーロッパから「新たな考え」を何も持ち帰ってこなかった旨を伝えて、それを聞いた相手はニューマンの創意の才分が衰えたのだという証拠をそれが雄弁に語っているものと看做したことだろう。自分に生じた出来事についてお喋りしようと言う気はさらさら起きず、自分が報告したことも吟味するつもりもなかった。彼は五、六ほど質問をしたが、それは腕の優れた医者が特定の症状を尋ねるように彼が何について語っているのかはまだわかっていたことを示すものであった。しかし批評めいたことも、何か教訓じみたこともいうことはなかった。単に彼が株式取引上所にいる紳士方を当惑させただけでなく、自分自身これほど株等に無関心でいられることに驚いた。そしてその無関心さの程度がどんどん高まっていくのを感じて、それを抑制しようと格闘した。株に興味を持つようにして、以前の仕事にも没頭しようとした。しかしそれらがどうも彼にとって非現実的なものに思えた。彼がどのような仕事をしていても、その仕事が現実的なものとは信じられなかった。時々自分の頭がどうかしてしまったのではないかと恐れ始めた。彼の脳がひょっとしたら柔らかくなってしまい、自分の強靭な活動力の終わりがきたのではないかと考えた。その考えは憤然とさせるような力を持って何度もやってきた。どうにもならず、何もできないのらくら者で、誰の助けにもならず自分自身にすら嫌われる存在、これがベルガルド一家が彼に喰らわせた裏切りの結果であった。

この動揺した怠惰において、彼はサンフランシスコからニューヨークへと来た経路を戻り、ホテルのロビーに三日ほど座り込んでパリ風の衣装に身を包んだ綺麗な娘たちが、品のいいその身体に小荷物を大事そうに抱え、絶えることなく往来していくのを巨大な板ガラスの壁を通して見ていた。三日経過すると、彼はサンフランシスコへと戻ったが、いざ戻ると帰ってこなければよかったと思った。することもなく、仕事もなくなり、もう二度とそれを見つけることはないような予感がしたのであった。ここにはやることが何もない、と時々自分に言った。だが海の向こう側にはまだ何かやることがあった。終わらせないまま、実験的に投機的に敢えてそのままにさせておいて、未完了な状態で自分は満足できるのか確かめたのであった。しかし答えは否だった。心の糸を彼は引っ張り続け、自分の理性を叩き続けた。それが耳に囁き続け、自分の眼前に絶えず舞い浮かんでいた。全ての新たな決意とその実行の間に挿入され、まるでしつこい亡霊がいつまでも埋葬して楽にしてくれと無言にせがんでくるようだった。それが終わるまでは彼は他のことは何もできそうになかった。

ある日、冬の終わり頃、長い間隔をおいてトリストラム夫人から手紙を受け取った。彼女は手紙の相手を楽しませ気を紛らわせる慈悲的な望みに駆られていたかのようだった。彼にパリに流れている噂話をたくさん教え、パッカード将軍やミステンキティ・アップジョンについて語り、新作の劇を列挙し、ニースへと赴いて一ヶ月ほどそこで過ごす夫からの伝言も付したのだった。そして彼女の署名が書かれて、更に追伸もあった。追伸の内容は以下の数行であった。

「友人のオペール修道院長から三日前にマダム・ド・サントレがカルメル会でとうとう先週尼修道女になったと聞きました。その日は彼女の二十七回目の誕生日で、自分の守護聖人である聖ヴェロニカから洗礼名を授かりました。今後の生きている間は、彼女はヴェロニカという名の信徒としてずっと過ごされることでしょう！」

　この手紙は朝にニューマンの元に届いた。そしてその日の晩にパリへと出発した。彼の傷は最高度に疼き始め、その荒涼とした長旅の間、かれはマダム・ド・サントレの「生きている間」について自分は外側に立つにしろ彼女は牢獄の中で過ごすことになるという考えがずっと付き纏っていた。これで彼は死ぬまでパリに居住を定めようと決めたのであった。彼女はそこにいなくとも、少なくとも彼女を捕らえていた冷徹な埋葬所はあったのであり、そこから強引に幸福を引き出そうとした。彼は事前通知なしにミセス・ブレッドの方へとやってきた。彼女はオスマン通りにある彼の広大な誰もいない客間を独り管理し続けているのをニューマンは見て取った。どの部屋もオランダ人の村並みに丁寧に清掃されていた。ミセス・ブレッドの唯一の仕事は所々にある小さな埃を取り除けることにあった。しかし、彼女は自分の孤独について何も不満を言わず、というのも召使いというものは不思議に組み立てられた機械以外の何者でもなく、時計がネジが巻かれないことに不満を述べるのと同じくらいに家政婦が主人の不在にぶつぶつ不満を漏らすのは突拍子もない馬鹿げたことだというのが彼女の考えであった。どんな時計もずっと正確な時間を示すことができないように、どんな召使も厳格な主人の遍歴において放たれる光をいつも享受できるわけではないとミセス・ブレッドは考えていた。それでも彼女は、ニューマンはパリにしばらくは滞在してほしいという謙った願いを思い切って示したのであった。ニューマンは自分の手を彼女の手にそっとあてた。

「ずっと滞在するつもりだ」と彼は言った。

そしてその後、彼は予め電報でトリストラム夫人を訪ねる旨を伝え、彼女も彼がくるのを待ち望んでいた。行くと彼女は彼を少し見て首を振った。

「これじゃあだめよ、早く戻りすぎたわ」と彼女は言った。

彼は腰を下ろして、彼女の夫と子供たちについて聞き、ミス・ドーラ・フィンチのことについてすら尋ねようとした。そしてその最中に突然彼は質問した。

「彼女は今どこにいるのか知っていますか?」

トリストラム夫人は少し躊躇した。もちろん彼はミス・ドーラ・フィンチのことを訊いているわけではない。彼女はやがて誤りなく答えた。「別の修道院へと行かれました、アンフェール通りにある修道院にね」

ニューマンがしばらく陰鬱な様子をしながらじっとしていると、彼女は続けた。「あなたは私が考えているほどにはいい方ではありませんね。あなたは思っていたよりもっと、もっと」

「もっと、なんですか？」

「もっと容赦がないですね」

「とんでもない、私に許せというのですか？」と彼は叫んだ。

「いいえ、そうではないわよ。私でも許していないのに、あなたに許せるわけがないです。ただそろそろ忘れてもいい頃ではないでしょうか。私が思っていたよりも、あなたは意地の悪い気質をお持ちですね。どこか悪に、危険な人物に思えます」

「危険かもしれませんね、でも私は悪ではないですよ。そうだ、私は悪ではない」

そして彼は帰ろうと立ち上がった。トリストラム夫人は彼に夕食をご一緒したいから戻って来てほしいと言った。しかし彼はたとえ客が自分一人であったとしても、もてなしに応じることを約束できる気分ではないと言った。夜の遅く、可能であったのなら来る旨を伝えた。

彼はセーヌ川に沿って川を越える形で街中を歩いていき、アンフェール通りへと向かった。その日は早春にふさわしい暖かい日であったが、他方で空は曇っていて湿気があった。ニューマンはパリのほとんど知らなかった区域にいた。そこは修道院や牢獄が多数あり、長い死んだような壁によって仕切られていて通行人が通ることは少なかった。その区域にある二つの通りが交差しているところで、カルメル会があったのである。それは生気が欠けた面白みのない建物で、四方を高く聳える壁が囲んでいるのであった。外から上部の窓と、勾配の険しい壁と煙突が見えた。だがそれは人がそこで生活をしていることを示すものが何もなかった。建物が物も言えず、耳も聞こえず、生命が篭っていないかのようであった。この青白い、死んだような色褪せた壁が、人気がない空っぽの通りの向こう側にまで伸びていた。ニューマンはそこに長い間佇んでいた。そこを通る人は誰もいなかったため、思う存分眺めることができた。これこそが自分の旅の終着点のように思えた。このために自分はわざわざここまでやってきたのだ。奇妙な満足感ではあったが、それでも満足だったのだ。その場所の荒涼とした無音は、彼の報われぬ切望を抱くことからの解放を示しているかのようだった。その中にいる女性はもはや取り返しのつかない存在であり、これから経過していく年月は彼女の上に分厚くて巨大な不動の墓のようにのし掛かっていくことになるのを語っている。この場所のそういった日々はいつも灰色で沈黙したものとなるであろう。突然、その未来の日々が自分がまたここに来た時のことを見つめることに思いを馳せると、感じていた魅了がまた突然消失してしまった。彼はもう二度とここにきて佇むことはないであろう、そんなものは全て不要な侘しさだった。彼は重々しい心で背を向けたが、その重さはここにきた時よりは軽いものであった。全ては終わったのであり、やっと彼も休めるのだった。彼は狭い、曲がりくねる通りを歩いて行き、再度セーヌ川の端へと到達して、そこでは彼は自分のすぐ上部の方にノートルダム大聖堂から聳える巨大な塔が目に入ったのであった。彼は橋の一つを渡り、その著名で巨大な大聖堂の前に開けていた空間で少し佇んだ。そして彼は奇怪な姿を象っていた彫刻のある正面をくぐっていき、本堂のところをぶらぶらして、やがて薄暗いが壮麗な場所で腰を下ろした。長い間彼は座り込んでいた。彼は遠くからまるで世界全体に鳴らしているかのような鐘の音が長い間隔を置いて聞こえてきた。とても疲れていた。そんな彼にここは身を置ける最適の場所だった。彼は祈らなかった。唱えるような祈りの言葉を何も持っていなかった。彼には感謝するものもなかった。そして求めることもなかった。求めることがなかった、なぜなら自分自身のことで今は精一杯だったからだ。だが大聖堂は多様なもてなしを提供してくれ、ニューマンはここにいる限り世間から逃れていられるので、その場所に座り込んでいた。彼がその前の人生では味わったことのない最も不愉快な一連の出来事は、ついに正式な結末に達したのであった。彼は今はもう本を閉じて仕舞い込んでしまっても差し支えなかったのである。自分の前にあった椅子に彼は頭を屈めて、長い間それに当てていた。そして頭をまた持ち上げると、自分自身を取り戻せた気がした。彼の頭のどこかで、きつく結ばれていた紐が解けたような気がした。彼はベルガルド一家について考えた。今までほとんど彼らのことを忘れていた。その一家に彼は何かしようとしていたことを今思い出した。そして具体的に何をやるつもりでいるのかを思い出すと、うめき声を上げた。そしてやろうとしていたことについて考えると、気分が害された。底の部分で、彼の成就しようとしていた復讐が崩れ落ちていくのを突如感じた。それはキリスト教的な慈悲かあるいは強い善良さの性格からくるものかは分からなかった。彼の魂の背後に何かがあったのかについて私はわかった風に語るつもりはない。だがニューマンの最終的な考えはもちろん、ベルガルド一家を許してやるということにあった。もしこれを声に出していうとしたら、彼はその一家を害したくはないことを述べたことだろう。彼らを害すること欲したことは、彼にとって恥ずべきものと感じられた。確かに彼らは自分を害したが、かといって自分が取るべき方法は絶対にそれではない。やがて彼は立ち上がって、次第に暗くなっていた教会から出ていった。それは勝利を獲得したり新たに決心をした人物らしく軽快な足取りというわけではなかったが、少し恥の念は抱いているにせよ善良な人間らしく心は穏やかにゆっくりと歩いていた。家に帰宅すると、ミセス・ブレッドに昨晩取り出してくれた所持品をまた自分の旅行鞄に戻すように、面倒であろうがしてくれと言った。彼の大人しい家政婦はその少し霞んだような目で主人を見た。

「まあ旦那様、ここにはずっといらしてくれると仰ったではありませんか」と彼女は叫んだ。

「いや、ずっとここには戻ってこないつもりだったんだ」とニューマンは丁寧に言った。そして翌日の彼はパリから出立したが、確かに二度とそこに戻ってくることはなかった。私がしばしば述べてきた金メッキが施された部屋は、彼をいつでも迎えられる状態にあった。しかしそれはミセス・ブレッドのための広々とした居住空間としてしか使われることはなかった。彼女は毎日毎日、部屋と部屋をずっと彷徨い歩いては、カーテンの飾りふさを直したり、定期的に銀行員が自分のところに持ってきた給料を応接間の戸棚の上にある大きなピンク色のセーヴル焼きの花瓶に入れたのであった。

晩の遅く、ニューマンはトリストラム夫人のところへと行って、炉辺にトム・トリストラムがいるのを見た。

「パリに戻ってきてくれて嬉しいよ」と紳士がはっきり言った。「白人が住んでもいいところと言ったら、実際はパリくらいのものさ」

トリストラム氏は快活な態度を示しながら自分の友人を歓迎し、ここ半年の米仏間にあった噂話について分かり易い *resume*[68] を教えてくれた。やがて彼は立ち上がって、三十分ほどクラブへといってくる旨を伝えた。

「カルフォルニアに半年居た人は、もう少し知性的な会話をしたいことだろうな。妻にお前の相手をさせることにしよう」

ニューマンは主人と心からの握手を交わしたが、ここに居てくれとはせがまなかった。そしてトリストラム夫人と向い合う形で彼は再度ソファに腰を下ろした。彼女はやがて自分のところを去ってから何をしていたのかを聞いた。

「特に何も」

「どうもあなたは当時、何かを企んでいるように思えましたわ。何かよからぬことをしようとしていて、あなたが私から離れた後、そのまま去らせてもよかったものかどうか考え込んでしまいましたわ」

「ただ川の向こう側にいっただけですよ、カルメル会にね」

トリストラム夫人は彼を少し見てから微笑んだ。「一体何をしたのかしら？　壁をよじ登ろうとしたの？」

「何もしませんでしたよ。その場所を数分間見て、そこを離れました」

トリストラム夫人は同情するような眼差しを向けた。

「ベルガルド氏とばったり出会うことはありませんでしたよね、あなたと同じく修道院の壁に絶望するように見つめていて？　彼の妹があんなことをしてしまって、彼はとても心を痛めていると聞きましたわ」

「いいえ、会いませんでした。幸いなことに」とニューマンは少し黙ってから答えた。

「彼らは地方の田舎にいますわ」とトリストラム夫人は続けた。「場所は何て言いましたっけ、そうフルリエールでしたわ。彼らはあなたがパリから離れたと同じ頃合いにそこに戻って、絶壁をはるような位で隠遁した状態で日々を過ごしています。若い方の侯爵夫人はさぞや楽しい時間を過ごしているでしょうね、彼女が娘の音楽の先生と駆け落ちするような話が聞こえてこないか、今か今かと楽しみにしておりますの」

ニューマンは燃えている薪の火を見ていた。しかし彼はこの件については極度な関心を以て聞いていた。やがて彼はこう言った。

「あの人たちの名前はもう二度と口にしたくはありませんし、聞きたくもありません」。そして彼は紙入れを取り出して、紙切れをそこから取り出した。彼は少しの間それを見て、そして立ち上がって炉辺の側に立った。

「これはもう燃やしてしまいます。目撃者としてあなたがいるのは嬉しいことですね。さあ、これでもう終わりです」

そして彼はその紙を炎の方へと放り投げた。トリストラム夫人は座って刺繍していた針の動きを止めた。

「あの紙は何だったの?」

ニューマンは炉辺にもたれて、腕を伸ばしていつもよりも長く呼吸した。そして少ししてから言った。

「今なら教えられますよ。あれはベルガルド一家の秘密が書かれていたのです、知られたら一家が破滅してしまうような秘密をね」

トリストラム夫人は非難するようにうめきながら刺繍を落とした。

「じゃあ、どうして私に見せてくれなかったの?」

「見せようかとは思ったのですよ、というか全員に見せようと思っていました。そのようにしてベルガルド一家の私への不当な扱いの報いにさせるつもりでした。そして実際に彼らにその旨を伝えて、怖がらせました。あなたは彼らが地方の田舎に住んでいると言いましたが、それはその爆発から逃れるためだったのです。しかし今ではどうでも良くなりやめてしまいました」

　トリストラム夫人はまたゆっくりと刺繍を始めた。

「もう完全にやめてしまったのですか？」

「ええ」

「その秘密はそんなに悪いことなの？」

「ええ、とても」

「私としては、やめてしまったのは残念なことと思っていますわ。その紙をぜひ見せてほしかったわ。彼らは私をも不当な扱いをしたのです。というのも私があなたを紹介して保証したわけですから。そしてあの紙は私にとっても復讐を果たしてくれるものでした。どうしてそんな秘密を入手できたの？」

「話せば長くなります、でも正当な手段で入手しました」

「そして彼らはあなたが秘密を握っていたことは承知していたの？」

「ええ、そう彼らに言いましたので」

「まあ、なんて面白い！」とトリストラム夫人は叫んだ。「そして彼らをあなたの足元に跪かせたの？」

　ニューマンはしばらく黙った。「いいえ、そんなことは全く。彼らは気にしないような、怖がっていないようなふりをしました」

「それは確かなの？」

ニューマンは相手をじっと見つめた。「確かですよ」

トリストラム夫人はまたゆっくりと針を縫い始めた。

「あなたを無視したというわけね？」

「はい、そんな感じです」

「あなたがその秘密を暴露するという具合に彼らを脅して、決心を撤回させようとしたのですね？」トリストラム夫人はそう続けた。

「ええ、しかし実際は撤回しませんでした。そしてじゃあ好きにするがいいとして、彼らをなすがままにさせました。すると彼らは逆に罪を突きつけた私にはったりをかまして、逆に詐欺として訴えようとしたのです。とはいえ彼らは怯えてはいました」。さらにニューマンは続けた。「それだけでも私の復讐は全て果たされたと言ってもいいくらいです」

「でも癪に触るわね、あなたがせっかく『罪を突きつけた』のに、そのための証拠がもう燃えてしまった何て。もう完全に燃え切ってしまったかしら？」とは炉辺の火を一瞥して言った。

ニューマンはそこにはもう完全に燃え去ってしまったことを断言した。

「そうね、じゃあこう申しても問題ないから敢えて言いますけど、あなたは彼らをそこまでは不快にしなかったでしょうね。仰るように彼らがあなたの脅しを無視したのも、結局彼らは決してあなたが暴露することはないだろうと見込んでいたからじゃないのかしらと思えます。

彼らが互いに話し合った結果自信を持つようになったのは、彼らが無罪であったとかはったりで切り抜けられるからとかいうのではなく、あなたが数奇なほどに善良な性格だからと見込んでいたからじゃないかしら！確かにそれだと彼らの考えは正しかったということになるわね」

ニューマンは本能的に振り向いて、あの小さな紙切れが完全に焼失してしまったかを確かめた。だがもうそこには何もなかった。

訳者あとがき

ヘンリー・ジェイムズ（Henry James, 1843-1916）は当時国際色豊かな作家であった。アメリカとヨーロッパの両方相応の期間を過ごし、それらの違いを描いた作品を残している。彼は英米文学に属するのは間違いないが、アメリカ文学に分類するべきか、イギリス文学に分類すべきか、と聞かれれば断言することはできない。一応日本ではアメリカに属するのが専らとしているが、彼をイギリスに属するとても決して間違いではないだろう。

彼の日本における作品として有名なのは『デイジー・ミラー』と『ネジの回転』だろうか。どちらも短編であり読みやすいのものではある。特に前者の作品は少女のアメリカとヨーロッパの違いを体験するというまさに彼らしい作品である。とはいえ、これらは短いものであり、どちらかという小粒な作品であり。本当に彼の代表作とすべきかは疑わしい。

私が今回訳した『アメリカ人』は『デイジー・ミラー』のようにアメリカとヨーロッパの違いを描いたものであり、精神的な続編、いや発展させたものと言ってよい。とはいえ、私がこの『アメリカ人』を訳したのはそもそもモームの小品『読書案内』で取り上げられていたからである。そのため内容は二の次であった。だが、翻訳していくにつれ私自身も内容の続きが気になり、訳しながら読者として楽しんでいた具合である。元々私はこの作品を今から六年前に読んでそれっきりだったが、こうも素晴らしい作品だとは思わなかった。

モームは評論か何かで「ヘンリー・ジェイムズは人生を味わわず家の窓の外から眺めるのに終始していた」と述べたが、少なくともこの作品に限っていえばそうではない。登場人物にはしっかりと血が流れており、単なる模型人形でも記号でもなく生きた人間である。

作品自体には複雑なところはほとんどない。もちろんアメリカの商業世界とヨーロッパの貴族世界との違いはある程度意識する必要があるだろうが、ひたすら物語の進行で読み手を魅せる作品であり、娯楽と行っていいだろう。これがヘンリー・ジェイムズの代表作としていいかどうかはわからないが、それを検討させるだけの価値を持っていると私は考えている。

【注】

1 フランス語で「はい、お母様」の意味。
2 フランス語で「来て頂戴、男性陣！」の意味。
3 フランス語で「戸口のカーテン」の意味。
4 フランス語で「田園の宴」の意味。
5 フランス語で「地区」の意味。
6 フランス語で「店員さん」の意味。
7 フランス語で「なんてこと！」の意味。
8 フランス語で「持参金」の意味。
9 フランス語で「親切な」の意味。
10 フランス語で「また後でね」の意味。
11 フランス語で「活人画」の意味。
12 フランス語で「悲しいのですよ」の意味。
13 フランス語で「全体としては」の意味。
14 フランス語で「言葉」の意味。
15 フランス語で「紙粘土」の意味。
16 フランス語で「とんでもないわ！」の意味。
17 フランス語で「美しいあなた」の意味。

18　フランス語で「好きにできる」の意味。
19　フランス語で「名家」の意味。
20　フランス語で「本当にそうなのよ」の意味。
21　フランス語で「それで」の意味。
22　フランス語で「偉業」の意味。
23　フランス語で「風変わりな」の意味。
24　フランス語で「美なき美女」の意味。
25　フランス語で「アイスコーヒー」の意味。
26　フランス語で「一階」の意味。
27　フランス語で「髪飾り」の意味。
28　フランス語で「休憩室」の意味。
29　フランス語で「真剣に」の意味。
30　フランス語で「とても大事なことを言ってくれますね」の意味。
31　フランス語で「文芸欄」の意味。
32　フランス語で「変わったところ」の意味。
33　フランス語で「契約」の意味。
34　フランス語で「浴槽」の意味。
35　フランス語で「洗練された男」の意味。

【注】

36 フランス語で「純真さ」の意味。
37 フランス語で「もちろんそうですよ」の意味。
38 フランス語で「案内係」の意味。
39 フランス語で「女になるというのはこんな具合なのですね！」の意味。
40 フランス語で「どうしろというんだ」の意味。
41 フランス語で「古い城壁」の意味。
42 フランス語で「譲歩するような」の意味。
43 フランス語で「調書」の意味。
44 フランス語で「トイレの部屋」の意味。
45 フランス語で「女中」の意味。
46 フランス語で「彼は単なるイギリス人ではないですよ、イギリス熱狂者ですよ！」の意味。
47 フランス語で「本当に」の意味。
48 フランス語で「書斎」の意味。
49 フランス語で「大丈夫！」の意味。
50 フランス語で「いいかな！」の意味。
51 フランス語で「小さな町」の意味。
52 フランス語で「不埒な奴め！」の意味。
53 フランス語で「談話室」の意味。

54　フランス語で「お父さん、お父さん」の意味。
55　フランス語で「女中」の意味。
56　地獄を意味する。
57　フランス語で「服装」の意味。
58　フランス語で「思いやりの心」の意味。
59　フランス語で「あとはあなた次第」の意味。
60　フランス語で「日時」の意味。
61　フランス語で「騒ぎ」の意味。
62　フランス語で「ねえ申し訳ないんだけれど」の意味。
63　フランス語で「それでも何か胡散臭いものが残ってしまう」の意味。
64　フランス語で「警句」の意味。
65　フランス語で「愛想良く」の意味。
66　フランス語で「冗談」の意味。
67　フランス語で「あらあら」の意味。
68　フランス語で「概要」の意味。

エピロゴス

ソクラテス：「自由」と「伝統」、この二つにおいて果たしてどちらが望ましいものと君は思うかね？

マテーシス：私としてはやはり「自由」を好みます。自由においてこそ個性が最大限に輝くわけですし大きな発展をもたらします。何よりも、哲学者としては自由というのは必須の条件だと思います。

ソ：なるほど、なら君は「エレウテリア主義」と「パラドシス主義」のどちらを取るのかと聞かれれば、やはり前者をとるということになるわけだね。

マ：つまり、「自由主義」と「伝統主義」というわけですね。はい、その通りです。

ソ：まあ私も同じような質問をされれば、同じように答えるだろう。とはいえ、それは全ての人間においては必ずしも自由の方が望ましいというわけではない。自由、という単語を聞くと、あたかも広々とした平野において漂っている澄んだ空気のようなものを連想させるが、実際はそんな素晴らしいものではないと考えている。いや素晴らしいが、何か身を癒すような代物ではない。

マ：と、言いますと？

ソ：自由というのは大雑把にいえば、なんでもしてよいと捉えていいだろう。これに対して自由には義務が伴うとか、自分を拘束する必要があるとか、言われている。それは尤もなことであるが、結果論的なものだと私は考えている。はっきり言えば、私は自由とは何をしてもよいものと考えている。

マ：そういう考えは世間では確かに浅いとして非難されますね。

ソ：ただ何が問題なのかといえば、どれだけ自由であろうとも社会では全く好き放題できるわけではないということだ。第一にどこの組織にも属さず有り余るほどの金を持っていたとしても、社会には法律という手綱がある以上、必ず制限を被ることになる。そして第二に、こちらが自由に振る舞っては良くとも、他の人々も自由に振る舞ってもよいということになる。つまり相互の自由が抵触することになる。わかりやすい例を挙げれば、何でも発言してもいい表現の自由は保障されているが、一方で相手方にもそれが保証されているということになる。そうなると口論になり一種の戦争が生じることとなる。だからどれほど自由な状態にあろうと、言葉を発するにおいては多くの制限が課せられているのが現状だ。

マ：確かにそうですね。

ソ：実際に野生動物の世界をよく観察して見れば分かるだろう。野生の世界には法律は何もない。だがそれでも動物たちは見えない無数の鎖に繋げられている。それが動物の王とされているはずの獅子であったとしてもそうだ。

マ：なるほど。だとしたら無人島くらいしか自由ではいられないのでしょうか。

ソ：そうだね。とはいえ私の考えでは無人島ですら完全に自由ではないと考えている。たとえば人は生きるためには食べて飲まなければならない。そのためにその無人島にいるものは食料調達をしなければいけなくなる。それも自由を制限しているものと捉えてもいいだろう。

マ：なるほど。

ソ：一方、伝統はどうだろうか。伝統は確かに息苦しいものである。というより煩わしい。だが与えられた役割さえ果たしていればいいので、ある種の救いになる。無論哲学をやるものにとっては天敵なものではある、伝統はね。だが、そのような思考に恵まれているのは極少数だ。

マ：考えることをやめれば楽になるというのはその通りですからね。

ソ：それでこの自由と伝統、これらは交わるものと思うかね？

マ：いくら自由にも制限があるとはいえ、権力とは無縁な自由な人間と伝統という見えない権力に縛られてきた人間とではやはりどうしても相容れないものがあるのではないでしょうか。あるいは言い換えれば、自由の行き着く先は究極の「個」であり、伝統の行き着く先は究極の「集」であると言えるでしょう。だから対極な存在なのであり、たとえ両者が何か一時的に仲良く慣れてハッピーエンドが結ばれたとしてもその状態がずっと続くかどうかは実に疑わしいものですね。

ソ：そうだね。本当の意味での自由な存在として生きていくということは、言ってしまえば高く聳える山を登っていくような存在であるだろうね。自由に、一人に生きていけばどんどん自分の周りの空気が薄くなっていく。その分その人間は強くなっていき、そして世界を見渡すことができるようになる。だが彼の取り巻く薄い空気は他の人間には耐えられなくなる。

マ：そうですね。しかし、ソクラテス、あなたはやはり「自由」の方が「伝統」よりも素晴らしいものと思うのでしょうか？

ソ：無論、私個人の問題として聞かれればやはり「自由」の方が性に合うよ、それはね。とはいえ、先ほども述べたことだが全ての人間にとってそうであるとは限らない。もし社会の「自由」が進んでいけば、むしろ多くの人間は不幸になると考えている。奴隷、という単語を聞けば道徳的に反するものと考えるだろうが、ではその奴隷が解放されたら幸福になれるだろうか？与えられたことさえやっていればよい奴隷が、何をするのかまで自分から探して決めないといけなくなると？解放された奴隷は、また何かの奴隷になるのが御の字になるのではないかね？ただ「奴隷」という名称がなくなるだけで？そして個人対個人の関係でもやはり不幸が生じると思うね。本当に自由を味わって生きている人間が纏う空気は薄いものだ。その独特な中毒性もあるような薄い空気を纏っているその人と「伝統的」な人間が交際すれば、前者は後者にその空気を味わわせ、どこか歯車が狂ってしまう。奴隷としてしっかりと生きていけたのに、なまじっか「自由」を味わってしまったばかりに。表現の自由が法律的に万人に認められたとしても、それを最大限に享受するためには他人の批判や中傷とも何かしら戦わなければならない。結局それは強い人間にしかできないことだ。そしてそれは他の種類の自由にも言えることだ。

訳者紹介
高橋 昌久（たかはし・まさひさ）
哲学者。
Twitter: @mathesisu

カバーデザイン　川端 美幸（かわばた・みゆき）
e-mail: bacxh0827.miyukinp@gmail.com

アメリカ人（下）

2024年2月9日　第1刷発行

著　者　ヘンリー・ジェイムズ
訳　者　高橋昌久
発行人　大杉　剛
発行所　株式会社 風詠社
〒553-0001　大阪市福島区海老江 5-2-2
大拓ビル 5 - 7 階
TEL 06（6136）8657　https://fueisha.com/
発売元　株式会社 星雲社
（共同出版社・流通責任出版社）
〒112-0005　東京都文京区水道 1-3-30
TEL 03（3868）3275
印刷・製本　小野高速印刷株式会社

ISBN978-4-434-33027-8 C0098

郵便はがき

料金受取人払郵便

大阪北局
承認

1635

差出有効期間
2025年1月
31日まで
（切手不要）

553-8790

018

大阪市福島区海老江5-2-2-710

㈱風詠社

愛読者カード係 行

ふりがな お名前		大正 昭和 平成 令和 年生 歳	
ふりがな ご住所	□□□-□□□□		性別 男・女
お電話 番号		ご職業	
E-mail			
書名			
お買上 書店	都道 市区 府県 郡	書店名	書店
		ご購入日	年 月 日

本書をお買い求めになった動機は？
1. 書店店頭で見て　2. インターネット書店で見て
3. 知人にすすめられて　4. ホームページを見て
5. 広告、記事（新聞、雑誌、ポスター等）を見て（新聞、雑誌名　　）

風詠社の本をお買い求めいただき誠にありがとうございます。
この愛読者カードは小社出版の企画等に役立たせていただきます。

本書についてのご意見、ご感想をお聞かせください。 ①内容について
②カバー、タイトル、帯について
弊社、及び弊社刊行物に対するご意見、ご感想をお聞かせください。
最近読んでおもしろかった本やこれから読んでみたい本をお教えください。

ご購読雑誌（複数可）	ご購読新聞 新聞

ご協力ありがとうございました。

※お客様の個人情報は、小社からの連絡のみに使用します。社外に提供することは一切ありません。